Der Leser begleitet FRED durch seine Kindheits- und Jugendzeit in einem schwierigen Elternhaus. Er ist dabei, wenn Fred in verschiedenen Schulen durch sein unstillbares Bedürfnis, seine engen Grenzen auszuloten, unsanft auf dieselben stößt.

Manfred Aumiller erzählt auch von Freundschaften, die - obwohl manches Mal auch sehr intim - doch auf tragische Weise zu Ende gehen.

Und von vielen Ausbildungsjahren, die geprägt von einer Vielfalt an Erfahrungen, nicht nur im Beruf, sondern auch von überaus farbigen Erlebnissen mit dem weiblichen Geschlecht erzählen.

L'eau qui coule,

ne revient

jamais!

fred

ein leben aus den fugen

manfred aumiller

Inhalt

Menschwerdung

Es geschah, dass Fred empfangen wurde. Die Wochen vergingen und er wuchs heran. In dem Maß, in dem sein Bewusstsein wuchs, entstand bei ihm eine große Freude: »Ist es nicht wunderbar, dass ich bin!« Er begann, seine enge Welt zu entdecken. Als er die Schnur fand, die ihn mit seiner Mutter verband und die ihm die Nahrung gab, da bebte er vor Freude: »Wie groß muss die Liebe dieses Wesens sein, dass es sein eigenes Leben mit mir teilt!" Da hörte er eine Stimme: „Ich bin Dein Bruder. Du siehst mich nicht, aber Du kannst mich fühlen. Ich bin in Dir." Viele Wochen vergingen und wurden zu Monaten; er bemerkte Veränderungen: »Was geschieht, was bedeutet das?» fragte er sich. Da hörte er wieder die Stimme seines Bruders: „Dein Dasein in dieser Welt wird bald ein Ende haben. Du gehst hinaus, in eine andere Lebensform." Fred kamen Zweifel; »Wie sollte ich ohne diesen Verbindungsstrang leben können? Und außerdem hat mir noch niemand erklärt, was d a n a c h kommt. Nein, das was kommt muss das Ende sein! War alles sinnlos.« Wieder hört er diese innere Stimme: „Sei geduldig, es kommt eine große Über-raschung!" »Was ist denn eine „Überraschung"? Was ist das für ein Wesen, in dem ich bin? Wer ist das Wesen das zu mir spricht? Wie bin ich überhaupt hierher gekommen?

Womöglich erlebe ich nur eine Phantasie. Alles ist nur ein Traum, um meine Existenz zu erklären.«

So waren die letzten Tage im Schoß seiner Mutter gefüllt mit großer Angst und vielen Fragen. Schließlich kam der Moment der Geburt. Als er sich endlich aus seiner engen, nassen Welt gequetscht hatte, öffnete er seine Augen und was er erblickte, übertraf seine kühnsten Träume: Loslösung war das Zauberwort, Durchdringung, Gewohntes hinter sich lassen! Ist nun die Zeit gekommen ?Nach der Spanne des Wartens, der Reife und der Freude, sind Licht, Wärme und Geborgenheit ein besonderes Geschenk der Natur. Die Geburt ins Diesseits; Fred hörte wieder diese innere Stimme: „Ich bin dein Bruder. Ich bin schon wieder gegangen. Und doch hat meine Seele vieles gelernt. Für dich beginnt jetzt die Vorbereitung auf die Geburt ins Jenseits. Meine Seele wird Dich begleiten."

Jetzt war er Fred geworden. Jetzt begann der Moment seines Aufbruchs. Nicht in ein Leben gefüllt mit Wärme und Liebe, sondern in ein einsames Abenteuer, voller Kälte und Entbehrungen. Die Mutter die ihm sein Leben schenkte, verabschiedete sich ohne Worte. Fred fühlte, wie sich ihre Seele entfernte; sie schien noch ein letztes Mal zu winken. Nun setzte Freds Seele alle Teile, die ihn ausmachten zusammen. Das erste Mal war Freds Leben aus den Fugen geraten.

Das Diesseits war erbarmungslos. Die nährende Brust war verloren. Kein Ersatz weit und breit für das nackte Kind. Statt Fürsorge gab es Krieg, Bomben und Soldaten. Fred fing an, seinen Bruder der schon gegangen war, zu beneiden. Es war 1940 im Dezember.

Eine Nacht im Keller

Fred wurde geweckt, Der Mond schien blass durchs Fenster und malte fahle graue Schatten an die gegenüberliegende Wand. Das Geräusch aus der Ferne, das einem immer näher kommenden Schwarm von Hornissen verblüffend ähnelte, war nicht zu überhören. Diese gefürchteten Insekten wurden jetzt auch noch von einem durchdringenden Heulton übertönt.

Seine neue Mama - mit einer unpassend wirkenden, aber schicken blonden Hochfrisur - hatte ein rosarotes Baby mitgebracht. Ihre auffällig blonden Locken waren meist hoch gekämmt und gaben ihrem etwas kantigen Gesicht eine sympathische Wärme. Ungeduldig begann sie zu schimpfen: „Immer wenn die Sirenen heulen, müssen alle ganz schnell in den Keller!" Fred lauerte angezogen auf seinem Bettrand sitzend und lauschte auf diese seltsame Mischung von Geräuschen. Neugierig wartete er, aber irgendetwas machte ihm Angst. Eine unbestimmte Angst, die in seine Eingeweide kroch; obwohl er noch nicht um die Gefahr wusste, spürte er intuitiv dieses bohrende Unbehagen. Es wurde immer unheimlicher. Mamas Bewegungen schienen mit einem Mal ungewöhnlich hastig zu werden. Ängstlich klammerte sich Fred zitternd am Kinderwagen fest. Darin zog sich Heike, wie seine neue kleine Schwester hieß, ihre Decke über den Kopf. Ihren zweiten Geburtstag im Frühjahr hatte er schon vergessen. Das Einzige, das ihm in Erinnerung geblieben war, war Heike als Konkurrenz. (Heike als Konkurrenz war für ihn ein dauerndes Problem). Und zum Spielen taugte sie natürlich auch nicht. Aber er spürte: Jetzt gerade ging es um ernstere Dinge. Im dunklen Zimmer flackerten zahllose Schatten. Die ungewohnten Geräusche von draußen, Dröhnen von Motoren, das Auf- und Abschwellen der Sirenen und irgendein komisches Geklapper wurden immer lauter. Etwas furchtbar Unheimliches drohte.

Sein Zuhause, das letzte Einfamilienhaus auf der ruhig gelegenen Seite der Margaretenstraße, lag eingequetscht zwischen Park und Zahnradfabrik. Gut war für ihn der nahe angrenzende Wald des Riedleparks. Hier gab es immer tolle Spielplätze wo man sich auch echt gut verstecken konnte! Das Schlechte daran war die unmittelbare Nähe der Zahnradfabrik „ZF". Fred nahm diesen Aspekt natürlich völlig anders wahr. Ständig geschäftiges Treiben zwischen den Fabrikgebäuden hier, am Rande des Riedlewaldes ergänzte die Spielplätze der Jungs in idealer Weise. Da war immer etwas los. Zusätzlich gab es noch, seit Ausbruch des Krieges, Zuwachs bei Freds Spielkameraden. Jetzt waren in einigen Häusern noch zusätzliche Familien einquartiert worden. Einige sprachen sogar ganz andere Sprachen. Aber die Kinder verstanden sich trotz der Sprachbarrieren prima.

Mama insistierte: „Los, beeil dich! Wenn die Sirenen anfangen zu heulen, müssen alle in den Keller. Wenn wir hier bleiben wird es sehr gefährlich, weil im Krieg die fremden Soldaten Bomben aus Flugzeugen werfen, damit alles kaputt geht. Auch die ZF nebenan." Fred begriff gar nichts. Er ergab sich in sein Schicksal und hoffte inständig, dass alles möglichst schnell gehen sollte. Am besten wäre gleich morgen wieder mit seinen Kumpels den Riedlepark zu erobern.

Nun packte Mama seine kleine Hand, das Baby unter den anderen Arm geklemmt und sauste Richtung Treppe. Die Sirenen schienen jetzt noch lauter zu sein. Das Brummen wurde immer unheimlicher. Stufe für Stufe stolperten die drei aus dem ersten Stock in den Keller hinunter. Es war morgens vier Uhr am einundzwanzigsten Juni 1943. Da zerriss ein lauter Knall den allgemeinen Lärmpegel. Im wahrsten Sinn des Wortes hörte Fred plötzlich nichts mehr. Die Menschen um ihn herum bewegten sich geräuschlos wie Geister. Auf einmal gab es vor der Kellertür ein großes Gedrängel. Ein großer weißer Pfeil zeigte hier nach unten. Das Brummen war inzwischen zum lauten Dröhnen angeschwollen. Mama schubste Fred durch die große Panzertür. Der Keller roch muffig, war feucht und kalt. Fred war zum ersten Mal hier unten. Sonst war dieser große, stabile Keller immer mit dieser dicken Metalltür verschlossen gewesen. Es gab nicht den Hauch einer Chance für den neugierigen Fred, hier zu spionieren. Jedenfalls entwickelte sich dieser Tag richtig blöd. Kaum ausgeschlafen, dann die hektische Rennerei, miese Stimmung und viele schlecht gelaunte Leute. Aber allmählich versprach der Kellerraum, den er noch nie vorher hatte erkunden können, wenigstens ein kleines Abenteuer. Der kleine Fred wurde zwischen Mama und einer dicken, schwitzenden Nachbarin eingequetscht. Mama hatte die noch kleinere Heike auf dem Schoß. Das Baby war ganz dick eingepackt. Fred hatte nur seinen dünnen olivgrünen Regenmantel über seinem Schlafanzug. Darunter Hemd und Hose. Man musste ja immer mit Luftangriffen rechnen und dann wäre eh keine Zeit mehr zum Anziehen, hatte die Mama erklärt. Viele der anderen Leute, die sich auf den Holzbänken drängten, waren so dick angezogen, dass sie wie pralle Würste aussahen. Es waren auch viele Fremde dabei, von denen Fred keinen kannte. Aber fast alle starrten ängstlich vor sich hin. Fred wurde von seiner Neugier überwältigt: Auf was warten wohl die vielen Leute in unserem Keller? Da passiert bestimmt noch etwas aufregendes! Fred wartete geduldig. Es blieb ihm ja sonst nichts anderes übrig.

Von draussen erklang lautes Krachen. Die kahle Lampe, die ohne Schirm von der Kellerdecke baumelte, schaukelte heftig. Ja, es bebte der ganze Keller. Dann ging die nackte Lampe einfach aus. Ein Streichholz zischte. Eine Frau mit Kopftuch entzündete mit der kleinen Flamme eine Kerze. Fred hatte, trotz seiner unbändigen Neugier, doch Angst. Alle waren sehr still und horchten wartend. Die Sirenen heulten schrill. Das Krachen wurde bedrohlich lauter. Die meisten Leute im Keller rissen den Mund auf und hielten sich die Ohren zu. Das sah vielleicht echt komisch aus. Plötzlich zerriss ein wahnsinnig lauter Knall den knistern-den Augenblick. So, als wäre im Garten der Hasenstall explodiert. Der dicke Eisendeckel, der vor das Kellerfenster geschraubt war, flog weg. Der hatte so stabil ausgesehen und flog doch weg, wie von einem Riesen weggeblasen. Gleichzeitig mit dem Knall erlöschten die Schatten der flackernden Kerzen. Eine Taschenlampe blitzte auf. Ihr Lichtstrahl traf einen Mann, der von dem Fensterschutz-deckel umgerissen worden war. Er klatschte an die Wand, wo zum Glück keiner saß und blieb Blut spritzend liegen. Die Taschenlampe wurde wieder ausgeknipst. Die Stille, die folgte knisterte förmlich. Man hörte nicht einmal mehr die Sirenen. Plötzlich ging das Licht der Glühbirne wieder an. Der blutende Mann rührte sich immer noch nicht. Fred reckte seinen Kopf, um besser zu sehen, aber Mama drückte ihn zurück in ihren Schoß. Das Baby war ein bisschen im Weg und deshalb konnte er jetzt überhaupt nichts mehr sehen.

Langsam verebbten die Explosionen. Viele der Leute weinten. Freds Neugier bohrte. Ob der Mann sich wohl immer noch nicht wieder bewegte? Es war einfach nichts zu sehen. Endlich stand Mama auf. Aber irgendjemand hatte den blutenden Mann jetzt mit einem Mantel zugedeckt. Saublöd. Gemurmel kam auf. Die Sirenen klangen jetzt irgendwie anders. Das monotone Brummen der Flugzeuge wurde allmählich leiser. Ein wichtig aussehender Mann in Uniform ging hinaus. Bald kam er wieder zurück. „Jetzt könnt ihr wieder raus", rief er. „Der Angriff ist vorbei!" Ein großer Tumult begann. Endlich, nach einer gefühlten Ewigkeit keine muffige Luft mehr. Dem Klogeruch entfliehen. Draußen rannten alle kreuz und quer herum. Der Himmel leuchtete, obwohl es noch Nacht war, ganz hellorange. Überall rundherum brannte es. Feuerwehrleute, schwitzende Sanis, übereifrige Soldaten und sonstige Uniformierte rannten sehr geschäftig durcheinander. Fred stieg wieder, halb gezogen, halb freiwillig, an Mamas Hand die Treppe in den ersten Stock hinauf. Er erstarrte fast ob der vielen flirrenden Eindrücke. Seine Gedanken kreisten noch immer um die Erlebnisse im Keller. Schade, dass er den blutenden Mann nicht mehr hatte sehen können. Sie erreichten wieder die eigene Wohnung. Die vorher geschlossenen Fenster standen alle offen. Die meisten Scheiben waren geborsten. Überall auf dem Boden glitzerten Glasscherben wie Edelsteine. Das schöne Geglitzer regte seine Phantasie an: Aus ihrem Zuhause war eine Räuberhöhle geworden! In der Küche kullerten zwischen Pfannen und Töpfen auch Kartoffeln und Äpfel auf dem vorher blitzeblanken Fußboden herum. Dazwischen blinkten Stücke von Gläsern und Geschirr. Das versprach ein richtiges Abenteuerland zu werden. Bestückt mit Edelsteinen und Kostbarkeiten. Doch Fred wurde wieder einmal unsanft aus seinen Träumen gerissen: „Schnell ins Bett. Es ist noch zu viel zu früh zum Aufstehen!" Das verstand er nun gar nicht. Er war doch schon auf! Und er hätte so gern noch „aufräumen" geholfen. Aber so war es immer: Wenn es spannend wurde, wurde man weggeschickt! Bloß weil man noch zu klein war.

Das Unglück kommt meist unangekündigt!

Hintergrundinformationen

Die letzte englische Luftattacke auf Friedrichshafen war ein Präzisionsangriff auf eines der wichtigsten Industrieziele: Die Luftschiffbau Zeppelin GmbH. Gleichzeitig wurde hier auch die größte Produktionsstätte der sogenannten ‚Würzburg-Radargeräte‘ getroffen. Dies hätte schon viel früher ins Konzept der britischen Luftkriegsstrategen gepasst. Doch das Ziel war besonders klein und musste daher außerordentlich präzise angeflogen und gefunden werden.

Am lauen Sommerabend des 20. Juni 1943, es brach bereits die Nacht zum Montag an, starteten in Scampton, Mittelengland, 56 Lancaster aus der 5. Bombergruppe und vier Flugzeuge der 8. Pathfinder Force und flogen in südöstlicher Richtung über den Kanal. Westlich von Le Havre erreichten sie in 3.000 Meter Höhe den Kontinent. In Nordfrankreich gerieten sie in ein Gewitter (wobei eine Maschine den Anschluss an den Verband verlor). Ab Orleans unterflogen sie, entlang des Rheins, in niedriger Höhe (unter 900 Meter) das deutsche Radarnetz.

59 Flugzeuge warfen 33 Sprengbomben zu 4000 Pfund, (in Deutschland „Wohnblockknacker" genannt) ab. Dazu über fünfhundert Sprengbomben zu je 500 Pfund (mit 0.25 Sek Verzögerungszündung, damit die Bombe zuerst die Obergeschosse durchschlug, bevor sie im Erdgeschoss oder Keller, oder im Luftschutzraum detonierte!). Zusätzlich fielen in dieser Nacht auf Friedrichshafen 570 Phosphor-Brandbomben á dreissig Pfund und an die 4280 Stab-brandbomben á vier Pfund, insgesamt also über 5000 Bomben. Nur zirka neun Prozent trafen das eigentliche Ziel, die Luftschiffbau Zeppelin, für damalige Verhältnisse eine recht gute Quote. Es wurden leider mindestens 44 Menschen, 35 Wehrmachtsangehörige, fünf Flaksoldaten und nur vier Zivilisten getötet. 155 Menschen wurden verletzt. Die National-sozialistische Volkswohlfahrt (NSV) meldete noch 260 Familien mit 782 Personen als neu obdachlos.

Der Tag danach

Die große Woge der letzten Bombardierungen hatte sich mehrmals überschlagen, aber war nun vorüber. Die Folge überall prasselnde Feuer. Stellenweise rauchte es noch hie und da aus den ausgebrannten Ruinen. Sogar die schönsten Spielplätze im Riedlewald waren nun unbrauchbar geworden. Ganz nahe bei Freds Zuhause in der Mararethenstrasse waren völlig neue Abenteuerspielplätze entstanden. Diese „neue Landschaft" hätte ein Geschenk sein können. Leider wurde der Zugang von Uniformierten und sonstigen Wichtigtuern penibel bewacht. Fred und die Jungs aus der Nachbarschaft lernten schnell zu unterscheiden, wer wichtig war und wer nicht. Es gab nämlich auch Streuner, die einfach alles brauchen konnten. Sie stopften sich die Taschen voll und taten so, als seien sie von Geheimdienst höchstpersönlich. Da kamen auch schon mal Steine geflogen. Schnell verstecken oder einfach in Acht nehmen war da die beste Lösung. Und das gelang den Kindern schon wegen ihrer geringen Größe einfach viel besser. Die Großen und die Wichtigtuer hatten mittlerweile alle Zugänge durch Schilder gesperrt, aber Gott sei Dank konnten ja noch nicht alle Kinder lesen!

Fred traf sich mit Hans und Willi, zwei Jungs aus der Nachbarschaft, in der völlig zerstörten ZF ganz in der Nähe. Über eine umgefallene Wand, die nun schräg bis in einen Keller hinunterreichte, kletterten sie, halb auf dem Hosenboden rutschend, hinab ins wartende Abenteuer. Es war ziemlich feucht hier unten. Stellenweise rauchte es noch. Wo die Finger des Tageslichts nicht hinreichten, zauberten verschiedene Geräusche wie Knacken und Knistern eine unheimliche Höhlenatmosphäre. Das war für neugierige Jungs so anziehend wie Honig für Meister Petz. Nur war der Bär wahrscheinlich etwas mutiger. Dennoch - was es hier unten alles zu finden gab - Werkzeuge, die keiner von ihnen jemals vorher gesehen hatte. Große und kleine rätselhafte Maschinen, die wie zufällig hingewürfelt herumlagen. Besonders aufpassen mussten die Kinder bei geborstenen Trägern und anderen blanken Metallstücken, die überall hervor-ragten. Die schienen sich mit ihren messerscharfen Kanten noch ein letztes Mal verteidigen zu wollen. Ganze Bollwerke von kreuz und quer ver-streuten zerbrochenen Büromöbeln und Schreibtischen versuchten immer wieder listig, die kleinen Füße einzu-klemmen. Die Jungs konnten nicht einmal mehr fest-stellen, wo sie waren. Aber das war dem Trio letztendlich auch egal. Hoch lebe die Schatzsuche! Herrlich, dieses wunderschöne Tohuwabohu! Es war so, wie man sich einen Kindergeburtstag wünschte. Vor allem, ohne nachher aufräumen zu müssen!

Fred fand einen Hammer. Der sah ziemlich neu aus und war bestimmt noch sehr nützlich. Er verstaute ihn im Hosenbund. Da konnte er ihn nicht mehr verlieren. Später bei den größeren Jungs konnte man den für Schokolade oder Bonbons eintauschen. Die gab es nämlich zu Hause nicht; statt dessen eher Prügel, denn entweder war die Hose gerade wieder mal schmutzig oder hatte vielleicht wieder ein Loch! Kaum denkt man dran: Riiitsch! Man sollte einfach nicht an solche Dinge denken. Da scheint es nämlich eine Art Petrus im Himmel zu geben, der einem die Sachen, an die man gerade denkt gerne erfüllt, ob es nun echte Wünsche waren oder nicht. Diesmal hatte es Petrus bestimmt falsch verstanden! Ein kleines Dreieck im Hosenbein blinkte. „Hoffentlich merkt Mama nichts!" Da rief Willi: „Schnell kommt mal her! Hier ist ein ganzer Kasten mit Bleistiften und Kreide." Was für ein Schatz! Fred, Willi und Hans stopften sich alle Taschen ihrer Hosen voll. Willi fand sogar noch einen Füller mit richtiger Tinte. Das war die allergrößte Trophäe! Aber wie kommt es oft, wenn's so richtig läuft? Unverhofft!

„Horcht, waren da nicht Geräusche von der anderen Seite. Schnell weg, da kommt jemand!" warnte Hansi. Hastig kletterten sie wieder die steile Wand hinauf. Dort, wo sie vorher ganz leicht herunter gerutscht waren, kamen sie jetzt aufwärts immer wieder ins Stolpern. Gut, dass sie sich an den Eisenstangen, die wie Stacheln aus der Wand sprießten, entlang hangeln konnten. Willi fiel hin, konnte sich aber gleich wieder hochrappeln. Oh je, auf seiner Hose erschien ein blauer Fleck, der langsam Richtung Knie wanderte. Bei einer Jeans wäre das Malheur gar nicht aufgefallen. Aber die gab es damals noch gar nicht! Der Füller war jetzt leider in zwei Hälften zerbrochen. Nun taugte er nicht mehr zum Tauschen. Schnell weg damit. Der Fleck blieb trotzdem; und Willis Finger hatten nun auch noch ein schönes blaues Muster. Wie so oft nach den Hausaufgaben. Jetzt musste die „Kriegsbeute" auch noch versteckt werden. Freds Mama hatte schon gerufen. Also schnell Richtung Gartenhaus. Dort im Hasenstall hinter dem Strohballen hatte Fred heimlich einen kleinen Karton für „Fundstücke" deponiert. Da ja meistens nur er die Hasen fütterte, war die Gefahr der Entdeckung relativ gering. (Komisch - das mit dem Depot blieb auch viele Jahre später noch so. Nur, dass die Kartons nun größer und nicht mehr im Hasenstall deponiert waren).

Die Flecken auf der Hose wurden von Willis Mutter natürlich sofort entdeckt. Die Folgen waren gar fürchterlich: zwei Tage Hausarrest. Da konnte man sich nur in sein Schicksal ergeben. Fred und Hans mussten nun halt erst einmal alleine als Abenteuer-Duo losziehen. Aber eines war ganz sicher: Auf alle drei warteten noch ganz viele Überraschungen! Leider war nun aber nichts mehr so wie früher! Und die Luftangriffe waren auch noch nicht ganz zu Ende.

Gar mancher spürt, jetzt fast entsetzt, dass sein Schicksal Messer wetzt!

Radio-Nachtrag

Seit dem Kriegseintritt der Vereinigten Staaten von Amerika (Kriegserklärung durch Deutschland am 11. Dezember 1941) waren schon mehr als zwei Jahre vergangen. Bereits 1942 war die United States Array Air Force (USAAF) auch auf dem europäischen Kriegsschauplatz erschienen. Am 16. März 1944. fanden erneut Luftangriffe auf Augsburg und Friedrichshafen durch die 8. United States Army Air Force (USAAF) statt sowie auch Nebenangriffe auf Ulm und Gessertshausen. Also drei Tage n a c h der kriegsbeendigenden Besprechung in Pinetree, USA! Es war der letzte Tagangriff der 8. USAAF zur endgültigen Zerschlagung des noch bestehenden bewaffneten Widerstands der Deutschen. Der Angriff auf Augsburg muss als Haupt-Schwerpunktangriff angesehen werden. Die Situation in Friedrichshafen war besser. Es wurde von deutlich weniger Flug-zeugen angeflogen.

Gleich nach der Konferenz von Casablanca hatte die Airforce mit ihren strategischen Tagangriffen gegen militärische, industrielle und infrastrukturelle Ziele begonnen (Casablanca-Direktive der Combined Chiefs of Staff, Vereinigte Stabschefs, vom Januar 1943). Mit der Pointblank-Direktive im Sommer des Jahres 1943 war die gemeinsame Luftoffensive der RAF und USAAF gegen

Deutschland nochmals definiert worden: „Die Bomber-verbände der Vereinigten Staaten und Großbritannien haben den folgenden von den Combined Chiefs of Stall' in Casablanca festgelegten Auftrag: Durchführung einer gemeinsamen britisch- amerikanischen Luftoffensive zur fortschreitenden Zerstörung und endgültigen Desorganisation des deutschen militärischen und industriellen Systems. „Die Offensive" diente auch zur Unterminierung der Moral des deutschen Volkes bis zu dem Punkt, seine Fähigkeit, bewaffneten Widerstand zu leisten, vollständig lahmzulegen. Das soll heißen: die Widerstandskraft des deutschen Volkes sollte so weit geschwächt werden, dass endgültige, kombinierte Operationen auf dem Kontinent begonnen werden konnten.''

Die Einschulung

Wenn Freds Papa zu Hause weilte, was eh selten vorkam, war immer ziemlich „dicke Luft". Da sich Fred auch mit seiner zweiten Mama nicht besonders gut verstand, freute sich Fred auf die Schule. Die Ursache für die besonderen häuslichen Zusammenhänge verstand er noch nicht, aber intuitiv spürte er, dass irgend etwas „oberfaul" war. Das Naheliegendste für sein Gefühl war: Mama und seine kleine Schwester Heike als „Fremdkörper" zu empfinden. Da es niemand gab, dem er seine Sorgen hätte anvertrauen können, versuchte er natürlich so oft wie möglich aus den Familiengrenzen auszubrechen. Was Fred als besonders große Last empfand war, der dauernde Zwang der in allem steckte. Zum Beispiel wurde Fred, wenn er sein Essen nicht ganz aufgegessen hatte, das gleiche so lange hingestellt, bis der Teller leer war. Da half weder Protest noch Verweigerung. Manchmal schaffte es Fred sogar sich der Reste im Mülleimer oder (bei Suppe) im Blumentopf zu entledigen. Das hatte natürlich, bei Entdeckung, Prügelstrafe oder Hausarrest zur Folge. Weiter waren auch die Überwachung der Schlafzeiten total übertrieben. Fred musste spätestens um acht Uhr im Bett sein. Dann durfte er noch eine halbe Stunde lesen. Wenn ein Buch wie Winnetou besonders spannend war, las Fred mit der

Taschenlampe unter seiner Bettdecke weiter. Leider verriet ihn oft der schwache Lichtschein, an den Fred vor lauter Aufregung nicht dachte. Dann wurde für eine Woche die Taschenlampe weggeschlossen und die Glühbirne aus der Lampe gedreht. Aus Rache versteckte er manchmal die Herztropfen seines Vaters oder klaute sich etwas zu essen vom Vorrat aus der Speisekammer. Diese Dinge war Fred nun endgültig leid. Bald zur Schule gehen zu dürfen (!), versprach ihm zumindest die Aussicht auf Freiheit und die Loslösung von dem häuslichen Dauerzwang. Da konnte er zum Bücherlesen auch mal länger in der Schule bleiben. Die Ausrede „Die Schule hat länger gedauert" wurde immer akzeptiert. Auf jeden Fall war man weg vom Eingeschlossensein. Trotz der Gefahr sich auf neue Regeln einlassen zu müssen, überwog doch seine Neugier auf die neuen Wege zur Freiheit.

Im Herbst 1946, nach dem Ende dieses schrecklichen Krieges, war die Grundschule endlich wieder - notdürftig, eingeschossig - aber für einen, immerhin regelmäßigen Zweiklassenbetrieb hergerichtet. Am Ende eines schönen Sommers mit viel Spielen, Baden und Schwimmen im Negerbad und im nahen Bodensee, war es endlich soweit. Fred wurde zusammen mit seinen drei Kumpels aus der Nachbarschaft eingeschult. Der gesamte Südosten der Stadt lag im Einzugsbereich der Pestalozzischule. Gleich um die Ecke war die Canisiuskirche ein Zentrum. Sie bestimmte das Stadtbild. Hier war auch Fred, wegen des katholischen Vaters, genau so getauft worden. Was ihm aber wirklich völlig egal war, denn seine Mama war evangelisch und dieses Kuddelmuddel verstand er nicht.

Geboren am siebten Dezember, war er zwar noch nicht ganz sechs Jahre alt, aber seine Eltern trauten ihm aus mehreren Gründen die Schule schon zu. Zum einen hofften sie, dass das aufmüpfige Kind nun endlich aufgeräumt wäre und dazu noch lernen müsste Regeln zu respektieren!

Vor dem Eingang der Schule in der Allmandstraße störte noch immer ein tiefer Bombentrichter. Dieser war inzwischen zur Hälfte mit Wasser gefüllt. Fred träumte, wie so oft, wie schön es jetzt wäre, wenn hier ein Weiher wäre mit grünen Büschen und quakenden Enten rund herum. Der Kinderlärm vom geteerten Hof, hinter dem Hauptgebäude der Schule holte ihn in die Realität zurück. Viele der übrig gebliebenen, noch halbwegs bewohnbaren Häuser in der Umgebung trugen noch die Zeichen des Krieges. Große Schutthaufen versperrten hie und da den Weg. Und dazwischen drängelten sich französische Militärfahrzeuge, die oft auch noch total unnötigerweise die Straßen blockierten.

Ein hoher nackter Maschendrahtzaun trennte den kahlen, langweiligen Schulhof zur Katharinenstraße hin ab. Hier und auf vielen der Nachbargrundstücke harrten immer noch die geborstenen Ruinen der ehemaligen Wohnhäuser (mit vielen Blindgängern) auf ihre endgültige Räumung. Fred wollte gar nicht daran denken: So viele Schutzsuchende hatten trotz der Luftschutzkeller ihr Leben verloren. Andere unschuldige Bürger verloren beim letzten verheerenden Bombenangriff „nur" ihr Zuhause. Es erschreckte ihn, wie das Leben einfach so weiter würfelte. Fred und seine Mitschüler spielten in den Pausen vielleicht sogar auf solchen Überresten Fangen. Gott sei Dank wurden die Kinder, während sie auf diesen Trümmerresten spielten, nicht auch noch mit der Tragik des Krieges konfrontiert. Sie lebten nur im Augenblick. Dir größte Tragik war, wenn viele immer alles gewinnen wollten und doch meistens alles dabei verloren...

Am ersten Schultag wurde Fred von seiner Mama begleitet. Der neue Lederranzen hatte mit Griffel, und Schiefertafel sicher ein halbes Vermögen gekostet. Blei- und Farbstifte waren sehr zerbrechlich und auch nicht umsonst! Schultüten mit Spielzeug und Süßem kannte damals (noch) niemand. Zum einen konnte man solche nicht kaufen und zum anderen hätte auch keiner Geld dafür ausgegeben: Nur clevere Geschäftsleute waren so kurz nach der Währungsreform flüssig genug! Vermutlich hatten sie während des langen Krieges viele ihrer Warenbestände einfach gut versteckt oder bessere Beziehungen zu den „Schlüsselstellungen" der Mächtigen.

In dem großen Klassenraum, in dem sich alle Schüler versammelten, standen die Pulte exakt in zwei Reihen. Davor, an drei Extratischen, saßen auffallend alte Lehrer. Viele von denen wirkten gelangweilt. „Die Kinder bitte zur Schul-Aufnahme-Prüfung antreten!" erklang es plötzlich ziemlich laut. Die anwesenden Elternteile verteilten sogleich ihre zukünftigen Erstklässler in die abgewetzten Pulte. Ein Lehrer mit einem lustigen grauen Haarkranz hinter seiner langen, glänzenden Stirn begrüßte Fred: „So, du willst also auch etwas lernen?" Fred dachte spontan: „Komisch, wer will denn so etwas?" Die Frage vom zweiten, der aussah wie ein Hungerhaken, war schon interessanter: „Weißt Du denn, wie der höchste Berg in unserem Land heißt?" „Zugspitze", antwortete Fred ganz stolz, wie aus der Pistole geschossen. Er war ganz froh über diese Frage, denn Flüsse, Städte und die Berge vieler Länder zu kennen, war nämlich eines seiner Hobbys. „Und wie heißt unsere Landeshauptstadt?" fragte die „Glatze" weiter. „Die nächste Kreisstadt ist Tettnang und die Hauptstadt vom ganzen Land ist Stuttgart!" Fred fand die Prüfung ganz amüsant. Solange er nur gefragt werden würde, was er schon wusste, war die Schule für ihn „hopfenleicht".

Der Lehrer mit der glänzenden Glatze nickte beeindruckt. „Eingeschult!" befand er. Fred hatte die erste Hürde bravourös genommen. Seine Mutter drängte ihn nun eilig und zugleich erwartungsvoll in den zweiten Klassenraum. Hier versammelten sich immer mehr der „geprüften" Schulanfänger. Das Gemurmel schwoll an. Am Ende bekam die neue Klasse achtunddreißig Jungs und den Namen 1A. Es war richtig was los in dieser einzigen ersten Klasse.

Am nächsten Tag hingen im gleichen Raum vor der großen schwarz gestrichenen Tafel zwei riesige Landkarten. Fred entzifferte „Deutschland" als Überschrift der einen. Auf der zweiten Überschrift war „Wuerttemberg" geschrieben. Er fand es lustig, dass das Land, in dem er zu Hause war, mit zwei T und einem M geschrieben wurde. Keiner „im Ländle" sprach das so aus, aber er merkte sich das vorsichtshalber. Man konnte ja nie wissen... Später, wenn ihm dieses Wort wieder begegnete, war es bestimmt hilfreich, wenn er es richtig schreiben konnte!

Fred fand auch die Landkarten sehr interessant. Leicht war für ihn der Bodensee zu finden. An seinem oberen Rand ungefähr in der Mitte war ein Punkt mit einem kleinen Kreis herum. Daneben stand „Friedrichshafen". Da war er zu Hause! Das musste markiert werden! Fred angelte sich seinen neuen Bleistift aus der Umhängetasche. Die meisten Kinder tobten noch zwischen den Pulten. Und

Lehrer waren noch keine zu sehen. Schnell markierte Fred den soeben gefundenen kleinen Kreis mit einem dicken, schwarzen Kreuz. So, jetzt würde er seine Stadt immer schnell finden. Gut dass in dem ganzen Trubel keiner etwas gemerkt hatte. Auch noch nach einem Jahr - die Karte hing jetzt an der hinteren Wand - freute sich Fred über seine heimlich gelungene „Markierung".

Die Erstklässler sollten sich jetzt erst einmal an einen regelmäßigen Schulbesuch gewöhnen. Im ersten Schuljahr begann der Schultag erst um neun Uhr mit dem Frühstück. Schnell schliff sich Routine ein. In der Küche im Keller einen Becher Kakao abholen und das mitgebrachte Brot dazu essen. Dann war Unterricht bis 11:30 Uhr. Um zwölf wurde dann zum Mittagessen geläutet.Für die ersten zwei Jahre gab es diese „Schulspeisung". Weil alle Kinder des Krieges wegen unterernährt waren und meist auch entsprechend erbärmlich und mager aussahen! Sie bekamen während dieser Zeit, die immer noch von der allgemeinen Not geprägt war, oft nur eine magere Mahlzeit. Meistens Gemüseeintopf mit Variationen. Nach dem Essen war fast jedesmal ein großer Becher Kakao mit einem Brötchen obligatorisch. Dieser Geruch nach Kakao durchdrang das ganze Haus. Er kroch unter die Haut wie ein Borkenkäfer unter die Rinde. Dieser penetrante Geruch nach Kakao haftete wie ein schlechter Ruf. Bald konnte Fred keinen Kakao mehr riechen!

Die Nahrungsmittel, hatte Fred beobachtet, wurden oft in großen Blechkisten geliefert und stammten von CARE. Oft voll gepackt aus englischen Militärbeständen. Jedenfalls ließen die Beschriftung der Kartons und der diversen Blechbehälter darauf schließen. Fred konnte die Sprache zwar noch nicht, aber „Army" und die kleinen Abzeichen des Union Jack kannte er schon.

Das Essen wurde im etwas unheimlichen Keller der *Pestalozzi*-Schule zubereitet. Feuchte und fleckige Wände. Hier wartete man förmlich auf allerlei Wanzen und Kakerlaken, wie er sie in anderen Kellern häufig fand. Die große Behelfsküche machte aber wider Erwarten einen blitzsauberen Eindruck. Eingerichtet mit riesigen Aluminiumkesseln, alle rundherum mit einem hübschen Muster aus kleinen Kreiswirbeln. Auch auf den Regalen und anderen Behälter glänzte dieses mattsilberne charakteristische Muster. Was Fred auch noch auffiel: Die meisten Köchinnen waren ziemlich dick. Die armen Frauen mussten wohl vor der Essensausgabe immer erst alles vorkosten. Die Kinder dagegen hatten ständig Hunger. Da schmeckte alles, egal ob es aus klappernden, grün lackierten Blechtöpfen oder aus total zerbeultem ehemaligem Feldgeschirr gelöffelt wurde. Am 6. Dezember mittags erschien dann auch noch ein weißbärtiger Nikolaus mit einem langen roten Mantel. Fred überlegte: „Der weiße Bart war ja noch akzeptabel, aber warum musste der mit einem so roten Mantel protzen? Dann schimpfte der Mantelträger erst ein Mal, wie zu Hause (Nikoläuse müssen wohl immer schimpfen!) und ermahnte dann die Kinder. Zu loben gab es wohl nichts. Jedenfalls wurde nichts derartiges erwähnt! Wenigstens durften sich dann alle Kinder, zur Feier des Tages, zusätzlich einen gebackenen Nikolaus aus einem großen Weidenkorb angeln.

Fred stellte sich mutig gleich zweimal an.

Der Schulweg

„Festhalten!" Fred ermahnte Egon, der freihändig auf dem untersten Trittbrett saß. „Wir müssen gleich abspringen!" Das lahme Hafenbahnzügle erreichte gerade die Brücke über die Eckenerstraße. Dann schnell über die Gleise stolpern und über die Charlottenstraße, entlang der Marienstraße in die Allmandstraße springen. Schon standen sie atemlos vor ihrer Schule.

Fred wohnte über der Metzgerei mitten in der Kleinebergstraße. Direkt hinter dem Hafenbahnhof. Damals grenzte der Garten hinter Freds Haus noch an die Eckenerstraße. Direkt dahinter versperrte dort wo heute eine Tankstelle steht, ein doppeltes Bahn-Abstellgleis den Zugang zu Freds „Abenteuerspielplatz", dem Industriehafen. Kurz davor hielten die Züge, vom Stadtbahnhof kommend am Hafenbahnhof. Hier wurden öfters die Loks umgesetzt und nach der Bremsprobe rasch wieder zurück zum Stadtbahnhof geschickt. Das war immer der beste Moment zum Aufspringen. Dabei war es wichtig, auf ein dem Hafenbahnhof abgewandtes Trittbrett zu klettern. Dann wurde man vom Schaffner nicht so schnell entdeckt. Außen, halb auf dem Trittbrett sitzend, fuhren Fred und sein Kumpel Egon dann, natürlich ohne Fahrschein, bis zum Hauptbahnhof mit. Wenn der Zug dann kurz vor der Einfahrt in den „Hauptbahnhof" wieder bremste, sprangen sie an der Friedrichsbrücke ab. Der „normale" Alternativweg ohne die Gleise verbotenerweise zu überqueren, hätte durch die Unterführung geführt. Dieser Weg wäre sogar kürzer gewesen, aber längst nicht so spannend! Dieser Nervenkitzel war das Abenteuer der „Kleinen Männer" und damit die tägliche Würze des Schulweges!

Abenteuer erlebten die beiden Kumpels aber auch auf dem „normalen" Schulweg. Zum einen war damals noch das Kippen sammeln beliebt, weil sehr einträglich! Das ging so: An jeder Ecke lungerten immer viele Soldaten herum. Die rauchten permanent und warfen ihre Stummel einfach auf die Straße. Fred und seine Freunde sammelten die angebrannten Kippen auf und verstauten diese zunächst in den Hosentaschen. Bei den späteren Zusammenkünften mit den anderen Jungs brachte immer einer ein Päckchen Zigarettenpapier mit. Das kostete damals nur zehn Pfennige. Dann wurden die schwarzen, stinkenden Tabakreste aus den Papierresten gepuhlt und zerkrümelt. Vertrockene Blumen, Blätter und getrocknete Tabakpflanzenreste wurden mit einem Fleischwolf in Fasern und Stückchen kleingedreht. Danach in einem großen Karton alles vermischen und aus dem so gewonnenen Rohmaterial neue Zigaretten drehen. Dadurch wurden aus dem mit Nikotin angereichertem Alt-Tabak - *Simsalabim* - neue Zigaretten mit Intensiv-Geschmack! Und dafür gab es immer spendable Abnehmer. So kamen Fred und seine Kumpels auch zu ihrem „Taschengeld". Diese *neue Marke „Herbstblume"* ließ sich auch sehr gut gegen Eier, Butter oder Schokoladenriegel (am liebsten „Hershey's" aus den CARE-Hilfspaketen) eintauschen. Das alles war allgemein sehr beliebte Mangelware!

Das einzige Geld, das Fred von seinen Eltern erhielt, waren die täglichen Zehnpfennig-Münzen für das Schulfrühstück. Eine Brezel zum Beispiel kostete zehn Pfennige. Der Becher Kakao dazu war kostenlos. aber es gab natürlich auch noch andere Verlockungen! Auf dem täglichen Weg von der Schule nach Hause kam Fred immer an einem Kiosk vorbei. Da gab es für zehn Pfennig eine verlockend duftende, köstliche Kugel Himbeereis! Eis schlecken war Fred aber, aus für ihn völlig unverständlichen Gründen, ausdrücklich verboten worden. Und alles, was verboten war, vergrößerte nur die Sehnsucht. Es kam, wie es kommen musste: Fred hatte wieder einmal auf seine Brezel verzichtet und das Zehnpfennigstück aufgespart. Dafür hatte er sich den ganzen Vormittag auf das verlockende Himbeereis gefreut. Schon beim Verlassen der Schule lief ihm das Wasser im Munde zusammen. Am Kiosk leistete er sich dann, ohne sich umzusehen, eine dieser himmlischen Kugeln. Seine Schleckorgie begann. Ganz „zufällig" begegnete ihm sein Papa - oder war es etwa Absicht gewesen - und ertappte Fred beim verbotenen Eisschlecken. Bei der folgenden Backpfeife wurde selbst die kleine rosa Eiskugel in Freds Hand zum Geschoss. Fred schielte sehnsuchtsvoll hinterher. Dann spürte er, total verängstigt, die brutale Kraft am Hosenträger die ihn nach Hause zerrte. Dort „genoß" er dann noch eine Portion (Himbeereis)-„Nachschlag". Dazu noch für die Dauer von vier Wochen das Frühstücksgeld gestrichen!

Dem Verlorenen folgt die Sehnsucht!

Die Zweite Klasse

Freds Schulkarriere begann mit dem Schönschreiben von Buchstaben und Wörtern. Die Vorlagen und Muster fand er in den entsprechenden Fibeln. Geschrieben wurde mit „Griffeln" auf Schiefertafeln. Auf der Vorderseite dieser Tafel halfen parallele Schönschreiblinien und auf der Rückseite derselben waren weiße "Rechenkästchen" um die Zeichen korrekt zu plazieren. Diese Griffel mussten immer schön angespitzt sein, damit das „Geschreibsel" lesbar wurde. Fred hatte schnell herausgefunden, dass für die Schönheit der Schrift nicht nur die Spitze des Griffels verantwortlich war. Schönschreiben schien einfach nur Glückssache zu sein. Vielleicht auch ein bisschen Übungs-sache. Freds Lehrer aber, legte warum auch immer, besonderen Wert auf schön gespitzte Griffel. Eine alte, rostige Feile aus Großvaters Werkstatt half da sehr. Durch den Rost an der Feile wurde die Spitze aber immer ein bißchen braun. Das abgeriebene Griffelmehl flog dann meistens, wie durch Zauberhand bewegt, dem Hintermann heimlich auf die Tafel. Schon war wieder Anlass für ein gänzlich unnötiges Palaver.

Freds Griffeldose war aus hellem Holz mit einem am Ende abgerundeten Schiebedeckel. Darauf prangte in großen schwarzen Buchstaben sein Name: FRED. In diese Griffelkästchen passten aber auch viele andere praktische Dinge, wie zum Beispiel kleine Frösche oder Stinkbomben. Wenn dann so eine kleine Glasampulle, ganz zufällig, herunterfiel und zerbrach, war der Unterricht - zumindest bis zur nächsten Stunde - beendet. Der Gestank der Buttersäure war kaum auszuhalten!

Allmählich wurden die Anforderungen gesteigert. Da mussten natürlich auch die Streiche angepasst und deftiger werden. Bis jetzt war ja noch nichts Wesentliches passiert. Um Fred kümmerte sich in der Schule kaum jemand. Wie auch zu Hause! Deshalb half er eines Tages seinem Schicksal etwas nach...

Vor dem Klassenraum, der inzwischen in den ersten Stock verlegt worden war, gab es einen Vorraum, in dem die Kinder ihre Jacken und Mützen aufhängen konnten. In einem kleinen Waschbecken an der Wand durften (oder sollten) sich die Schüler die Hände waschen, oder den nassen Schwamm für die Tafel ausquetschen. Da das zugehörige Handtuch schon, wie meistens pitschenass und schmutzig war, legten es Fred und sein Freund Egon zum Einweichen in das Becken und drehten den Wasserhahn auf. Just in diesem Augenblick rief die Klingel wieder zum Unterricht. Die beiden rannten eiligst zu ihrer Bank. Das Wasser war augenblicklich vergessen. Natürlich saßen sie auch nebeneinander. Sie schauten sich an. Jeden durchzuckte der gleiche Gedanke - oh je, das Handtuch! Vielleicht hätten sie doch besser den Hahn gleich wieder zugedreht? Bald rutschten sie immer unruhiger hin und her. Das Gewissen plagte nun doch ein bißchen. Da machte sich auch schon eine große Aufregung breit. Alle liefen zum Fenster. Ein großes Feuerwehrauto bog mit tatütata in den Schulhof ein. In dessen Schlepptau sogar die Feuerleiter. Was war bloß passiert? Fred und Egon schauten sich wortlos an. Ihre Ohren wurden immer heißer. Nachdem alle Schüler über die zweite Treppe das Gebäude geräumt hatten, mussten sie sich im Schulhof in Zehner-Reihen aufstellen. Der Schuldirektor gab den ungewöhnlichen Anlass für die allgemeine Aufregung bekannt. „Das Handwaschbecken im ersten Stock sei übergelaufen. Das Wasser sei, da der Abfluss durch ein Handtuch verstopft gewesen sei, übergelaufen. In Folge dessen die steinerne Freitreppe hinuntergluckernd, habe es inzwischen Erdgeschoss und sogar den Keller erreicht. Die Haupttreppe sei nicht mehr begehbar. Die Suche nach dem üblen „Missetäter" erfolge in Kürze."

Zur allgemeinen Belustigung der Schüler wuselten eifrige Feuerwehrleute, Putzfrauen und der halbe Lehrkörper mit Wischern, Wassereimern und nassen Putzlumpen wild durcheinander. Nach einer Weile ebbte die Aufregung ab. Die Stimmung der untätig herumstehenden Schüler schlug um. Die unverhofft geschenkte Unterrichtsunterbrechung wäre zwar ein Grund zur Freude und Begeisterung gewesen. Aber nur Herumstehen langweilte. Endlich begann die unvermeidlich obligatorische Suche nach dem Übeltäter. Wie üblich hatte keiner etwas beobachtet. Das Ende vom Lied: Alle Schüler wurden für den Rest des Tages nach Hause geschickt, weil das ganze Treppenhaus (endlich einmal) gereinigt werden musste. Das hatte vorläufig wirklich vorzüglich geklappt!

Aber es kam, wie es kommen musste. Am nächsten Tag wurde Fred bei Schulbeginn gleich nach vorne zum Lehrerpult zitiert und mit dem gestrigen Vorgang konfrontiert. Angeblich hätte ihn jemand erkannt. Fred war sich sicher, bei der Tat niemanden gesehen zu haben! Das war bestimmt eine Finte! Doch oft funktioniert der berühmte ‚Schuss ins Blaue‘. Da rächte es sich, dass er schon des Öfteren an Streichen beteiligt gewesen war. Egon kam nach vorne und stellte sich an Freds Seite. Er hatte nicht die Nerven zu sehen wie sein Freund überführt wurde. Und als solcher mochte er Fred nicht alleine leiden lassen. - Fred wurde als Erster verhauen. Er zählte die Anzahl der Tatzenschläge nicht mit. So war es leichter zu ertragen, weil ja jeder Schlag der letzte hätte sein können. Seine zarten Handflächen glühten schon. Da er die Schmerzen der Schläge ja von zu Hause gewöhnt war, biss er auf die Zähne und dachte an den „Indianer, der keine Schmerzen kennt". Deshalb weinte er auch nicht. Dafür belohnte ihn die Klasse mit dem Ausdruck „Harter Brocken". Denn keiner wusste, was wirklich in ihm vorging. Und dass er wegen seiner häuslichen Erfahrungen so hart im Nehmen war! Egon hatte, weil er Fred aus Solidarität helfen wollte, Glück und wurde nur verwarnt.

Egon und Fred hatten ihren Eltern gegenüber den Vorfall so gut es ging geheim gehalten. Als aber ein paar Tage später der blaue Brief mit der Kostenankündigung für den Feuerwehreinsatz eintrudelte, kamen sie nicht mehr darum herum, den Kochlöffel noch einmal küssen zu müssen.

Im Unglück erkennt man seine Freunde!

Die große Schaukel

Herrlich wenn einem beim Fliegen der Wind um die Nase weht! Doch der Reihe nach. Nach dem großen Krieg waren die meisten öffentlichen Spielplätze völlig zerstört. Da war es nur zu verlockend einen Ersatzspielplatz zu finden. Da bot der nahe gelegene hintere Hafen, auch Industriehafen genannt, viele Gelegenheiten. Das, was am See von den Hafenanlagen übrig war, lockte jedenfalls mit zahllosen Möglichkeiten. Der direkte Weg zum See war durch einen längeren Doppelgleisanschluss vom Hafenbahnhof her versperrt. Unmittelbar neben der Trajekt-Verladung nach Romanshorn versteckte sich in Richtung Eriskirch noch ein weiteres kleines Naturhafenbecken. Daneben stand ein riesiger Verladekran einer Kiesbaggerfirma. Der verlud den nassen, schweren Bodenseekies geradewegs in die offenen Schüttwagen der Reichsbahn. Wenn gerade keine Eisenbahnwagen da standen, verklappte der Kran mit seinen riesigen Schaufelschalen den tropfenden Kies auf einen großen Sammelhaufen. Sonntags, bei Arbeitsruhe, ruhte die Kranschaufel dann mitten auf der Spitze des riesigen Kiesberges.

Da waren Kirchgang und die gute Sonntagsschale schnell vergessen. Mit zwei, drei, rohen Stützbohlen vom Bauhof nebenan, gelang es leicht, den Berg aus Bodenseegeröll zu erklimmen. Dann konnten Fred und Egon gemeinsam die rostige Schaufel erklettern und wie schwerelos unter einem endlos blauen Himmel schaukeln. Wenn dann noch die Glocken der Canisiuskirche ihre Schäfchen zur Hl. Messe riefen, war das Glück für die Buben, trotz (oder wegen) der geschwänzten Messe, auch mit schmutzigen Händen förmlich greifbar. Außerdem waren sie beim Schaukeln dem Himmel näher als beim Knieen in einer Kirchenbank. Höllisch aufpassen musste man dann nur noch auf diverse Schmierstellen an den Gelenken der Baggerschaufel. Sonst hatte man hinterher so fettige schwarze Markierungen wie ein Indianer in der Fastnacht. Am gefährlichsten aber, war der Ausstieg. Die einzige Möglichkeit war abzuspringen. Dann rutschte man, völlig ohne Kontrolle den nassen Kiesberg hinunter. Zudem musste man, weil die Schaukel ja nicht anzuhalten war, beim Herausklettern ganz arg aufpassen, dass man den Kiesberg nicht verfehlte. Die Rutschpartie war jedenfalls nochmal ein Höhepunkt, wenn sie auch jedesmal ein interessantes Muster auf den Hosen hinterließ! Aber der Spaß war den anschließend zu erwartenden Ärger wert. Mit viel Seife wurden Kinder und Sonntagskleider wieder sauber!

Schmutz vergeht, Erinnerung besteht.

Schwimmen (?) lernen

Im kleineren hinteren Hafenbecken schwammen zwei
große längliche, aber angebundene Blechpontons. Jeweils
circa vier Meter lang und einen Meter dick. Ähnlich wie
ein großes Boot, nur mit ovalem Durchmesser. Die
Hafenarbeiter nutzten sie, frei darauf balancierend, für
Außenreparaturen an den Kiesschuten. Die westliche
Hälfte des Hafenbeckens wurde von einem durchgehenden
Brettersteg umrundet. Der stand auf dicken Holzpfählen
im Wasser. Die in die Dalben eingeschlagenen Eisen-
klammern waren rostig, aber verlockten doch, einer Leiter
ähnlich, zum Klettern. Fred nutzte diese geschickt, um
über ‚seine' Behelfsleiter zu den Pontons hinunter-
zukommen. Sofort knotete er einen der beiden los. Egon
dachte mit und warf ihm noch ein kurzes Stück Latte zu.
Platsch - es spritzte und Fred war nass. Dafür hatte er jetzt
eine Art Paddel und konnte damit den Ponton auf die
andere, flachere Seite des Hafenbeckens rudern. Dort
wartete Egon schon ungeduldig auf die Mitfahrt und
kletterte hastig auf den Ponton. Es schaukelte enorm.
Egon hielt sich an einem der angeschweißten Eisenringe
fest aber es kippelte immer mehr. Dann begann sich das
rostige und rutschige „Behelfsboot" wie in Zeitlupe zu
drehen. Egon sprang schnell zum Ufer hin ab. Durch den

Absprung angetrieben - actio=reactio - schoss der Ponton pfeilgerade in Richtung Hafenmitte. Fred versuchte, sich noch fester am glatten, rutschigen Blech anzuklammern. Es half nichts, er rutschte sanft und leise ins Wasser. Zu dumm, dass er noch nicht schwimmen konnte. Er war diesbezüglich auch kein Naturtalent und begann in wilder Panik um sich zu schlagen. Ein Spaziergänger hatte das ziemlich miss-glückte „Manöver" beobachtet. Er griff sich beherzt einen der langen Bootshaken, die zwischen den Dalben eingehakt waren. Damit kriegte er den, inzwischen bewegungslos im kalten Wasser treibenden, kleinen Fred am Lederhosenbund zu fassen. Er hievte das tropfnasse Bündel auf den Brettersteg. Egon kam atemlos angelaufen und rannte aufgeregt gleich die einhundertundfünfzig Meter weiter bis zu Freds Wohnung. Der Retter hatte Fred inzwischen auf den Bauch gedreht und dann den halblebigen Körper mit den Füßen hoch gehalten um ihn leer laufen zu lassen. Als der Kleine kein Wasser mehr spuckte, begann er mit der Wiederbelebung. Fred, dem Tod gerade nochmal von der Schippe gesprungen und japste auch bald wieder. Inzwischen war seine Mama herbei gelaufen und war doch froh, dass der Lausbub noch lebte. Kaum zu Hause, wurde Fred, wider Erwarten ohne Schläge, in eine blanke Zinkwanne mit heißem Wasser gesetzt. Üblicherweise diente diese Wanne in der Metzgerei darunter zum Schweineschlachten, wurde aber auch ausnahmsweise samstags - richtig praktisch - als Wochenend-Familienbadewanne genutzt. Zu guter Letzt gab es noch - total ungewöhnlich - einen Becher heiße Milch mit Honig. Vorbeugend gegen eventuelle Erkältung.

Das Beste vom ganzen Unglück kam aber noch: Am folgenden Sonntag schleppte Papa den mageren Fred zum Negerbad in Fischbach. Zum Schwimmen lernen! Der erste Schwimmunterricht gestaltete sich ungefähr so: Papa warf Fred weit hinaus ins Wasser. Dann rief er: „Entweder du schwimmst jetzt oder du bleibst im Wasser bis deine Zehennägel rosten!"- Das war didaktisch zwar nicht sehr klug, aber Papas bayerischer Natur geschuldet. Immerhin bewirkte diese Art von „Anleitung", dass Fred schnell lernte, sich über Wasser zu halten!

Milde erreicht oft mehr als Heftigkeit!

Der Vater

„Horch, was kommt von draußen rein, es wird doch nicht der Papa sein?" Fred hatte außerordentlichen Respekt vor seinem Vater. Wobei die Grenze zwischen Respekt und Angst sich sehr fließend anfühlte. Also, im Zweifelsfall lieber erst einmal schnell verstecken.

Sein Vater war ja eigentlich Flugzeugkonstrukteur und hatte bei Dornier gearbeitet. Während des Krieges wurden die gesamte Industrie und auch Dornier ausgebombt. Der Vater als Kriegspilot irgendwo über Frankreich abgeschossen, galt lange als vermisst. Wie er später selbst erzählte, versteckte er sich im Untergrund und lernte, sich als Koch und Metzger durchzu'fressen'. Neunzehnhundertvierundvierzig tauchte er wieder auf und half. Das halb abgebrannte Haus wieder bewohnbar zu renovieren. Und, als Metzger, bei der Ernährungsversorgung der Friedrichs-hafener Bevölkerung. Seine Familie wohnte zu der Zeit direkt über der Metzgerei in der Kleinebergstrasse.

Neunzehnhundertachtundvierzig, kurz nach der Währungsreform, wollte Freds Vater nicht länger als Hilfs-Metzger arbeiten. Außerdem hatte sich der Vater, nach Kriegsende, mit Hilfe des *CHRISTIANI*-Fernstudiums zum

Ingenieurberuf weitergebildet. Erwin fand, nach kurzer Suche, eine neu ausgeschriebene Arbeitsstelle als *REFA*-Ingenieur (REFA=Reichsstudien für Arbeitszeit) beim Fendt. Die neue Stelle bei der Traktorenfabrik lockte. Schließlich lag sie im Allgäu, ganz nahe seiner Heimat. Er bekam die Selle und gleich noch eine Firmenwohnung dazu. Also zog die ganze Familie nach Marktoberdorf. Weg von der Metzgerei in der Kleinebergstraße, wo es oft so erbärmlich stank. Fred hätte es in Friedrichshafen trotzdem besser gefallen, denn das war seine Heimat. Für ihn barg die Metzgerei auch große Vorteile: Öfter ein Extrawürstchen! Ein Pärchen Saitlinge, noch halb warm, für ihn damals das halbe Paradies!

In Marktoberdorf war sein Paradies endgültig zu Ende. Vieles hatte sich zum Negativen entwickelt. Ein längerer Schulweg, keine besten Freunde und zusätzlich mithelfen im Haushalt. Vaters neue Arbeit, höhere berufliche Anforderungen und weniger Freizeit verursachten weiteren Stress. Das hätte Fred eigentlich nicht betroffen, aber es wirkte sich auf die Laune seines Papas aus. Und das kriegte Fred jeweils hautnah zu spüren! Es folgte fast jeden Freitagabend die gleiche Prozedur: Egal ob Fred in der Schule oder zu Hause etwas angestellt hatte, wenn Papa nach Hause kam, gab es Dresche. Dafür fand sich auch immer ein Grund. Gott sei Dank kam er nicht so oft heim. Wenn Papa nach der Arbeit nach Hause kam, hatte er nämlich oft schlechte Laune. Dann zeigte er oft heftig, wer der „Chef im Hause" war. Erwin trainierte in seiner sportlichen Freizeit als Boxer und Fechter. Bei seiner vielen Arbeit war seine Freizeit sowieso sehr begrenzt. Und dann übte er seinen Sport auch noch in vielen Variationen aus. Oft nahm er sogar an Wettkämpfen teil. Fred interessierte sich weder für die verschiedenen Anforderungen des Sports noch für die Spielarten einer speziellen Freizeitgestaltung, die doch nur als Flucht vor Familie und Verantwortung zu werten war. Als Kind bewunderte Fred seinen Vater. Einfach, weil er stark und clever war und schnell reagieren konnte. Aber wenn Fred den Gesprächen der „Großen" lauschte hörte er auch, dass sein Vater nicht *nur* ein „Gewinnertyp" war.

Manchmal gab sich der Vater sogar Mühe mit Fred zu spielen. Bei diesem Spiel ging es nur um Schnelligkeit. Da konnte er Freds Reaktionszeit trainieren! Er drückt z.B. mit einem Finger ein 30 Zentimeter langes Lineal mit dem oberen Ende gegen die Wand. Fred sollte seinen Daumen mit circa einem Zentimeter Abstand vor das unteren Ende halten. Ließ Papa oben los, musste Fred durch schnelles Drücken versuchen, das kurze Lineal am Durchrutschen zu hindern. Wenn er das Lineal noch erwischte und festhalten konnte, hatte Fred gewonnen. Je nach dem, wie viele Zentimeter des Lineals durchgerutscht waren konnte man sogar ablesen, wie schnell er war. Fred verlor regelmäßig!

Statt sich am gemeinsamen Spiel mit seinem Sohn zu erfreuen, nutzte er sogar dieses einfache „Spiel", um seine Überlegenheit immer wieder zu demonstrieren....

Hatte Papa schlechte Laune, - das spürte Fred schon an der Art der Begrüßung der Mutter, wenn er heim kam - war sich zu verstecken eine schon oft geübte und (vielleicht lebenswichtige) Zeremonie, um dem gefürchteten Donnerwetter möglichst wirkungsvoll entgehen? Fred suchte sich zielgerichtet ein gutes Plätzchen, wo ihn sein Papa vermeintlich nicht so schnell finden konnte. In der vagen Hoffnung, dass Papa mit dem Ablauf der Zeit etwas „abkühlen würde"! Vorsorglich zog Fred dann noch einen dicken Pullover an. Empfehlenswert, sagte ihm seine ‚Erfahrung', war sozusagen als Polster auch eine dicke Cordhose. Sein Papa fand ihn schnell, eingezwängt in seinem Kleiderschrank. Fred schwitzte und zitterte gleichzeitig. Dann fühlte er sich mit ungeheurer Wucht am Hosenbund gepackt, hochgehoben und vom wutschnaubenden Vater quer durchs Wohnzimmer geworfen. Das angstzitternde Kinderbündel prallte an die Wand über dem Sofa. Dort rutschte die Handvoll „Mensch-lein" hinunter, purzelte noch übers Sofa und blieb bewegungslos liegen. Fred betrachtete still seine bunten Bauklötzchen, die dort noch vom Nachmittag lagen. „So schön bunt!" schoss es ihm durch den Kopf. An die reale Situation konnte und wollte er nicht denken. Sonst tat ihm alles bloß noch mehr weh; er hatte gut gelernt, die Schläge einfach zu ignorieren und auszublenden. Nicht nur das, manchmal streckte er Papa sogar noch die Zunge heraus. Dann wurde Erwin so wütend, dass es sogar der ‚neuen' Mama zuviel wurde. Beim ersten „Rumpeln" kam sie meistens eilig angelaufen und bremste den Vater. Papa verließ danach meist wütend das Zimmer und Fred spürte auf diese Weise so eine Art Fürsorge mütterlicherseits. Schon dafür lohnte es sich, das alles auszuhalten. Was hätte der achtjährige Fred auch sonst tun können? Weglaufen ging nicht. Wohin? Er wäre schon gern nach München zu seiner ersten Mama gelaufen. Er vermutete jedenfalls, dass die Frau, an die er sich noch vage erinnern konnte, sich wie eine Mama verhielt. Sie hatte ihm einmal von der schwierigen Nachkriegszeit erzählt und dass er während diese Zeit weitgehend bei ihr gelebt hätte. Da hätte sie wie eine Mama für ihn gesorgt.... Aber München war weit weg und wie fand man den Weg dorthin? Außerdem war ja seit vier Jahren die neue Mama da; er müsste sich einfach nur an sie gewöhnen; und wenn er gefügig war, schimpfte sie auch nicht. Aber wofür dann auch noch brav sein? Er fand einfach keinen plausiblen Ausweg aus dem Dilemma solcher Rituale....

Strenge Herren regieren nicht lange!
Hofft man...

Markt-Oberdorf

Fred vermisste überall seinen geliebten Bodensee. Die ganze Familie musste sich aber schließlich fügen. Wie immer: Für die neue Arbeit gab es mehr Geld! Das gab schließlich den Ausschlag für den Umzug ins Allgäu.

Da startete Freds Familie nun einen Neuanfang. Sie bestand nun aus der Mama, aus dem noch kleinen Schwesterchen Heike und drittens aus dem jetzt 7-jährigen Fred, der in den Augen seiner Eltern eigentlich immer nur für Ärger sorgte. Und natürlich nicht zu vergessen: Freds Papa Erwin, der für die notwendige Lebensgrundlage sorgte. Die Mama wäre natürlich viel lieber nach Heidelberg gezogen. Das hätte sie aber ohnehin gar nicht gekonnt, denn ihr besetztes Haus befand sich in dem Teil der romantischen Stadt am Neckar, wo sich die Offizieren der amerikanischen Besatzung am wohlsten fühlten Dafür wohnte die ganze Familie jetzt in einem komfortablen Firmenhäuschen. Situiert in der Mitte einer Dreierreihe gleichartiger Häuser am östlichen Orts-rand des ehemaligen Allgäuer „Marktes" Oberdorf.

Vor dem Haus, endlos grüne Wiesen mit glockenläutenden Kühen. Weit und breit kein Geruch nach Metzgerei! Statt dessen roch es hier überall und deutlich nach „Allgäu". Der große Bauernhof, der sich keine zweihundert Meter entfernt in eine der weitläufigen Wiesen vor dem Bahndamm duckte, hatte seinen unverwechselbaren Landwirtschaftswiesenduft. Unmittelbar daran angrenzend lag das - noch relativ kleine Familienunternehmen der Gebrüder Fendt. Deren alte Produktionsgebäude dehnten sich weit nach Nordwesten aus. Neben der Markt-Brauerei war die aufstrebende Schlepperfabrik der Hauptarbeitgeber im Ort. Und hier hatte jetzt auch Freds Vater seinen Arbeitsplatz.

Drei deutlich ortsbestimmende Hügel prägten das Gesicht vom Markt Oberdorf. Der Schloßberg, die Sonnhalde und der Bichel in der Ortsmitte. Auf letzterem versteckte sich in einem kleinen Wäldchen das Sportstadion. Auf dem Schloßberg thronten, wer hätte es gedacht, die Überreste eines ehemaligen Schlosses. Inzwischen war die gesamte Anlage in ein Kloster umgewandelt worden. Das einzige Prunkstück, das übriggeblieben war: die Kirche St. Martin mit einem sehr schöne Zwiebelturm. Die umgebende Natur war gespickt mit einzelnen Landwirtschaftsbetrieben, die hauptsächlich Milchviehhaltung betrieben. Das schien auf den ersten Blick sehr idyllisch. Aber für achtjährige Jungs gab es, auch auf dem zweiten Blick nicht so viel geschickte Spielmöglichkeiten wie am Bodensee. Man musste schon genauer hinschauen. Das einzig akzeptable Wasser weit und breit spendete die Wertach. Ein noch relativ schmächtiges Flüsschen das sich ab und zu von Weiden flankiert, aber naturbelassenen zwischen den, von den früheren Gletschern übrig gebliebenen Endmoränen, an Marktoberdorf vorbei schlängelte. Hier, stellenweise noch ungestüm wild und jugendlich, pflügte sich die Wertach romantisch durch, mit Fichtenwäldchen bestandenen und mit Kuhfladen übersäte, Auen. Hier begegnete Fred, auf seinen fast täglichen Ausflügen Richtung Wertach, auch Erika. Der Hof, in dem das etwa gleichaltrige Mädchen lebte, lag ziemlich genau in der Hälfte zwischen Marktoberdorf und Thalhofen, just am Weg zum Bach. Das einfache Bauernmädchen hatte Fred aus, für ihn unerfindlichen Gründen, in ihr, gut zu fühlendes Herz geschlossen. Freds Freund Werner, der ihn immer und überall begleitete, gehörte vielleicht gerade wegen seiner dünnen Kinderlähmungsarme nicht in Erikas Beuteschema. Sei's drum. Werner konnte eh keine Mädchen leiden. Fred machte sich darüber auch keine großen Gedanken. Er fand Erika prickelnd. Oft kam sie gleich mit und dann stürzte sich das Trio, soweit es die Schule und das Entkommen vom häuslichen „Gefängnis" zuließen, in immer neue Abenteuer. Sowohl in der Umgebung als auch direkt am, oder auch im Bach. Im Stall wo sie zu Hause war, oder auch auf dem Heuboden im Schober gab es tausend weitere Möglichkeiten. Eines Abends, Fred und Werner schwänzten eine Schulfeier und waren einfach länger draußen geblieben. Beide streunten

Richtung Wertach. Den reissenden Bach im Dunkeln zu erleben war einfach etwas Besonderes. Als sie an dem Hof vorbeikamen wo Erikas zu Hause war, wartete die schon (ganz zufällig?) am Zaun angelehnt. Sie roch ein bisschen nach Bier und angelte ziemlich hastig nach Fred. Unvermittelt begann sie zu knutschen, als sei sie auf Entzug. Werner wollte seinem Freund schon zu Hilfe eilen. *Knackss* - da brach die Zaunlatte, an der die beiden, heftig turtelnd lehnten. Erika fiel hintenüber und traf genau in einen Kuhfladen. Fred fiel glücklicherweise auf sie. Werner schüttelte sich vor Lachen. Das sah aber auch zu komisch aus, wie Fred sich an ihrem festen Busen festhielt, um nicht ebenfalls in den Kuhfladen zu rutschen. Nachdem Werner wieder zu Atem gekommen war, half er seinem Freund von Erika abzusteigen. Da das anhängliche Mädchen nun sehr intensiv duftete, verzichteten die beiden für diesen Abend auf weitere ‚Aben(d)teuer‘ und verdufteten ebenfalls. Schnell wieder zur Schule zurück. Gerade noch rechtzeitig, da die Schulfeier gerade zu Ende gegangen war. Die Eltern warteten, weil es schon spät war, ausnahmsweise auf ihre Schützlinge!

Schade um guten Wein in schlechtem Fasse!

Der Butter brennt

Es gibt so Tage, da geht alles schief. So wie heute: Papa war schon zur Arbeit gegangen. Das an sich wäre ja gut gewesen, aber Fred pressierte wieder einmal zur Schule. Die Uhrzeiger standen schon auf halb acht. Schnell noch Zähne putzen und bloß nicht zu viel waschen. Wer weiß, ob das am Ende nicht doch schadete. Damals gab es noch kaum warmes Wasser. Höchstens samstags, wenn alle Familienmitglieder nacheinander in den großen, ovalen Holzzuber stiegen. Wer warmes Wasser brauchte, schöpfte es aus dem Schiffchen im Küchenherd. Oder man angelte ein paar der Eisenringe aus dem Küchenherd und zentrierte auf dem entstandenen Loch einen großen kupfernen Wasserkessel.

Nach der Katzenwäsche noch schnell den Frühstückstisch decken. Fred half gern beim Tischdecken. So konnte er leichter die Speisen, die er gern mochte, aus der Speisekammer auf den Tisch schmuggeln. Heike, sein Schwesterchen und das Nesthäkchen, war zwar noch klein, aber sie drückte sich gerne vor dem Helfen. Trotzdem wurde sie immer wieder bevorzugt! Fred empfand das äußerst ungerecht!

Mama hatte den Küchenofen schon angeheizt und beeilte sich die Betten zu richten. Das Wasser im Schiffchen begann zu rauchen. Schnell noch das Besteck aus der Schublade im Küchentisch angeln. Der Butter fehlt noch! Der lagerte in der Speisekammer und war natürlich bockelhart.

Den Butter und die Milch, vom Bauernhof gleich nebenan, brachte Fred immer am Vortag nach der Schule mit. Zuerst zu Hause schnell die zerbeulte Milchkanne holen und dann nochmal zum Bauernhof. Auf dem Weg dorthin wurde Fred oft von Werner begleitet. Werner, sein Freund vom ersten Nachbarhaus, spielte mit Fred gern Kannen-schleudern. Mit Werner machte alles Spaß. Sie verstanden sich prächtig. Auch beim Kannenschleudern. Wenn man nun die mit Milch gefüllte Kanne am ausgestreckten Arm schnell genug rotieren ließ, lief die Milch nicht heraus. Das war ja hinreichend bekannt. Aber die beiden wollten die Physik überlisten und den Ablauf verlangsamen: Der, der mit der vollen Kanne am langsamsten rotieren konnte, musste dann schon mal zurücklaufen, um die heraus-gespritzte Milch nochmal nachzutanken. Und wenn sie dann nicht mehr nachzahlen konnten, mussten sie die Zuschlagmilch gleich auf dem Hof abarbeiten. z.B. Kuhstall misten oder Heu vom Oberboden in den Stall gabeln. Zu zweit machte das sogar Spaß. Das wäre aber noch eine andere Geschichte.

Also, den Butter aus der kühlen Speisekammer holen. In einer richtigen Allgäuer Speisekammer, direkt neben der Küche, gab es oft noch einen Eisschrank mit echtem Eis! Das musste Fred meistens als Block bei der nahegelegenen Brauerei holen. Anschließend wurde der Block mit einem Beil zerkleinert und in den Eisschrank gefüllt. Da der innen mit Blech verkleidet war schloss er die Kälte für den ganzen Tag ein. Der frische Butterklumpen wurde früher in Pergamentpapier eingewickelt (das war im Allgäu so üblich!). Und oft war natürlich das Papier im Eisschrank festgefroren. Fred dachte sich: „Diesmal mach' ich der Mama eine Freude und tau' den harten Butter einfach auf." Gedacht, getan. Fred wickelte den Butter nur halb aus und hielt das offene Päckchen an den Papierecken fest. Er näherte sich den heißen Eisenringen des Herdes. Je dichter er der Herdplatte kam, desto wärmer wurden auch die Fingerchen. Der Butter wurde am äußersten Rand schon weich. Der erste vorwitzige Buttertropfen fiel auf die heißen Eisenringe. Eine Stichflammen schoss hoch und lechzte nach Brennbarem. Vor lauter Schreck ließ Fred das Butterpapier ganz los. Das halbe Pfund rutschte und fütterte die züngelnden Flammen. Nun brannte plötzlich der ganze Herd! Fred schrie aus Leibeskräften: „Feuer, Feuer, Feuer! Es brennt!" Mama eilte herbei. Die Flammen verirrten sich schon zwischen den Geschirrtüchern, die zum Trocknen über dem Herd hingen. Die entzündeten sich und fielen in Fetzen brennend herab. Mama nahm die schöne, braune Wolldecke, die immer zusammengerollt als Sitzunterlage auf der Küchenbank lag und deckte damit den ganzen Herd zu. Das Feuer im Herd löschte sie, indem sie mit einem Glas heißes Wasser aus dem Schiffchen schöpfte. Dann spritzte sie es in die Glut. Fred wunderte sich: „Kann man auch mit heißem Wasser Feuer löschen?" Die Wolldecke auf dem glühenden Herd fing an zu kokeln und qualmen. Es stank gottserbärmlich. Trotzdem hatte Freds Mama nun nichts Besseres zu tun, als sich den großen hölzernen Kochlöffel zu schnappen. Natürlich ein Weihnachtsgeschenk vom Christkind. An Weihnachten war Fred noch richtig stolz auf sein praktisches Geschenk. Und nun prügelte sie, statt aufzuräumen, ausgerechnet damit auf Fred ein. Das Holz zersplitterte. Insgeheim freute sich Fred sogar ein bisschen: Jetzt, wo der Kochlöffel kaputt war, konnte es ja auch keine weiteren Schläge mehr geben!

Fred schnappte eilig seinen Ranzen und flüchtete schnell rennend bis zur Schule. Der Verlust des Frühstücks war zu verschmerzen. Aber was würde passieren, wenn sein Papa heute Abend wieder nach Hause kam?

Verletzen ist leichter als heilen!

Die Kupferzwiebel

Worüber sich Fred oft wunderte: Papa konnte manchmal auch ganz friedlich und sogar nett sein! Vielleicht war es wie bei ihm selbst: Wenn sich Fred zufrieden fühlte, war er auch lieb.

Normalerweise ging sein Papa jeden Tag, morgens um sieben Uhr, zum Fendt arbeiten. Was er dort machte, wusste Fred nicht so genau. Jedenfalls hatte er mal mitbekommen, dass Papa Maschinenbau studiert hatte und nun als *REFA*-Ingenieur arbeitete. Was immer das auch war, es ging, wie sein Vater ihm ein Mal erklärt hatte, darum, die Zeit die ein Arbeiter für eine Tätigkeit brauchte festzulegen. Wer dann diese Vorgabezeit nicht erreichte erhielt weniger Lohn. Die Einführung der Akkordarbeit kam aber bei den Betroffenen gar nicht gut an. Deshalb hatte er oft Ärger und den gab er regelmäßig weiter. Das bekam dann auch die Familie zu spüren. Fred war das, wenn er nicht betroffen war, im Prinzip egal. Ingenieur zu sein bedeutete ihm noch nicht viel. Sein Herzenswunsch wäre Polizist gewesen. Oder Eisenbahner, so wie zwei seiner Onkels. Das versprach Abwechslung und Abenteuer. Mit einer Lokomotive den ganzen Tag durch's Land zu kutschieren, das würde ihm gut gefallen. Aber wie so oft, stellte sich auch hier später heraus, dass die Wirklichkeit nicht dem Anschein entsprach! Jedenfalls fand sein Papa auch nicht immer die Erfüllung seiner Wünsche! Meistens kam er so spät nach Hause, dass die Kinder schon schliefen. Seltsam war nur: Je später er nach Hause kam, desto besser war seine Laune. Das schien an seinen vielseitigen sportlichen Leidenschaften zu liegen. Oft nahm er dazu auch seine Geige mit. Dann unterhielt er, nicht nur ehrenamtlich, fremde Leute. Die waren oft so begeistert, dass sie ihn dann auch mal umarmten und küssten. Da kam es schon mal vor, dass noch Lippenstift am Hemd leuchtete. Und wenn er dann wieder gut gelaunt nach Hause kam, schien Mama gar nicht so begeistert zu sein. Ein gewaltiges Donnerwetter ließ dann nicht lange auf sich warten. Sein Papa sorgte halt in jeder Beziehung immer für genügend Abwechslung.

Sonntags vergaß Papa oft in die Kirche zu gehen. Dann saß er an seiner Staffelei und malte große Ölbilder auf eine vorgespannte weiße Leinwand. Und wenn es Bilder zum Verschenken waren, malte er oft auch ‚nur‘ auf Faserpappe oder Karton. Das war billiger. Ab und zu übte er auch auf seiner Geige. Fred fand das super. Das würde er auch gerne können. Und es war ein weiterer Grund seinen Vater zu bewundern! Aber leider wurde das ihm immer ausgeredet. Eine *„Viertelgeige“* für Freds Größe sei zu teuer! Das war dann ein plausibler Verhinderungsgrund.. Sehr schade! So sammelte Fred halt Briefmarken und auch

Bilder zum Thema Flugzeuge, Raketen und Weltraum. Diese klebte er dann, zusammen mit einigen zum Thema passenden Zeitungsinseraten, sorgfältig auf weiße Blankoblätter, die Papa vom Geschäft mitbrachte. Zwischen den Zeitungsfotos fügte Fred noch handschriftlich technische Anmerkungen ein. Alles zusammen heftete er dann, Blatt für Blatt in einen Büroordner. Schon hatte er ein persönliches Techniklexikon. Darauf war Fred ganz besonders stolz. Er hatte ja sonst nicht einmal einen persönlichen Platz.

Jeden Sonntag musste er mit seiner Schwester Heike in die Kirche gehen. Das war Mama ganz wichtig, weil sie dann ihren Stolz zeigte:„Damit die Nachbarn sehen, was meine Kinder für schöne Kleider haben!" Papa besuchte nur sehr selten die Heilige Messe. Er bräuchte das nicht mehr, denn er hätte sein „Kirchen-Soll" schon erfüllt. Dann erzählte er: „Die mächtige zwiebelförmige Kuppel aus Kupferblech, die auf der Kirchturmspitze thront, habe ich gebaut. Damals war ich noch Spenglerlehrling in Aitrang und die Kuppel war meine Gesellenarbeit, die ich anlässlich deren Erneuerung im Jahr 1927 aus reinem Kupferblech angefertigt habe!" Immer wenn Fred später diese Kuppel sah, erinnerte er sich sehr stolz an seinen Vater.

Mancher Leute Leistung sieht man weit!

Der Cowboy ohne Colt

Anno 1949 hieß die Grundschule in Markt Oberdorf noch Volksschule! Wenigstens schrieben die Schüler nicht mehr auf Schiefertafeln, sondern ganz fortschrittlich auf Papier, mit Federn, die in einem hölzernen Federhalter steckten. Die Tinte, die aus kleinen Glasfläschchen getunkt wurde, verursachte natürlich häufig blaue Verzierungen nicht nur an den Fingern, sondern auch in den linierten und karierten Heften. Die Grundschüler aus der damaligen Zeit hatten immer Abwechslung. z.B. sorgte der Tafel-dienst - wegen der tropfenden Schwämme - regelmäßig auch für nasse Unterarme und Ärmel. Da war Stimmung vorpro-grammiert. Freds drittes Schuljahr hatte begonnen. Zu den eher seltenen großen Ereignissen zählten Schul-feiern. Im Februar 1950 sollte ein Maskenball für alle Schüler steigen! Das geplante Ereignis wurde mit großformatigen bunten Plakaten angekündigt. Das erste Fastnachtsfest seit vielen Jahren, versprach *die* Sensation zu werden. Natürlich waren alle Mitschüler schon ziemlich aufgeregt und diskutierten eifrig, wer sich denn wie verkleiden wollte. Der Schulalltag war seit dieser Ankündigung von Vorfreude und Vorbereitungen durchdrungen. Jeder sollte sich etwas ausdenken. Im Unterricht wurden immer wieder ausführlich wechselnde Möglichkeiten für die

Kinder besprochen. Ein großer Auftritt auf der Bühne der Aula mit Kostümschau war geplant. Die schönsten und originellsten Kostüme sollten auch prämiiert werden. Es war fast so aufregend wie bei der Zeugnisausgabe. Die Vorfreude der Kinder ließ förmlich die Luft vibrieren.

Fred wünschte sich von ganzem Herzen, ein Cowboy zu sein. Was das wirklich bedeutete, war ihm nicht so wichtig - er kannte ja keinen echten Westernhelden. So etwas konnte man höchstens mit John Wayne im Kino erleben. Aber so ähnlich wie die Trapper bei Winnetou vom Karl May konnte er sich die Figur schon vorstellen. Für Fred bedeutete so ein Auftritt auch die Realisierung von Stärke und Freiheit. Und wenn je alles schief gehen sollte, hatte er ja dann immer noch den Revolver, der einfach dazu gehörte. Der war aus silbrig glänzendem Metall mit so rote Röllchen drin. Mit denen konnte man richtig schießen. Zumindest fühlte es sich so an, wenn es jedesmal knallte! Und später, wenn der Colt je wieder abgeliefert werden musste, hatte man ja immer noch die Röllchen. Wenn man dann mit einem passenden Stein geschickt auf die kleinen dunklen Punkte klopfte, dann knallte das herrlich. Manchmal spritzten dann sogar die Funken. Das war richtig spannend! Fred konnte sich, vor lauter Vorfreude, garnicht richtig satt denken.

Anlässlich der Festbesprechung zu Hause, wurden Freds Träume leider alle abrupt begraben. Seine Ersatz-Mama bestimmte: Fred wird, ganz ohne Berücksichtigung seiner Wünsche, ein Ritter. Das war einfach praktisch, weil man nichts mehr dazu kaufen brauchte. Sie fragte ihn nicht einmal, ob er das auch wollte. Es wurde beschlossen ...

Bald danach erfolgte die „Anprobe". Eine alte braune Cordhose, (die tut's noch!) und ein rötlich kariertes Hemd . Dazu die alte Lederweste von Papa, die ihrer Größe wegen, eher wie ein Ledermantel wirkte. Auf Freds Kopf sank Papas antike Motorradlederkappe bis auf die Ohren. Die ersetzte ultimativ den ledernen Ritterhelm. Da fehlte jetzt nur noch ein Schwert. Fred hatte sich schon früher, zum Räuber und Gendarmspiel, aus einem halben Brettchen mit Hilfe von Weißleim und einer dünnen Paketschnur, ein Kurzschwert gebastelt. Das war von seiner kritischen Mama unter strengster Ermahnung - gerade noch so - akzeptiert worden.

Langsam stiegen Fred die Tränen in die Augen. Aber er wusste genau, Protest würde nichts nützen. In seiner Verzweiflung pilgerte Fred mit seinem besten Freund Werner nochmals zum Feneberg. Da waren all die schönen Fastnachtszutaten ausgestellt. Der *Colt* sollte zwei Mark vierzig kosten. Das war unerschwinglich. Aber wenigstens ein kleines Röllchen Knallplättchen? Die lagen so verlockend in einer Glasschale auf dem Tresen. Werner ging Richtung Ladentür. „Komm schon, das können wir uns eh nicht leisten." Warum war ausgerechnet Werner nur immer sooo vernünftig? Fred wollte nicht klein beigeben. Die kleinen roten Röllchen sprangen ihn förmlich an. Herr Schönböck passte aber auf wie ein lauernder Luchs. Um ihn wegzulocken fragte Fred listig: „Was kostet denn das braune Kinder-Cowboykostüm, am Kleiderständer ganz hinten?" Herr Schönböck eilte in den hinteren Ladenteil, um nach-zusehen. Das war der richtige Moment. Fred musste sich ganz schön strecken, um an die kleinen Röllchen zu kommen. Er erwischte zwei und ließ sie in die rechte Hosentasche plumpsen. Herr Schönböck drehte sich um: „Zweiundzwanzig Mark. Hast Du denn überhaupt so viel Taschengeld?" Fred wurde ganz heiß. „Nein, noch nicht. Erst nächste Woche! Da krieg' ich noch 'mal was! Da frag' ich dann nochmal!" Fred flitzte aus dem Laden. Hoch erhobenen Hauptes, aber mit glühenden Ohren. Kaum draußen, holte er tief Luft und jagte er um die nächste Ecke. Seinen Freund hatte er in der überstürzten Hast ganz vergessen. An der Brauerei holte ihn Werner wieder ein. „Du hast's aber plötzlich eilig. Was ist denn los?" Fred wurde noch heißer. Das lag aber nicht an der Sonne. Die ganze Straße schien zu glühen. „Du hast ja einen ganz roten Kopf. Hat Dir Herr Schönböck eine Watschn verpasst?" „Nein, nein, Ich hatte nur vergessen, dass ich

noch Eis holen sollte und deshalb bin ich so gerannt!",
stammelte Fred. „Erst übersiehst Du mich und jetzt rennst
du auch noch an der Brauerei vorbei," bemerkte Werner
kritisch. „Da ist doch 'was oberfaul. Raus mit der Sprache."
Die Röllchen in der Hosentasche glühten. Nun konnte er
seinen besten Freund nicht mehr hinhalten. Lügen unter
Freunden, das ging gar nicht. Er beichtete Werner seine
ganze, unüberlegte Aktion. Dann beschlossen sie gemeinsam, erst einmal etwas Gras über die Sache wachsen zu
lassen. Das war ja noch mal halbwegs gut gegangen,
überlegte Fred im Nachhinein. Das heißt, er wollte
überlegen, aber seine wirren Gedanken überschlugen sich.
So was macht doch kein Ritter und auch kein Cowboy!
Aber wenn schon keinen Revolver, so konnte er
wenigstens die Knallstreifen vorweisen. Dann war seine
Ehre bei den Kumpels wieder gerettet! Welche Ehre?
Irgendetwas lief gewaltig schief. Er bemerkte dieses
komischen Gefühl, das er weder einordnen noch ignorieren konnte. Wen könnte er jetzt um Rat fragen? Sein
Triumphgefühl nahm immer mehr ab. Fred fühlte sich
jetzt wirklich sehr, sehr schlecht.

Wenig später trafen sich die Kumpels im „Wäldchen". So
hießen die drei Fichten, die an einem winzigen Bächlein
ihren Treffpunkt bewachten. Sie wuchsen an der Böschung
dieses namenlosen Baches, der sich etwa zweihundert
Meter nördlich von Freds Wohnhaus durch die Wiesen

schlängelte. Die vier Freunde, Werner, Fred, Heinz aus dem Nachbarhaus und Erika, als Vertretung des weiblichen Geschlechts, saßen beim „POW wow", wie echte Indianer sagen. Erika war eine Ausnahme bei den Mädchen. Ein bisschen schüchtern war sie schon, aber mit ihrem Mut durchaus den Jungen ebenbürtig. Der Bach duckte sich in seine flache Senke, die er im Lauf der Zeit etwa eineinhalb Meter tief gegraben hatte. Diese Deckung war von weitem nicht einsehbar. Und daher war sie bestens als „Hauptquartier" der Viererbande geeignet. Hier schmiedeten sie ihre Pläne, verabredeten sich zu allerlei Unternehmungen oder faulenzten ausgiebig. (Heute heißt das: *chillen*"!)

Fred hatte vor kurzem eine offene Schachtel <Eckstein> gefunden. Vier von eigentlich sechs Zigaretten steckten noch in der leicht zerknitterten Schachtel. Rechnerisch ergab das für jeden eine. Um ihr Rauchvergnügen zu verlängern beschlossen sie, vermeintlich schlau, jeweils nur einen der Glimmstängel nach Indianerart reihum wandern zu lassen. Angezündet wurde die erste Zigarette stilgerecht mit einem Brennglas. Das war eine ehemalige zehnfach Lupe, die Fred in Papas Schreibschublade ,gefunden' hatte. Vorausgesetzt die Sonne schien, funktionierte das prima. Fred paffte nur. Er konnte noch gar nicht „richtig" rauchen. Trotzdem war ihm auf einmal noch schlechter, als schon vorher. Seine Ohren „brannten" immer noch und die Röllchen in den Tiefen seiner

Hosentasche glühten. Um nicht in Versuchung zu kommen, seine geklaute Beute zu präsentieren, verabschiedete sich Fred ungewöhnlich hastig. Seine drei Kumpels waren mit seinem fluchtartigen Abgang gar nicht einverstanden. Denn jetzt musste das geplante Rauchvergnügen mit den restlichen Zigaretten bis zum nächsten Treffen warten. Werner, der ja eingeweiht war, bot sich besorgt als Begleiter an. Fred machte eilig den ersten Schritt, rutschte am lehmigen Bachrand aus und fiel rückwärts in das Rinnsal. Der schmale Bach spritze ein bisschen zurück und schien Freude daran zu haben, Freds kurze Lederhose mit Wasser zu füllen. Durch alle Löcher zwängte sich das kühle Wasser in seine Hose hinein. „Sakrament!" entfuhr es ihm. „So eine heilige Scheiße." Seine Freunde lachten lauthals. Das sah aber auch zu komisch aus, wie ihm, nachdem er sich wieder hoch-gerappelt hatte, das Wasser aus der Hose lief. Die Taschen der Lederhose hielten dicht. Es schien, als wolle Fred noch eine Handvoll Wasser mit nach Hause nehmen. Jetzt war guter Rat teuer. Sein Schicksal schien ihn zu tauchen: Nasse Röllchen waren überhaupt nicht mehr zu (ge)brau-chen.

Fred erfuhr nun mit Empörung, auf

Unrecht folgt schon bald Zerstörung!

Opa Aitrang

Als Fred das erste Mal zu den Großeltern seines Vaters in Aitrang mitgenommen wurde, traf er seinen Opa auf einer Schindelbank sitzend. Ein uralter weißhaariger Mann, der wie der liebe Gott in seiner Werkstatt thronte. Der große Raum beanspruchte das halbe Erdgeschoss des kleinen Häuschens am Mühlbach. Den Raum prägend stachen die Hobelbank, die Schindelbank, der Späneofen und eine große Bandsäge hervor. Lauter Maschinen, die Fred noch nie gesehen hatte. Überall stapelten sich Bretter, Dauben und Eisenringe, eingerahmt von uralten Werkzeugen, die sich - triefend vor Spinnennetzen - an den hölzernen Wänden entlangrankten. Wer sollte da noch den Überblick behalten? Opa allemal. Der schon 94-jährige Küfermeister bewegte sich langsam. Seine von dicken Brauen umrahmten, wässerig aussehenden, aber listigen Augen blinzelten ein wenig in die Tageshelle, die durch die geöffnete Tür zum Garten in die Werkstatt floss. Opa begrüßte Fred mit einem freundlichen Augenzwinkern. Dabei zitterte sein riesiger Schnurrbart. Ein großer krummer Finger seiner rechten Hand forderte Fred, wie mit einem Haken auf, näher zu kommen. Der musste sich erst einmal durch das Chaos fädeln. Umgeben von duftenden Hölzern, Spänen und vielen fertigen Brettchen, ritt Opa auf einem dicken Holzbalken und trat mit seinen Füßen auf das Querholz darunter. Wenn es sich nach vorn bewegte verklemmte sich das flache Brettchen auf dem dicken Balken, auf dem er selbst saß. Mit einem Ziehmesser zog er nun Span für Span ab, drehte das nun immer flacher werdende Holzscheit flugs um und zog mit dem Messer noch einmal über die andere Seite. Noch einmal links und rechts an der Kante entlang- Riitsch - wieder war eine Schindel fertig. Das ganze, gefühlt noch tausendmal, so zumindest, kam es Fred vor. Allmählich sollten die Schindeln für einen kleinen Giebel reichen. Fred mochte und konnte sich den immensen Umfang dieser Arbeit gar nicht vorstellen. Aber er war begeistert, nicht nur vom betörenden Duft der vielen Hölzer. Er durfte nun auch selbst auf die großen Hobelbank klettern. Ein Scheit, das Opa festgeklemmt hatte, war zu lang. Es musste erst einmal auf Länge abgesägt werden. Fred sägte gemeinsam mit Opa. Das war besonders aufregend! Und Fred gefiel es immer mehr mit Holz zu werkeln!

Nach dem allgemeinen „Kaffeetrinken", was für die Kinder meistens Kakaotrinken bedeutete, zeigte Opa den Kindern seinen alten Stadel hinter dem Haus. Er hatte ihn schon viel früher, als er selbst noch jung war, sicher schon weit vorausschauend, geschickt in einer Gartenecke platziert. So ungefähr fünfzehn Schritte vom Haus weg. So ersetzte der große Stadel mit zwei Seiten gleichzeitig den

Gartenzaun. Zum Bach hin begrenzte - in der Fortsetzung des Stadels - ein mindestens zwei Meter hoher Zaun mit senkrechten, breiten, sich überlappenden Brettern, die Gartenwiese zur Mühlstraße hin. Auf der anderen Seite des Stadels wucherte, in geheimnisvoller Ordnung, ein bunter Bauern- und Gemüsegarten. Gleichzeitig fungierte der auch als ein Hühnerparadies. Von der Dorfstraße her öffnete ein schön geschmiedetes, aber ziemlich rostiges Gartentor den Weg zwischen Bauerngarten und Wiese. Der Zugang zum Haus war mit einer schön geschnitzten Tür verschlossen. Rechts davor konnte man sich mit einer handgeschmiedeten Glocke bemerkbar machen. Das Läuten machte den Kindern einen Heidenspaß. Aber Oma gefiel das gar nicht. Sie schimpfte jedesmal, wenn sie zur Tür humpeln musste. Sie war nämlich nicht mehr gut zu Fuß. Gleich rechts neben den drei Sandsteinstufen vor der Eingangstür schmiegte sich ein Steinbrunnen an die Hauswand. Das Wasser dafür, das irgendwie vom Bach neben dem Haus hergeleitet wurde, sprudelte stetig aus einem Speier in der Hauswand. Der füllte den Trog. Das überlaufende Wasser verschwand wie z.B. beim Haare-waschen, mitsamt dem Schaum, wieder durch ein Loch im Boden.

Die halb verwitterte, fast schwarze Bretterwand des alten Stadels, war nicht überall geschlossen. Sie reichte mindestens bis zur Dachrinne des Wohnhauses Da, wo viel früher, über dem Kuhstall Heu und Stroh gestapelt wurden, fehlten einige Bretter. So entstand nicht nur eine natürliche Belüftung, sondern auch ein schön schummriges Licht das nach innen fiel. Hier drinnen roch es immer wunderbar nach Holz und Heu, nach Harz und Honig. Ein Duft, den sich Fred ganz tief einprägte. Auf der Bühne über dem Eingang gab es fünf, quer angeordnete, Spalten. Dort hingen große Holzkästen mit Klappen, die nur von innen zu öffnen waren. Opa kletterte mühsam die einfache Treppe aus Holzbrettern hinauf und öffnete eine der Klappen. Dann blies er ein wenig Rauch hinein und ein große Summen hob an. Aufgeregt schwirrten viele Bienen umher. Fred und Heike wollten schon flüchten aber Opa beruhigte die Kinder und wies sie an, sich einfach ruhig zu verhalten. Das war sicher leicht für den Opa mit seiner langen Erfahrung. Der übte ja schon seit Jahren! Trotzdem war den Kindern der Respekt vor den kleinen Bienen in die Augen geschrieben. Und ein bisschen Angst war auch dabei. Aber alles ging gut! Nachdem sich jedoch die Aufregung gelegt hatte, kamen sie aus dem Staunen gar nicht mehr heraus. Und das Geheimnis um den guten Duft im Stadel wurde nun auch gelöst.

Der Bienen Leben ist nur schuften,

das Ergebnis ist ein köstlich Duften!

Die Forelle

Die Aitranger Oma hatte, seit sie alleine lebte, einen dünnen Bart. Ähnlich wie bei einer Katze. Sie galt als sehr streng, aber doch immer gerecht; Opa war im letzten Jahr gestorben. Nun waren ihr nur die Hühnern hinter dem Haus geblieben. Daher freute sie sich ganz besonders, wenn die „Enkel" zu Besuch kamen. Zu deren größter Freude servierte sie schon zum Frühstück „Bierbrocken". Das sind zerpflückte Semmeln in aufgewärmtem Bier. Das förderte auch die Fröhlichkeit (der Kinder)! Denn die waren nach dem Frühstück ziemlich lustig. Opas geliebte Bienen im Stadel, die Edelstahl-Honigschleuder und die Küferwerkstatt mit den vielen Werkzeugen waren noch da. Oma hatte nichts verändert und das freute Fred, wenn auch aus ganz anderen Gründen. Auch später liebte er es mit „Holz und Bienen" zu arbeiten. Nun galt es nur noch die Höfe in der Umgebung zu erkunden.

Aber erst einmal begannen sie mit dem Garten. Oma war zum Essen vorbereiten in die Küche gegangen. Die Kinder wollten es ihr im Garten gleichtun. Ein sehr beliebtes Spiel, weil sie dafür sogar Feuer machen durften. Zündeln im positiven Sinn. Sie erhielten einen Topf, ein Dreibein und eine Erbswurst. Nachdem die Holzscheite brannten, warnte Fred seine kleine Schwester: „Verbrenn' dir bloß nicht die Finger"! Fred war nämlich schon acht und fühlte sich, als großer Bruder, immer verantwortlich für seine Schwester Heike. Zu den weiteren nötigen Vorbereitungen versuchten sie, aus der seltsam in Folie eingerollten Wurst, eine Suppe zu kochen. Auf dem Etikett hatte Fred den Schriftzug „Grüne Erbswurst" entziffert. Vorsichtshalber fragte er nochmal bei Oma in der Küche nach, aber die lachte nur: „Die Krümel braucht ihr nur ins heiße Wasser rühren und fertig!" Sie hatte ebenfalls schon zu kochen begonnen. Es sollte erst Hühnersuppe geben und danach als zweiten Gang, Huhn mit Kartoffelsalat. Die Kinder im Garten wetteiferten jetzt mit Oma in der Küche. Sie glaubten fest daran, Oma mit ihrer Erbsensuppe unter-stützen zu können. Rundherum auf der Wiese scharrten und gackerten Omas Hühner. Und überall lauerten auch die kleinen Bomben aus Hühnerkacke. Da musste man beim Herumturnen sehr sorgfältig aufpassen. Anderenfalls musste man sich immer wieder, am Steinbrunnen vor dem Haus, extra die schuhlosen Füße waschen.

Oma brauchte jetzt noch ihre wichtigste Zutat zum Mittagsmahl. Ein fettes Huhn! Beim ihrem ersten Schritt in den Garten stoben die Vögel wie wild auseinander. Mit einem gezielten, schnellen Griff schnappte sie sich eines der umherflatternden Hühner. Ihre rauen, faltigen Hände packten den bunten und wie verrückt gackernden Vogel an den Flügelwurzeln und zwangen das zappelnde Tier auf den, in der Ecke bereitstehenden Hackeklotz. Ein kurzer Hieb mit dem Beil und der Hühnerkopf gehorchte der Schwerkraft. In diesem Moment ließ Oma das zappelnde Huhn fallen. Das nun kopflose Tier rannte, wild flatternd, im Zickzack durch den Garten. Plötzlich fiel es einfach um; es zuckte noch ein paarmal, dann war es ganz tot. Heike weinte. Sie war ganz traurig, dass das Huhn nicht mehr so lustig herumhüpfte. Oma tröstete sie mit der Aussicht auf eine ganz tolle Suppe. Dann setzte sie sich mit dem Federbündel und einem Eimer mitten in den Garten und rupfte so lange an dem Huhn herum, bis es ganz nackig war. Der ganze Vorgang faszinierte Fred so sehr, dass er ganz vergass nach seiner eigenen Erbsensuppe zu schauen. Die war leider schon ein bisschen angebrannt. Aber wenn man vorsichtig umrührte, ohne den Satz aufzuwirbeln, schmeckte sie noch ganz wunderbar. Wie *selbst gekocht*! Er brachte den Blechtopf zu Oma, die inzwischen wieder in der Küche war und hoffte, dass sie schon retten würde, was noch zu retten ging. Da fiel Fred noch der alten Küchenherd auf. Wie der zu Hause. Auch mit Eisenringen und so einem Schiffchen für das warme Wasser, das auch zum löschen von Bränden taugte.

Die köstlich duftende Hühnersuppe lockte schon. Nur noch ein paar leckere Schnittlauchröllchen dazu. Perfekt! Vorausschauend hatte Oma, bis die Kartoffeln etwas abgekühlt waren, extra für Fred noch ganz dünne Fadennudeln gekocht. Fred liebte diese dünnen Nüdelchen. Nun noch die Kartoffeln sauber schälen und schnippeln. Dann mit ein wenig Fleischbrühe ansetzen. Schinkenwürfelchen, eine kleingehackte Zwiebel und etwas Salz drunter mischen. Mit Zucker, Essig und zwei Esslöffeln Öl abschmecken. Zuletzt eine Prise Petersilie dazu und fertig war die schwäbische Köstlichkeit. Zum dritten Gang, als Kindernachtisch, schob Oma dann noch Schokopudding über die dicke, massive Tischplatte. Ein Extra für Heike das (immer brave) Schwesterchen. Die leckte sich gleich genüßlich die Lippen!

Nach dem großen Fressen zog die Oma gemeinsam mit den Eltern zum Verdauungsspaziergang durchs duftende Kuhdorf. Aitrang mit dem Allgäuer Aroma. Alle trotteten wie immer Richtung Friedhof. Als ob die Toten beim Verdauen helfen würden? Die Kinder durften sich dann ausnahmsweise mit der Natur in der Umgebung vertraut machen. Zufällig trafen sie Adolf, den Sohn vom Müller. Der wohnte dort wo der Bach wieder unter der Mühle hervorsprudelte. Das Wasser schien hier ganz tief, dunkel und geheimnisvoll. Hier bildeten sich auch immer kleine, glucksende Kreisel, als wenn unsichtbare Wassergeister Fangen spielen würden. Hier durfte man auch nicht baden. Fred und Heike war es hier eh zu unheimlich. Klug zogen sie es vor, lieber die unberechenbaren Wassergeister nicht zu stören und wanderten weiter, ein kleines Stück bachabwärts. Die angrenzenden Wiesen mit richtig langem, sattgrün leuchtendem Gras waren noch nicht gemäht. Bald sah man nur noch die Köpfe über dem Gras. Am Ufer entlang, hingen die Grasbüschel weit über, bis ins Wasser. Um an die dort gern unter dem überhängenden Gras stehenden Forellen heranzukommen, musste man sich sehr vorsichtig an den bodenlosen Uferrand herantasten. Vorsichtig legte sich Fred bäuchlings ins feuchte Gras und tastete mit der Hand unter den Grasbüscheln durchs kalte Wasser. Adolf hatte sich als ‚Gegengewicht' auf seine Füße gesetzt. Heike hatte Angst vor den Forellen. Das Jagdfieber der Jungs übertrug sich nicht auf die kleine, zartblonde Schönheit. Sie riss dafür begeistert, mit ihren kleinen Händchen, weiße Margeritensterne ab um Oma mit einem selbst gepflückten Wiesenblumenstrauß zu beglücken. Dafür lohnte sich jede Anstrengung.

Die ersten grünen Flecken zeigten sich schon an Knien, Hemd und Lederhose. Fred konzentrierte sich, mit dem rechten Arm bis zum Ellenbogen im Wasser, auf eine Berührung an der Hand. Da, eine Forelle. Er packte zu, aber der Fisch flutschte schnell aus seiner Faust. „Die sind aber auch sooo glitschig", entfuhr es Fred. Adolf gab ihm den Tipp, mit den Fingernägeln zu krallen. Fred bemerkte vor lauter Jagdfieber nicht seinen nassen Ärmel und nicht, dass er immer weiter Richtung Bach rutschte. Er war schon bis zur Schulter nass. Endlich wieder eine Berührung. Diesmal krallte Fred blitzschnell seine Fingerchen in den Fisch. Die Forelle blieb mit ihren Kiemen hängen. Fred schleuderte sie mit einem Ruck über seinen Kopf Richtung Wiese. Intuitiv hechtete Adolf nach der zappelnden Forelle. „Ich hab' sie!", schrie er und vergaß dabei, dass er ja das Gegengewicht auf Freds Füßen bildete. Aber Fred hörte ihn nicht mehr, denn als Adolf vor lauter Begeisterung aufgesprungen war, rutschte Fred, seines Gegengewichtes beraubt, leise und elegant bis zur Augenhöhe der Forellen. Sogleich mühte sich Adolf, fast Freds Hand ausreißend, seinen Kumpel endlich wieder auf die Wiese zu zerren.

Als Fred kurz darauf pitschnass, aber mit einer Forelle in der Lederhosentasche zurückkam, musste sogar die Oma lachen. Es kam ihr trotzdem sehr unwahrscheinlich vor, dass Fred ‚beim Schwimmen' die Forelle gefangen haben wollte. Sie vermutete nämlich, Fred sei heimlich baden gewesen. Letztendlich bekam Oma den zerrupften Strauß Margeriten von Heike und die frische Forelle. Sie freute sich natürlich sehr darüber und alle waren froh, dass der Ausflug so glimpflich ausgegangen war. Das Beste aber war: Zum Mittagessen am nächsten Tag gab es „Forelle blau" mit Pellkartoffeln.

Ohne Köder ist schlecht Fische fangen!

Die Abkürzung

Eines abends wurden Mama und Heike von ihrem Ausflug nach Aitrang abgeholt. Onkel Toni brachte sie mit seinem DKW „Meisterklasse", der noch eine echt antik hölzerne Karosserie hatte, nach Haus in Marktoberdorf zurück. Papa war mit seiner geliebten Norton gekommen. Leider diesmal ohne Seitenwagen. Für die Heimfahrt hatte Oma Luise Fred zwar ihr altes Fahrrad geliehen, aber zu allem Unglück verdunkelte sich der Himmel rascher, als es ihnen lieb war. Da braute sich zum Tagesende über der Wertach ein echt Allgäuer Gewitter zusammen. Die waren, besonders wenn sie über dem Wertachdreieck entstanden, immer überaus heftig. Nun war guter Rat teuer. Wie bringt man ein 10-jähriges Kind nachts, auf einem altem Fahrrad, durch den anbrechenden Gewittersturm heile nach Hause? Natürlich mit Beeilung!

Schnell fuhren sie los. Fred vorweg und Papa folgte mit seinem schweren 1,2-Liter-Motorrad. Nach einem knappen Kilometer begann schon der Wald. Nichts wie durch! Zwischen den Fichten war es noch dunkler als auf dem Feld. Die elektrischen Himmelsentladungen blitzten immer wieder so in den Wald, dass die Bäume gespenstisch zu tanzen begannen. Im Allgäu wirkt der Fichtenwald bei Nacht, mit der elektrisch aufgeladenen Luft und dieser

Unheil verheißenden Lichtstimmung richtig unheimlich. Fred wurde immer mehr von der Angst begleitet. Die hervorstehenden Schlangenwurzeln der Bäume begannen gierig nach ihm zu greifen. Fred stellte sich vor, wie sie ihn langsam vom Rad holen und stieg deshalb vorsichtshalber ab.

Sein Papa kannte keine Furcht. Schon gar nicht in diesem „Wäldchen" das ihm schon seit seinen Kindertagen vertraut war. Schließlich war er hier geboren und hatte in diesem gottverlassenen Landstrich seine gesamte Jugend verbracht. So beschloss er, mit seinen ängstlichen Sohn eine Abkürzung zu nehmen. Diese schlängelte sich ein ganzes Stück weit am Elbsee entlang. Dazu entschloß er sich Fred bis nach Hause zu schieben. Schnell fand er einen drei Meter langen Ast mit einer großen Gabel am Ende. Er brach diesen auf Länge passend ab und setzte sich damit wieder auf sein Motorrad. Den Ast vor sich auf dem Motorradlenker. Nun musste sich Fred, der an einem Baumstamm lehnte, nur noch wieder aufs Rad schwingen. Alsbald klemmte sein Papa die Astgabel unter den Fahrradsattel und einhändig fahrend, halb auf seinem Motorrad stehend, schob er mit den 90 PS seiner Norton den Sohn langsam, durch den immer wieder geisterhaft aufleuchtenden Gruselwald.

Die Abkürzung hatte es in sich, aber nach einer Viertelstunde tauchten die ersten Häuser Marktoberdorfs auf. Als das seltsame Gespann in den Jörglweg einbog öffnete der inzwischen schwarzgelb gewordene Himmel alle Schleusen. Unter mächtigem Getöse wurden Fred und sein Papa doch noch richtig geduscht. Umso schöner war es anschließend, gemeinsam mit Papa, im heißen Wasser eines hölzernen Waschzubers zu sitzen. Und was kaum zu glauben war - diesmal schimpfte keiner!

Hier bin ich Mensch, hier darf ich's sein.

Der Ausflug

Ein oder zweimal im Jahr, meist während der Ferien, wurde von Freds Vater spontan ein Ausflug in die Berge angeordnet. Dieses Mal wurde der Breienberg auserkoren. Das extra Ereignis fiel in die Osterferien im April. Die Wettervorhersage versprach allerbeste Voraussetzungen! Dies war insofern wichtig, als Freds Papa sich damals noch kein Auto leisten konnte. Er pflegte mit viel Sorgfalt, Liebe und Geduld seine Norton Seitenwagenmaschine. Ein Motorrad stark wie viele Ackergäule auf einmal. Das reichte völlig, um eine ganze Familie in die Berge zu schaukeln. Im Sonnenschein ein herrliches Erlebnis um auch die Natur zu genießen. Diesmal wollte sogar der lange Onkel Toni mit den beiden Töchtern von Freds Tante Elfriede mitkommen. Wie eine Großfamilie sozusagen. Onkel Toni wirkte mit seinen zwei Metern Körpergröße ziemlich lustig auf seinem kleinen, schmalen *MIELE*-Moped. Alt, aber bezahlt, schaffte es gerade so die sechzig Stundenkilometer Marke. Na, die knapp vierzig Kilometer bis nach Pfronten müssten auch damit zu schaffen sein. Sieben Personen auf einem Motorrad sowie einem Mofa unterzubringen, erforderte Generalstabsplanung! Freds Mama nahm die kleine Heike auf den Schoß und quetschte sich in den Beiwagen. Fred, auf dem Rücksitz der Norton, klammerte sich an Papas Gürtel fest. Christine, die Kleinste, saß vor Papa auf dem Tank und krallte sich an Papas Bauch fest. Reni, auf dem Rücksitz des Mopeds umarmte Onkel Toni. Vesper und Kleider zum Wechseln waren als Gepäckrolle hinten auf den Beiwagen geschnallt. Eine zweite Rolle hinter Fred auf dem Motorrad war so platziert, dass Fred eine schöne Lehne hatte und nicht hinten herunterfallen konnte. Hinter Papas Norton mit Beiwagen her, fuhr der zwei Meter lange Onkel Toni, auf seinem schmächtigen Zweitakt-Moped balancierend. Es sah schon ziemlich lustig aus. Aber letztlich fanden alle sieben Platz.

Unterwegs machte die zweigeteilte Truppe an einem duftenden Waldparkplatz eine Pinkelpause. Nach weiteren zweieinhalb Stunden Geschaukel erreichte das Gespann, mit Onkel Tonis Moped im Schlepptau, Pfronten und ächzte noch ein Stückchen den Breitenberg hinauf. Gut erhalten am alten Wanderparkplatz angekommen, hatten sie endlich wieder festen Boden unter den Füßen. Von den Vibrationen durchdrungen, zitterten sie noch eine ganze Weile nach. Nach dem Abladen und Sortieren der wenigen Habseligkeiten, wanderten alle sieben gemeinsam los. Mama und Papa trugen die Rucksäcke. Die Kinder hatten inzwischen, wegen der schön wärmenden Sonne, ihre Jacken umgebunden und brauchten nur ihre eigenen Vesperbeutel zu schleppen. Onkel Toni trug einen riesigen grauen Anorak, in den er alles, was er zu brauchen glaubte, hineingestopft hatte. Man konnte ihn nur noch wegen der Kamera um den Hals, von einem Elefanten unterscheiden. Unterwegs gab es für jeden viel zu sehen. Und jeder sah etwas anderes wahr! Blumen, Steine, Himmel und überall viel Landschaft. An jeder Serpentine wurde angehalten und jeder neue Ausblick entlockte die verschiedensten Ah's und Oh's! Speziell für die Kinder platzierte die weise Natur überall große Felsbrocken, die zum Klettern einluden; dazu noch gefährlich rutschige Baumstämme, auf denen sich das zirkusreife Balancieren lohnte. Onkel Toni fotografierte fleißig die schöne Aussicht. Nach einer gefühlten Stunde machte ihn Freds Papa, zur allgemeinen Belustigung, darauf aufmerksam, dass sein Foto-Objektiv noch durch die Abdeckkappe verdeckt sei. Alle, außer dem verdutzten Onkel, grinsten schadenfroh. Jetzt musste er, vor lauter ‚Schwarzseherei', alles noch einmal fotografieren! O-Ton Onkel: „Das hol' ich dann auf dem Rückweg nach!"

Nach sehr mühevoller, steiniger Wanderung taten nicht nur Fred die Füße weh. Endlich kam ihnen das Gipfelgasthaus entgegen. Fred beobachtete, dass viele der Wanderer rund herum, sich beim Wirt neben dran, ein deftiges Essen bestellten. Braten mit Knödeln. Nur Mama und Papa ließen sich an einem der Extra-Holztische nieder und packten ihr mitgebrachtes Vesper aus. „Sprudel statt Cola und belegte Brote statt Schnitzel mit Pommes," dachte Fred. *Der* Tag war gelaufen. Da half es auch nicht mehr, dass er hinter seinem Rücken die Finger kreuzte, oder in Gedanken sein Schwert kreisen ließ. Sein Hunger bohrte kleine Löcher in seinen Bauch. Sollte etwa mit einem, nur mit Salami belegten, Wurstbrot seinen Hunger vertreiben? Fred spielte ernsthaft mit dem Gedanken an Boykott. Plötzlich krank zu werden wäre noch eine Alternative gewesen! Doch schließlich aß er, der Not gehorchend, mit „langen Zähnen" sein belegtes Brot. Im letzten Moment rettete Onkel Toni den Tag mit seiner verwegenen Idee: „Ich spendiere jetzt allen Kindern eine Cola!" Jetzt war es fast so schön wie an Weihnachten!

Langsam häuften sich die Wolken zu großen Wattebäuschen. Die Sonne versteckte sich immer öfter. Und es der Abstieg dauerte noch mindestens zwei Stunden! Wenigstens ging's bergab! In Windeseile alles wieder eingepackt und noch ein letzter Rundblick vom Gipfel des Breitenbergs weit ins Allgäu hinein. Fred fragte sich, was denn am gucken so toll sein sollte? Da lag doch nur Landschaft herum. Heike war cleverer; sie ließ sich von Papa tragen. Sie bekam sowieso immer, was sie wollte, die „Kleine" war ja scheinbar so arm dran! Der Onkel mit Reni an der Hand, trug Christine auf seinen Schultern. Jetzt überlegte sich Fred noch schnell, ob er sich nun den Fuß verknacksen sollte oder noch besser: gleich tot umzufallen. Dann wäre richtig was los gewesen. Da entschied Mama Fred einfach an der Hand zu packen und zog ihn dann unerbittlich hinter sich her. Den Parkplatz erreichten alle erschöpft, aber trocken. Aber noch bevor alle Kinder samt Gepäck verstaut waren, ging es los. Der April zog alle Register seiner Spezialeffekte! Mit Blitzen, Sturm und Regen. Ein schnödes Gewitter, das man nicht unbedingt gebraucht hätte. Aber das Wetter fragte ja niemanden. Kaum auf dem Motorrad, begann dann das große, nasse Abenteuer. Da half nicht einmal das riesige Windschild aus Plexiglas. Mama im Beiwagen hatte es ein bisschen besser. Sie zog, mit Heike auf dem nassen Schoss, ihr Regencape bis über die kleine Windschutzscheibe des Beiwagens. So saß sie, einigermaßen gegen den prasselnden Regen geschützt, und doch sehr unbequem. Diese Art zu reisen musste man mögen! Nach zehn Minuten, noch im Ortsteil Pfronten, bog Papa auf einen Parkplatz ein. Nun wurde doch noch ein Gasthaus aufgesucht um das Ende des heftigen Gewitters abzuwarten. Onkel Toni gab nun, mit offizieller Erlaubnis, sozusagen als kleine Wetterentschädigung noch eine, alles heilende ‚Cola aus.

April, April!

(Man kann es nicht jedem Recht machen!)

Die feuchte Wiese

Die Sonne lachte und verschenkte ihre warmen Strahlen. An solchen Nachmittagen genoß Fred, neben den gackernden Hühnern, auf der frisch gemähten Wiese liegend, mit geschlossenen Augen den duftenden Sommer. Hautnah. Das Aroma der Blumenwiese reichte fast bis zur Trunkenheit. Fred saugte diese kurzen Glücksmomente tief in sich hinein. Oft traf er sich, nach dem Mittagessen, auch mit dem langen Dieter. Der wohnte schräg gegenüber. Unter dem steilen Dach des Blocks verbarg sich quasi noch ein Speicher, als fünftes Stockwerk. Fred und Dieter versteckten sich dann in einem darin verborgenen Bretterverschlag. Praktischerweise füllten diverse alte Zeitungsstapel diesen Raum fast völlig aus. Zwei der Stapel, fast wie Sessel angeordnet, boten den Jungs ein sehr ruhiges und bequemes Plätzchen für ihr heimliches Vorhaben. Dieter war überaus neugierig und suchte alles, was mit seinem Geschlecht zusammenhing, zu erkunden. Dazu kam ihm Fred gerade recht. Der war natürlich auch neugierig, aber bei den, doch ziemlich skurrilen Wünschen Dieters, noch ziemlich zurückhaltend. Er hatte bis dato noch wenig Erfahrungen und erschreckte sich jedes Mal fast ein wenig, wenn sein Schniedel, beim daran Reiben, spritzte. Doch das Gefühl, das das Blut in den Schläfen zu rauschen beginnen und Hände und Füße zum kribbeln verleitet, das die ganze Wirbelsäule versteift und den Unterleib in Wellen zu zucken veranlasst, war so aufregend, dass Fred regelmäßig Lust auf mehr bekam. Auch Dieter animierte euphorisch immer wieder. Dem Rausch erlegen wechselten sie sich manchmal gegenseitig ab. Dabei küssten sie sich und glaubten, damit ihr Lustgefühl bis über alle Grenzen steigern zu können. Das Schönste danach aber war, wenn sie dieses friedlich wohlige Geborgenheitsgefühl einschläferte. Natürlich behielten die beiden ihre Orgien wohlweislich für sich und schwiegen wie ein Grab. Zu allem Übel wussten sie ja nicht einmal so genau, ob, wie Freds Mutter einmal drohte, diese Vorgänge wirklich eine verbotene Schweinerei waren, oder ob man sich davon wirklich später eine Debilität einhandelte. - Vielleicht entpuppte es sich irgendwann auch als total harmlos. Jedenfalls schien es klüger zu schweigen. Mädchen hatten bei solchen Treffen nichts verloren. Die hatten doch nichts Vergleichbares! Fred kannte ja nicht einmal die Hinter-gründe. Also besser, die Finger weg, bevor da vielleicht noch etwas kaputt ging. Die zufälligen Begegnungen mit den Nachbarmädchen machte aber doch hin und wieder neugierig.

Deshalb freuten sie sich auch, dass sich diesmal auch Annemarie, mit ihren schönen blonden Locken, beim Kaffeeplauschtreffen einfand. Sie war die zwei Jahre ältere

Tochter der Nachbarn, denen Fred öfter begegnete. Die schon fast Fünfzehnjährige war hübsch, aber mager und eher schüchtern. Alle riefen das Mädchen nur Anni.

Auf der großen Löwenzahnwiese. war der ideale Platz zum Herumtollen. Und wenn man sich zu sehr im Gras wälzte, färbten die Löwenzahnpollen alles wunderschön intensiv gelb! Vorsichtshalber mähte der Bauer, vom Hof nebenan, gerade diese Wiese relativ oft. Dann drückte er immer beide Augen zu und erlaubte den Kindern dort zu spielen. Durch das Mähen fehlten natürlich auch die gelben, färbenden Löwenzahnblüten. (oder Bettsoicher - wie sie damals bei den Kindern hießen!) An solchen, schön warmen Nachmittagen trafen sich hier auch gern die Mütter der Kleinsten zum Wiesenpicknick. Und natürlich auch zum gemütlichen Tratschen in der Sonne. Schnell zwei kleine Tische und ein paar Stühle aufgestellt, eine schön lange Tischdecke drüber und eine Wolldecke für die Kinder, fertig. Zu guter Letzt gesellte sich auch noch Dieter dazu. Der schien noch ziemlich müde zu sein. Mit Heike, Freds kleiner Schwester, waren sie nun schon zu fünft. Die Mütter waren noch unterwegs, Kaffeegeschirr zu holen, da riefen die Kinder wie aus einem Munde: „Wir spielen jetzt Höhle!" Aus den aufgelegten Tischdecken ließen sich, wenn man sie ein bisschen weiter über die Stühle zog, zwei herrliche Höhlen bauen. Die entstandene Lücke an den Längsseiten wurde mit einer zusätzlichen

Decke geschlossen. Damit sie nicht rutschte, beschwerten sie die Kinder mit großen Steinen. Jetzt schnell hinein in die Höhlen. Es glich fast einem Versteckspiel, bei dem die Mütter sie, wenn sie zurückkehrten, suchen sollten. Werner, Dieter und Heike hockten in der vorderen Höhle und waren mucksmäuschenstill. Fred und Anni knieten im hinteren Unterstand. Zum Stehen reichte es unter den Tisch nicht ganz. Das aber auch nicht unbedingt nötig, denn im Gras saß es sich viel gemütlicher. Leider war es meistens noch ein bisschen feucht. Fred wunderte sich: woher sollte jetzt bei Sonnenschein die Feuchte kommen? Es hatte doch vorher auch nicht geregnet? Ohne weiter darüber zu sinnieren, schlug er vor: „Wir spielen jetzt Eltern." In der vorderen Höhle wollte Werner lieber Krankenhaus spielen. Solange, bis die Mütter zurückkämen, könnte er ja, als Laien- Doktor, die „Patientinnen" behandeln. Die Mädchen spielten solange krank. Bei so viel plötzlichem Bauchweh waren die Jungs ganz schön gefordert. Zur Medizin mussten die Bäuche auch noch gestreichelt werden. Das wollte gar kein Ende nehmen. Anni und Fred versuchten das Elternspiel nachzuspielen. Das war ziemlich anspruchsvoll: Streiten und wieder Frieden schließen. Das war ganz schön anstrengend! Plötzlich unterbrach Anni das Spiel, zog ihr Röckchen hoch und ging in die Hocke. Mit den Worten: „Ich muss mal", zog sie mit einem Finger den Schlüpfer zur Seite und strullerte los. Die Situation wirkte echt komisch. Fred leicht verwirrt und fassungslos konnte garnicht mehr wegschauen. Noch nie hatte er ein so großes Mädchen, so nahe und direkt, ohne Slip gesehen. Die Haare um die beiden Wülste, zwischen denen das Wasser nur so herausquoll, bebten geradezu. Obwohl es noch nicht lange her war, dass er sich, mit Dieter zusammen, entladen hatte, wurde ihm schon wieder heiß. Dabei kannte er noch nicht einmal den Zusammenhang zwischen diesem Anblick und seinen verwirrenden Gefühlen! Das war für ihn alles unerklärlich, war aber sicher etwas Besonderes. Ausgerechnet jetzt hörten sie, dass sich Annis Mama näherte. Anni zog hastig, aber gerade noch rechtzeitig, ihren Schlüpfer hoch und rückte ihr Mini-Röckchen wieder an seinen Platz. Die resolute Stimme von Annis strenger Mutter ließ jedes weiter Nachdenken schlagartig ersterben. „Aufräumen!" Augenblicklich waren Bauchweh und andere „Leiden" verschwunden. Anni kroch aus der Höhle. Schnell hatte alles wieder seine heilige Ordnung. Außer dass nun alle Kinder grüne Knie hatten, war ja nichts passiert. Nur Fred hatte dazu noch seltsam rotes Ohren. Wenigstens glaubte er jetzt herausgefunden zu haben, weshalb die Wiesen immer so ein bisschen feucht waren. Das verstanden die Großen also als Feuchtgebiete!

On y soit, qui mal y pense!

Werner

Werner war Freds bester Kumpel. Sie lernten sich als Klassenkameraden kennen und waren dazu auch noch Nachbarn. Vor langer Zeit hatte Werni, wie er gern gerufen wurde, einmal eine Kinderlähmung überstanden und deshalb ganz dünne Arme. Kräftig war er nicht, aber dafür umso zäher. Er war nicht nur schlaksig wie Fred, sondern auch sein einziger und bester Freund. Er schien trotz oder vielleicht sogar wegen seiner Behinderung immer sehr fröhlich zu sein. Jedenfalls schien sein Mund, der ein bißchen einem wiehernden Pferd ähnelte, immer zu lachen. Zu jedem Streich aufgelegt und immer fast wortlos der gleichen Meinung, passten sie gut zueinander. Diese Verbindung mit Fred, der froh war, endlich ein Pendant gefunden zu haben, war sehr innig und herzlich. Bestimmt war auch ihr angespannte Verhältnis mit den Eltern, das sie beide durchlitten, wenn auch aus unterschiedlichen Gründen, nicht ganz unbeteiligt daran.

„Schau mal, Fred, jetzt kann ich's." Werner schaukelte im ZickZack auf der Straße entlang. Er hatte sich wieder einmal Freds klappriges Fahrrad ausgeliehen. Das war etwas kleiner als sein normales Rad und hatte einen tieferen Einstieg. Werni hatte liebe Mühe sich auf dem Fahrrad zu halten. Er balancierte, auf dem tiefergestellten

Sattel sitzend und bemühte sich, mit seinen schmalen Händen den Lenker festzuhalten. Das half zwar nicht viel, da seine Arme, wegen seiner vergangenen Kinderlähmung, nur aus den mit Haut überzogenen Knochen zu bestehen schienen. Hauptsächlich übte Werni daher freihändig zu fahren. Das war zwar verboten, aber wenn's nicht anders ging? Außerdem machte alles, was verboten war, sowieso am meisten Spaß. (Vielleicht war es ja gerade deshalb verboten, weil man ihnen den Spaß nicht gönnte?) Zwangsläufig entstand dadurch beim Auf-und Absteigen eine zirkusreife Nummer. Aber diesmal war Werni ganz stolz darauf, dass er es, trotz seiner kraftlosen Arme, geschafft hatte, doch noch seine Hände an den Lenker zu schwingen. Werner und Fred waren zwar Nachbarn, aber hauptsächlich auch Klassenkameraden. Werner wohnte zusammen mit seinen Eltern in der ersten Dreierreihe der Fendt-Firmenhäuser, damals noch von herrlich duftenden Wiesen umgeben. Seine Eltern gingen nicht mehr arbeiten und waren deshalb meistens zu Hause. Trotzdem nahmen sich aber nur wenig Zeit für ihren Sohn. Der Vater hatte früher, als Orchester-Musiker in ein Horn geblasen. Im Lauf der Jahre war ihm wohl, trotz der guten Allgäuer Luft, dieselbe ausgegangen. Er fühlte sich ständig krank und kümmerte sich deshalb nur noch um sich selbst. Seinen neunjährigen Sohn hatte er vor lauter Selbstmitleid schon weitgehend vergessen. Wernis Mama, wirkte trotz ihrer fünfzig Jahre, schon ziemlich alt. Sie war vom vielen Rauchen runzelig gegerbt und leider meistens auch noch schlecht gelaunt. Wenn man ihr begegnete, roch sie immer ganz ekelig nach Kneipe, obwohl sie garnicht ausging. Werner galt, trotz dieser ganzen Hemmnisse, als sehr zuverlässig. Er half oft, so gut er konnte, seinen Eltern, obwohl er dafür nur wenig oder keine Wertschätzung erhielt. Trotzdem war er fast immer fröhlich und verbreitete gute Laune. Die beiden, so unterschiedlichen Freunde, mit ihrer schlanken und schlaksigen Figur, fanden bald beieinander, was sie zu Hause so sehr vermissten: Vertrauen und Zuwendung. Das schweißte sie zusammen und es entwickelte sich eine völlig andere Freundschaft als zwischen Fred und Dieter. An Sex dachte Fred bei Werner nie. Sie packten die Aufgaben, die ihnen das Leben stellte, ohne Pathos und Träumerei einfach sachlich an der Wurzel. Sie beschränkten sich immer auf das Wesentliche und verloren dabei doch nicht ihre Hoffnungen. Werner war psychisch sehr stabil. Vielleicht war das auch der Grund, dass sie so manches Problem verschieden meisterten, aber eigentlich doch immer wieder das gleiche Ergebnis erreichten. Wie, zum Beispiel, wie bei dem nächsten Winterabenteuer vor ihrer Haustür.

Laß' uns noch ein paar Schritte gemeinsam gehen!

Die Flugschanze

Opa Aitrang, der inzwischen verstorbene Küfermeister, hatte einst für den kleinen Fred aus zwei Fassdauben einfache Skier gebastelt. Für den unternehmungslustigen Steppke genau richtig, um die kurzen Auffahrten zu den Scheunen der Nachbarbauern hinabzusausen. Heuschober gab es reichlich in der Nähe. Fred wohnte sogar direkt neben einem richtig großen Allgäuer Bauernhof. Aber weil der Hof bewirtschaftet wurde räumte der Knecht damals den schönen Schnee immer gleich weg. Inzwischen zogen die Jahre ins Land. Fred war Gymnasialschüler und schon wieder ein Stückchen gewachsen. Das „Buckelrutschen" mit den Fassdauben reichte schon lange nicht mehr. Sein Freund Werner hatte zu Weihnachten nagelneue Skier bekommen. Einen Meter fünfundsechzig, mit geschliffenen Stahlkanten und moderner Edelstahlfederbindung! Die wurden angeblich vom Christkind geliefert. Aber die gleichen Ski waren noch eine Woche vorher beim Sport-Fendt im Schaufenster angeboten worden! Das hatten die aufmerksamen Freunde zufällig gesehen! Nun, damit sie wenigstens gemeinsam skiwandern konnten, erbettelte sich Fred von Papa dessen alte ausrangierte Ski. Die besaßen an der Spitze noch zwei schmale Köpfchen mit Loch zum Zusammenklemmen. Und Stahlkanten hatten die auch noch keine. Dafür Lederriemen zum Festmachen an den Stiefeln. Trotzdem holte sie Freds Vater nur sehr schweren Herzens und verbunden mit allerlei Vorsichtsmaßregeln für Fred aus dem Keller. Nun noch die zwei Lederriemen an Freds Skistiefel anpassen. Etwas Wachs auf die zerkratzten Laufflächen bügeln und geduldig die weiteren, unvermeidlichen Verhaltensmassregeln über sich ergehen lassen. Dann konnte Fred endlich mit seinem Freund auf die Piste!

Nicht weit vom Jörglweg entfernt erhob sich Marktoberdorfs Hausberg. Eigentlich war der „Galgenberg" eher ein Teil einer Hügelkette. Aber mit Kloster und Kirche wirkte er viel mächtiger. Der weiteren Hügel hießen Siebenbichel und waren ideal als Skiübungsgelände. Zumal es, zu Fuß, leicht in drei Minuten erreichbar war. Gemeinsam mit Werner zog er los. Am linken Ende der sieben Buckel fraß sich, noch oberhalb der Kaufbeurerstraße, ein immer hungriger Kiesbagger in die Flanke des Hügels. Zum Glück war wenigstens sonntags Arbeitspause. Der Bauer, dem die Kiesgrube gehörte, hatte gleich nebendran, noch dicht an den Hang einen Heuschober gebaut. Dort sammelte und verstaute er dann im Herbst das viele Heu von seinen Wiesen rund herum. Wie üblich grenzte ein typisch Allgäuer Weidezaun die Wiesen gegen den Weg zum Schober ab. Jeweils zwei Stacheldrähte waren oben und unten an die hölzernen Zaunpfosten angenagelt. Sie sollten die Kühe während des Weidens am Weglaufen hindern. Aber jetzt im Januar, wo der Schnee über einen Meter hoch lag, waren keine Kühe mehr da. Der Zaun war fast vom Schnee verdeckt. Nur die Pfostenenden mit dem oberen Stacheldraht schauten noch bereift heraus. Werner hatte mitgedacht und vorsorglich einen großen Seitenkneifer besorgt. Gemeinsam drückend, schafften es die beiden geradeso den rostigen Stacheldraht abzuzwicken. Schließlich war der für unerwartete Skifahrer doch sehr gefährlich! Bei der schönen Abfahrt vom Hügel konnte man ja mit den Skiern an dem dummen rostigen Draht hängen bleiben. Und der Bauer wollte doch bestimmt nicht, dass sich Kinder an seinem Zaun verletzen!

Nun noch eine Abfahrtsbahn treten. Das bedeutete, schön die Ski parallel haltend, quer den Hang hinauf zu trippeln. Fred und Werner waren bald stolz auf ihre gelungene Abfahrt. Die Erwartung im gleißenden Sonnenschein bergab zu wedeln, schien wie das Vorgefühl auf's Paradies zu sein. Nur leider zu kurz! In weiten Kurven zu wedeln bis der Pulverschnee staubte, verlängerte zwar das Vergnügen, doch es musste noch etwas mehr Abwechslung sein.

Skispringen, zum Beispiel! Dazu bot sich mit dem wettergegerbten Heuschober eine einmalige Gelegenheit. Der duckte sich glücklicherweise so quer in eine Scharte des Hügels hinein, dass sein Dachkandel direkt an den Abhang stieß. Mit zwei Brettern konnte die Lücke zwischen Abhang und Dach sehr leicht überbrückt werden. Auf der anderen Seite, unterhalb des Stadels, stieg das Gelände noch etwas an und eine große Schneewehe überbrückte hier den Abstand zum Dach. Diese Umstände waren doch ein Geschenk des Himmels! Noch schnell, als Anlauf, eine zusätzliche Spur bergwärts treten und fertig war die tolle Superschanze. Werni versuchte es als Erster. Er sauste immer schneller bergab. Durch die Kuhle auf's Dach, Absprung am First und weit über die talseitige Dachhälfte hinweg. Er flog und flog, über die Schneewehe hinweg mindestens zehn Meter zu weit, den Hang hinab. Die Landung im schon flacher werdenden Teil des Hanges war brutal hart. Werni ging in die Knie und ließ sich einfach umfallen. Mit Skistöcken konnte er ja nicht springen. Es hätte ihm eh nichts genutzt, da er mit seinen, von der Kinderlähmung gezeichneten Armen ohnehin nicht die Kraft aufgebracht hätte, sich abzufangen. Er riss seinen Mund mit dem riesig wirkenden Gebiss auf, spuckte den aufgesammelten Schnee wieder aus und lachte lauthals. Gott sei Dank war das gut abgegangen! Nun war Fred dran. Ihm war schon ein wenig bange, aber das wollte er auf keinen Fall zugeben. Was Werni konnte, das kriegte er auch hin. Und los ging's! Da Fred etwas mehr wog als Werner, wurde er infolgedessen auch schneller. Der Wind pfiff ihm nur so um die Ohren. Achtung, die Kuhle! Jetzt die Bretter treffen, sich strecken und weit nach vorne ziehen. Fred spürte das Fliegen und begann sogleich von den großen Springern in Oberstdorf zu träumen. Alles flitzte vorbei. Fred erlebte den Flug, der eigentlich nur wenige Sekunden dauerte, wie in einem Film. Ein Riesensprung. Viel zu weit für diesen Auslauf. Dann folgte der unsanfte Aufprall im weichen Schnee der flachen Wiese. Trotzdem holte *der* Fred schlagartig wieder in die Realität zurück. Er spürte deutlich den Ruck in seinen Knien und hörte auch den durchdringenden *Knackksss* im rechten Ski. Dann überschlug er sich und rutschte bis zum Weg. Bloß gut, dass das Stück Stacheldraht nun fehlte! Werner kam sogleich angehechtet und half seinem noch taumelnden Freund flugs wieder in die Vertikale. Fred hatte nur noch anderthalb Skier an den Riemen hängen. Nur gut, dass nichts weiter gebrochen war. Die vordere Hälfte des rechten Skis steckte noch skurril an der Landestelle im Schnee. „Au weia!" ließ Werni verlauten. „Sell' war's wohl für heut! Jetzt ganget m'r beichta. Und des nägschte Mol fahret mir abwechselnd mit moine Schieer!" Fred blieb, als er das hörte, fast die Spucke weg. Das war nun wirklich ein würdiges „Angebot", das nur ein echter Freund machen konnte!

Womit man umgeht, hängt einem an!

Allgäuer Weihnacht

Damals sprach noch niemand vom Klima. Geschweige denn von irgendeiner größeren Änderung. Früher, das heißt vor sechzig Jahren, war es noch normal, dass es im Winter schneite. An Neujahr hatte es sogar so viel geschneit, dass die Haustüre nicht mehr zu öffnen war! Da blieb dem Vater nichts anderes übrig, als aus dem Fenster im ersten Stock zu springen und die Haustür von aussen freizuschaufeln.

Weihnachten im Schnee. Da wurden wieder alle Klischees wahr. Jedes Jahr holte Freds Papa den Weihnachtsbaum aus den nahen Wald. Da war ein Abenteuer programmiert. Mit einer Säge ausgerüstet stapften beide, auf Skies in Richtung Siebenbichel los.. Gleich dahinter begann der Wald. Ein richtig geheimnisvollerer und tief verschneiter Märchenwald. Der Schnee war sehr pulvrig und locker. Der Vater spurte und erleichterte Fred das Fortkommen. In Papas Spur war es etwas leichter mitzukommen. Als die beiden endlich eine kleine Schonung erreichten war es stockdunkel geworden. Im fahlen Schein einer gefrorenen Taschenlampe fanden sie einen scheinbar schönen Baum. Bücken, kurz sägen - schon lag der Baum transportbereit. Liegend wirkte das Bäumchen noch viel größer. Dann begann der Baum sich auch noch gegen den Abtransport zu wehren. Gut dass sie Handschuhe trugen. Trotzdem stichelte er mit aller Kraft. Aber der Vater wusste Rat. Er band eine Schnur hinter die Baumspitze und das andere Ende sich selber um den Bauch. Dann schleifte er, auf seinen Skiern, den Baum hinter sich her in Richtung Heimat. Fred hielt sich solange am Baumende fest. Beim Ziehen brach natürlich gleich die Spitze ab. Aber das war nicht so schlimm, denn die wurde später sowieso durch eine glitzernde Kristallspitze ersetzt. Wieder zurück im Keller wurde noch schnell den Stamm angespitzt und das Bäumchen in seinen wassergefüllten Ständer gestellt. So war das wichtigste Weihnachtsutensil erst einmal versorgt und musste nicht mehr dürsten. Auf einer Seite hatte Papa, in der Dunkelheit, noch eine ziemliche Lücke übersehen. Da Freds Mama nur einen perfekten Baum im Wohnzimmer dulden würde, bohrte Freds Papa, mit dem Handbohrer, noch schnell ein zusätzliches Loch in den Stamm. und Einen passenden Ast von ganz unten in den Stamm stecken. Schon war beim Anblick des Bäumchens Mamas kritisches Auge beruhigt und der Frieden des Heiligen Abends garantiert!

Fred bekam den Baum erst wieder am Heiligen Abend zu sehen. Bis dahin zogen sich die Tage wie Gummifäden. Jeden Abend drückten er und sein Schwesterchen Heike am Fenster ihre Nasen platt. Ob nicht doch irgendwo ein besonderer Schlitten zu entdecken wäre? Fred glaubte nicht mehr so recht an diese Geschichte, denn die größeren Schulkinder hatten erzählt, dass das alles nur erfunden sei, um den ganzen Zauber um die Geburt Jesu zu erklären! Die Glaubhaftigkeit des Bemühens um den Weltfriedensei außerdem auch sehr fraglich! Fred wusste nun nicht mehr, was er da noch glauben sollte. In seiner Welt konnte er sich auf so vieles keinen Reim bilden. Da hatte er einfach schon seit längerem beschlossen nur das zu glauben was er selbst sah und anfassen konnte. Aber seiner Schwester Heike zuliebe, behielt er das alles für sich und spielte mit. Was ja eigentlich auch gelogen war. Aber diese Art zu lügen war offensichtlich erlaubt. Wo sollte man da noch Sicherheit hernehmen?..... Jedenfalls, immer wenn ein Schlitten kam, war es nur der Bauer von nebenan. Der hatte nämlich vor ein paar Tagen seinen Pferdeschlitten wieder flott gemacht. Da kam er überall hin und blieb nicht stecken wie mit dem Auto. Am Heiligen Abend wurden beide Kinder in ihr gemeinsames Zimmer verbannt. Mama musste angeblich noch wichtige „Besorgungen" machen und Papa werkelte lautstark in seiner Kellerwerkstatt. Da waren *die Kinder* nur im Weg. Dabei hätte der kleine Fred, der doch eigentlich schon elf war, sooo gerne beim Sägen und Bohren geholfen.

Endlich, nach unendlich langem Warten, erklang das helle Klingen eines Glöckchens. Mama erschien in ihrem schönsten Kleid und holte die Kinder. Festliche Kleidung war an Weihnachten noch obligatorisch! Der Baum über und über glitzernd in Weiß und Silber, war mit viel Lametta geschmückt und brennende Kerzen leuchteten strahlend hell. Es schien fast, als habe sich der gefundene Weihnachtsbaum mit einem Heiligenschein geschmückt. Darunter ein weißes Tuch wie Schnee. Und mitten im Schnee kauerte die „Heilige Familie". Bewacht von drei prächtigen Königen mit einem Kamel. Daneben der Hirte mit seinen beiden Schafen und schließlich eine einsame Kuh, die sich wohl verlaufen hatte. Ein Esel fehlte noch. Der lag später, auf seinen Knien, *vor* dem Weihnachtsbaum. Fred überlegte noch, wie die drei Könige wohl alle auf einem Kamel gekommen waren. Aber dann schweifte sein Blick gleich weiter, suchend über die vier Päckchen in Geschenkpapier. Er schätzte deren Inhalt an der Größe. Das hatte seine Mama wohl bemerkt und gab schnell den Ton für das erste Weihnachtslied an: „Ihr Kinderlein kommet..!" Sein Papa, ebenfalls festlich mit weißem Hemd und silberner Krawatte gekleidet, entlockte dazu seiner Geige einige krächzende Töne: Ihr Kinderlein kommet?.... In Freds Kopf keimten kritische Gedanken: „Was für ein Blödsinn, ihr Kinderlein kommet. Wir waren doch schon da!" Dann wunderte er sich noch über die „grünen Blätter" des Tannenbaums, weil der doch nur, zwar grüne, aber dafür auch ziemlich spitzige Nadeln hatte! Von Blättern keine Spur! Im Grunde war ihm das alles aber ziemlich wurscht. Er schaute sich suchend genauer um. Er stutzte: Kein Päckchen war groß genug, als dass ein Plattenspieler darin enthalten sein konnte. Dabei hatte er den doch als erstes auf seinen Wunschzettel geschrieben. Und dazu noch einen Wunsch: Einer *Märklin*-Eisenbahn! Aber keines der in buntes Papier eingepackten Geschenke hätte der Größe nach dazu gepasst. Fast beiläufig vernahm er noch „Stille Nacht...Heilige Nacht". Laut und voller Inbrunst gesungen. Lange konnte die Singerei ja nun nicht mehr dauern. Denkste! Das nächste Weihnachtsritual wartete schon: Kartoffelsalat mit Saitlingen und Matjes-stücken. Das wurde an jedem Heiligen Abend serviert. Papa als Familienoberhaupt sprach das Tischgebet. Fred schoss ein neuer interessanter Gedanke in den Kopf: „Ausgerechnet der, der eh' nie in die Kirche geht, betet vor!"

Das Essen zog sich. Fred aß vor lauter Aufregung nur *ein* Würstchen, um das Essen abzukürzen. Er begann schon ungeduldig hin und her zu rutschen. Aber das half alles nichts, denn Papa blieb stur sitzen. Die Kinder durften aber erst vom Tisch aufstehen, wenn Papa die Tafel aufhob. Da gab es keinen Pardon, auch wenn Fred überhaupt keinen Hunger hatte! Nach langen Minuten, die Fred wie Stunden vorkamen, endlich, die lang ersehnte Bescherung. Mama teilte die Päckchen zu. Heike riss ihres gleich auf (so machte sie das immer!) und war mit ihrer neuen Puppe selig. Fred musste immer ordentlich auspacken. Das Papier konnte man bestimmt noch einmal für etwas praktisches verwenden. Zum Vorschein kam der, zwar schöne, aber nicht heiß ersehnte Pullover. Den hatten sie vor vierzehn Tagen beim Schöller gekauft. Fred musste extra zur „Anprobe" mitkommen. Daher wusste Fred genau, was das Christkind bringen würde. Riesentränen kullerten über seine Wangen und keiner wollte es bemerken! Mama schien über ihren Seidenschal, mit dem sie an jedem Weihnachten bedacht wurde, auch nicht sehr glücklich zu sein. Derweil packte Papa eifrig seinen, völlig unerwarteten, Schlips aus. Man hätte fast geglaubt, er freue sich wirklich über den, inzwischen wohl zwanzigsten Binder. Immerhin, jeder hatte etwas bekom-men, was damals durchaus nicht selbstverständlich war!. Bis auf das Nesthäkchen, das wirklich selig war, spielten alle „fröhliche Weihnachten" und taten so, als seien sie glücklich. Nur Fred fiel wieder mal aus der Rolle und zeigte ehrlich seine Enttäuschung. Während Heike noch ihre neue Puppe mit den Resten vom Salat fütterte, schmollte Fred. Sein Weihnachtsfest war eigentlich wieder einmal erledigt.

Da brachte Mama, mit scheinbar ganz verwundertem und überraschtem Getue noch zwei größere Kartons. „Fast hätte ich's vergessen. Der Onkel Toni hat dem lieben Christkind ja auch noch etwas mitgegeben." (?) Fred hörte garnicht mehr hin. Für ihn war eh' alles „gelaufen"! Da flötete Mama erneut: „Ein Paket für Fred und eines für unseren Liebling Heike." Natürlich - sogar da wurden feine Unterschiede gemacht! Heike jubelte: „Ein Puppenwagen für meine Toni!" Fred stutzte und überlegte kritisch. Für einen Plattenspieler war der Karton zu flach. Es wird doch nicht etwa? Tatsächlich, da kam langsam eine Märklin-Starterpackung zum Vorschein! Endlich die von ihm heiß und lang ersehnte Eisenbahn. Ihr Aufbau wurde aber noch nicht erlaubt. Dazu war es jetzt angeblich schon zu spät. Und die Christmette wartete auch noch..... Der Schnee knirschte und Fred fluchte heimlich.

Am nächsten Morgen baute Freds Papa, nur zum Testen, die Eisenbahn auf. Dann vergaß er schnell das Testen und spielte damit ausgiebig bis zum Mittagessen. Fred lauerte, wie ein Geier auf seine Beute, ungeduldig darauf, dass sein Papa endlich eine Pause einlegen möge. Als sie zum Mittagessen gerufen wurden, zog Fred noch flink ein Kabel aus dem Anschlussstecker am Gleis. Er isolierte das Anschlusskabel im Stecker und fügte alles wieder zusammen. Als Papa nach dem Essen weiterspielen wollte, fuhr die Lokomotive nicht mehr. Papa fand die Ursache nicht gleich und verlor prompt das Interesse. Nun hatte Fred seine Eisenbahn endlich für sich. Auf Onkel Toni und natürlich auf sich selbst, konnte er sich einfach verlassen. Das eigentliche Christkind jedoch war sein unschuldiges (?) Schwesterchen, denn die glaubte noch daran!

Onkel Toni

Eines Tages fiel Fred auf, dass sich oft Menschen, die ihm weniger nahe standen, um ihn kümmerten. Dazu gehörte auch Onkel Toni.

„Muasch itta!" Das war sein maximaler Tadel, wenn Fred mal wieder etwas angestellt hatte. Sein typisch alemannischer Dialekt verriet seine Herkunft und die oft etwas amerikanische Färbung ließ auf weite Reisen nach Amerika schließen. Fred vermutete gleich ein spannendes, vielleicht sogar abenteuerliches Leben. Das interessierte ihn! Auch die äußerst ruhige, ja fast bedächtige Art seines Onkels sich zu bewegen und seine fortwährende Fröhlichkeit faszinierten Fred. Der „Onkel" war ein großer und aus Freds Sicht schöner Mann. Auf Fred wirkte diese „leicht distanzierte Bedächtigkeit" sehr sympathisch. Das gab Fred intuitiv die subjektive Sicherheit: „Der mag mich!" Obwohl dieser Onkel für ihn eigentlich ein „Fremder" war, war er doch eine Art „Ersatz" für seinen sehr unberechenbaren und wenig liebevollen Vater! Fred fragte sich oft: warum? Von Zeit zu Zeit spürte er ein seltsames Unbehagen. Er konnte dieses eigenartige Gefühl auch nicht so richtig einordnen. Nie wusste Fred so ganz genau, wer und wie der Onkel wirklich war! Aber dann verdrängte er dieses Gefühl einfach. Denn für Fred war

Onkel Toni wie eine Art Nikolaus. Er brachte ihm immer etwas mit. Egal ob es einen Grund gab, ob Weihnachten oder Geburtstag war, ob Frühling, Sommer oder Herbst. Onkel Toni vergaß Fred nie! Das grenzte für Fred an ein Wunder. Er hatte noch keine Ahnung vom „echten Leben". Er hatte es zwar schon oft zu „spüren" bekommen, aber warum die Menschen und die Dinge so waren, wie sie waren, das verstand er noch nicht, obwohl er schon bald zwölf wurde. Den Grund dafür verheimlichte ihm sein Schicksal - noch.

Der gute Onkel- Wer war er überhaupt? Fred glaubte lange, er sei ein echter Onkel, aber das war ihm eigentlich nicht so wichtig, solange er auf seinen „Onkel aus Amerika" stolz sein konnte! Denn, erstens war es damals schick Verwandte in Amerika zu haben und zweitens war Fred stolz auf seinen Geschichtenerzähler. Und wenn er erzählte, mit diesem fremdartigen Klang in der Stimme, klang es unglaublich aufregend. Oft war die Rede von Amerika. Von wilden Indianern und von Milwaukee am Michigansee; nördlich von Chicago. Ab und zu erzählte er auch von Südafrika. Aber davon später. Im Zentrum seiner Erzählungen schien jedenfalls Milwaukee zu stehen. Dorthin waren seine Eltern schon in den dreißiger Jahren ausgewandert. Also, das war schon sehr lange her. Noch vor dem Ersten Weltkrieg, wie er selbst erzählte. Er war in Singen am Hohentwil geboren worden. Daher stammte wohl auch sein alemannischer Dialekt! Seine Eltern waren sehr arm und mussten, weil es in Singen keine Arbeit mehr für sie gab, mit einem großen Schiff über den Atlantik nach Amerika fahren. Dort fanden sie in der Nähe von Milwaukee Arbeit und eine neue Heimat. Also musste der damals noch kleine Toni dort die Schule besuchen und alles neu lernen. Jedenfalls wurde er ein guter Ingenieur. Viel später brauchte man auch in Deutschland wieder viele gute Ingenieure. Auch beim Schlepperhersteller Fahr in Singen, der nach dem ersten großen Krieg dort sein Werk wieder aufbaute. Deshalb kam der Onkel zurück an den Bodensee, um mitzuhelfen, das zerstörte Deutschland wieder aufzubauen. 1938 begegnete er dann bei Dornier, die auch gute Ingenieure brauchten, Freds Papa. Toni und Erwin wurden Freunde. Manchmal, wenn Papa ‚auf Achse‘ war, erzählte er der Mama, dass er mit dem Onkel unterwegs gewesen sei. So deckten sie sich gegenseitig! Das ergab dann jeweils ein tolles Alibi! Fred wunderte sich nur manchmal, denn die wirklichen Zusammenhänge konnte er ja noch nicht richtig einordnen. Für Fred war nur wichtig, dass dieser „Superonkel" *sein* Freund war. *Sein* Fels in der täglichen Brandung der familiären Klein-kriegswirren.

Gleich und Gleich gesellt sich gern!

Freds erster Besuch

Da Papas Freundschaft mit dem Junggesellen Toni für Fred oft sehr undurchsichtig war, interessierte sich Fred immer wieder dafür, was bei seinem Onkel eigentlich so anders sein sollte, als bei seinem Papa. Auf jeden Fall machte ihn stutzig, dass ihm keiner etwas Näheres über den immer so spendablen Onkel verraten wollte. Freds Vater traf sich zwar oft mit dem Freund, aber für Besuche bei ihm hatte er angeblich keine Zeit. Freds Mama ging da sowieso nicht hin, weil es ihr anscheinend zu schmutzig war, wie sie einmal bemerkte. Freds Neugier trieb ihn dazu, sich selbst einmal ein Bild machen. Des Onkels Adresse hatte Fred irgendwann aufgeschnappt und sich gemerkt. Er hatte zwar noch nie vorher jemand alleine besucht, aber seine Neugier erforderte, es zu wagen.

Das Haus war nicht leicht zu finden, denn eigentlich war es nur ein halbes Haus angebaut an eine große Halle innerhalb der Baywa. Darin Büros über denen sich noch eine Wohnung verbarg. Fred dachte noch einmal darüber nach, ob sein Besuch überhaupt erwünscht war. Es fühlte sich komisch an. So ähnlich hätte er sich einen Einsatz von Polizisten oder Spionen vorgestellt. Auf dem Klingelschild, neben der Treppe nach oben, stand: *WEBER*. Also musste er am richtigen Ort sein, denn so hieß sein

Onkel mit Familiennamen. Fred drückte fest auf den goldenen Knopf und hörte sogleich irgendwo eine Klingel scheppern. Das Knarzen der Bodendielen näherte sich und endlich öffnete sich die Tür. Onkel Toni zog seine Augenbrauen etwas hoch, guckte aber dennoch freundlich. Fred war erleichtert. „Was machst Du denn hier?", der Onkel schaute jetzt fragend. „Ich wollte dich besuchen, weil du mir fehlst!" antwortete Fred ehrlich und überzeugend. „Dann komm erst einmal rein." Der Onkel wies ihn an, auf einen der zwei Küchenstühle, vor einem weiß gestrichenen uralten Schubladentisch, zu klettern. „Magst Du einen KaKa-O?" Toni sprach das Wort Kakao immer sehr komisch aus. Ob das wohl von seinen amerikanischen Dialekt kam? Er machte noch eine zweite Tasse für sich selbst und mischte sehr viel Milch mit einem Löffel Sahne dazu. So etwas gab's zu Hause nie. Und obwohl Fred, seine frühere „Schulspeisung", in sehr schlechter Erinnerung hatte und deshalb nie wieder in seinem Leben Kakao trinken wollte, genoß er heute in kleinen Schlucken. Dieser weißmelierte KAKA-O schmeckte überraschend anders als der Damalige. Wenn das keine Geschmacksexplosion war!

Fred schaute sich in dem großen Zimmer um und entdeckte zu seiner Zufriedenheit ein ziemliches Durcheinander. Das war ihm besonders sympathisch. Hier fehlte eindeutig eine ständig aufräumende Hausfrau. Er hatte zwar bei den „Erwachsenengesprächen" schon mal den Namen einer „Cilly aus Kempten" aufgeschnappt, aber Genaueres wusste er nicht. Wahrscheinlich war sie mit dem Onkel *nur* befreundet. Äußerst sympathisch fand Fred auch die Abwesenheit von Frauen, die wie seine Mama über alles meckerten. Und der Kochlöffel blieb auch dort, wo er hingehörte. An diese schmerzhafte Erfahrung war für Fred ein Trauma. Ob Onkel Toni überhaupt einen besaß?

Fred schaute sich neugierig weiter um. In dem großen Zimmer schien alles sehr spannend zu sein. Da stand zum Beispiel eine eigenartige Lampe neben einer Liege mit einer verkrumpelten, sicher viel gebrauchten Decke. Dann bemerkte Onkel Toni aufmerksam Freds fragenden Blick: „Das ist eine Gesundheitslampe". Sogleich schaltete er sie ein und wechselte mit großem Bedacht, nacheinander farbige Glasscheiben. Sofort wurde das ganze Zimmer in verschiedene Farbe getunkt. Das war toll! Am besten fand Fred die gelbe Scheibe. Da leuchtete das ganze Zimmer, als sei, obwohl draußen graue Wolken den Himmel ver-dunkelten, drinnen eine Sonne aufgegangen! Fred war fasziniert. Bei grünem Licht sah der Onkel aus wie Frankenstein! In Blau schien alles eher kalt und Höhlenartig. Da fror Fred sogleich. Da er sich gleich gemerkt hatte, wo der Einschalter war, wollte Fred selbst noch einmal weiterschalten. „Muasch itte!", kam gleich die, schon altvertraute Mahnung. Mehr schimpfte der Onkel nie. Darauf konnte sich Fred wirklich verlassen. - Schnell wurde seine Aufmerksamkeit auf das total verbogene Bücherregal gelenkt. Die viel zu dünnen Bretter hatten sichtlich Mühe die viele „Schinken" zu (er)tragen! Die meisten von ihnen sahen sehr „gewichtig" aus. Nicht so elegant, wie die zu Hause, mit den fein geprägten Goldrücken, auf denen „Goethe" oder „Schiller" geschrieben stand. Hier zwängten sich dicke Wälzer zwischen Astrologiebüchern und deren zugehörigen Ephemeridenlisten. Was immer das auch sein sollte! Da erklärte der kluge Onkel sogleich behutsam: Die braucht er zum berechnen von Horoskopen! Und dass man damit andere Menschen besser verstehen könne und das sei doch ein großer Vorteil im Leben. Das interessierte Fred natürlich brennend und wie der Onkel Gedanken erahnen konnte. Vorläufig verstand er fast nichts vom Gehörten, aber er mochte gar nicht aufhören, die Worte die dem Onkel über die Lippen flossen, gierig aufzusaugen. Da ruhten noch viele dicke Bücher für Ingenieure sowie über Biologie und Geschichte. Ein ganz schmales schwarzes Buch von einer gewissen „Madame Blavatsky" fesselte seinen Blick. Der Onkel dozierte über die russische Philosophin und deren esoterischen Erkenntnisse. Ab da verstand Fred nur noch *Bahnhof*. Philosophie, Esoterik das war fremd für ihn. Damit wollte er sich lieber später noch einmal befassen.

Mit Freude entdeckte Fred auch ‚Max und Moritz' von Wilhelm Busch. Das kannte er schon von zu Hause. Das nächste Bilderbuch ‚Das Kamasutra' gefiel ihm jedoch garnicht. Diese „komisch verrenkten Menschen" litten bestimmt an irgendeiner Krankheit! Dagegen fesselte ein besonders dickes und abgegriffenes Buch seinen suchenden Blick. Er buchstabierte „*S-ü-d-a-f-r-i-k-a*". Der Onkel nahm es heraus und klappte es auf. Es war ein Sammelalbum mit ganz vielen eingeklebten und teils sehr vergilbten Fotos. Bilder von seinen Südafrika-Reisen. Besonders auch viele aus der Kolonialgeschichte des ehemals deutschen Namibia. Die meisten Fotos waren noch schwarz/weiß. Sie zeigten Landschaften und deutsche Generäle mit nackigen Negerinnen im Arm. Fred schaute fragend, aber der Onkel deutete an, dass das etwas kompliziert zu erklären sei. Trotzdem war Fred hingerissen von den alten Schätzen in des Onkels Bücherregal. Sein Herz klopfte inzwischen so laut, dass er meinte, der Onkel müsse es hören. Doch eines war klar: Er musste noch oft kommen, sehr viel lesen und lernen. Sonst könnte er die Welt nie begreifen. So verbrachte Fred einen, für ihn unvergesslichen, Nachmittag bei seinem Lieblingsonkel. Es sollte nicht der letzte sein, denn sein Wissensdurst war geweckt worden!

Verloren war die Kinderwelt, die Sehnsucht hat sich vorgestellt!

Endstation Ammersee

„Wo willst Du denn hin?" Ein freundlicher Käferfahrer hatte angehalten. Etwas unwirsch und erstaunt fragte er den staubigen, kleinen, etwas schmächtig wirkenden Steppke. Die Sonne brannte auf die Landstraße. Fred hatte inzwischen Diessen am Ammersee erreicht. Der Teer auf der Landstrasse Richtung München begann stellenweise weich zu werden. Er hatte seine speckige kurze Lederhose und ein kariertes Hemd angezogen und wanderte in klapprigen Sandalen die schmale, staubige Landstraße entlang. Von Marktoberdorf bis Kaufbeuren war leicht zu flüchten. Fred hatte ja seiner Schülerkarte dabei und nahm, für's erste Teilstück, den gewohnten Zug. Auf der Landstraße, am anderen Ende von Kaufbeuren hatte ihn ein Mercedesfahrer aufgelesen. Der war nicht sehr gesprächig. Er fragte nur, wo der „Kleine" denn hinwolle. Fred hatte geantwortet: „Nur eben schnell zu meiner Mama nach München." „Und wo kommst Du jetzt her?" „Ich war bei meiner Tante und da gefiel es mir plötzlich gar nicht mehr! Können Sie mich ein Stück mitnehmen?" „Ja, ich fahre aber nur bis zum Ammersee." So war der Zwölfjährige, der immer noch sehr schmächtig wirkte, ziemlich zügig am Ammersee gelandet.

Der nächste, der anhielt, war ein VW-Käferfahrer. Dem schien Freds fadenscheinige Auskunft nicht ganz geheuer. Er fuhr zwar los, aber hakte noch einmal nach: „Wo möchtest Du denn jetzt wirklich hin?" Fred erklärte weiter mit vollsten Überzeugung: „Nach München-Laim zu meiner Mama." „Und wo genau wohnst du da?" Fred begann zu stottern: „Ja... in München, in Laim halt. Valpichlerstraße oder so, glaub' ich,.... Das... das find ich... das find ich dann schon." Er war zwar schon oft in der bayerischen Landeshauptstadt gewesen, aber wie man zu Tante Ida hinkam, darüber hatte er noch nie nachdenken müssen. Mit der Tram von der Tante zum Stachus und dann wieder zurück nach Laim, wo seine Ersatzmama wohnte, den Weg hatte er sich schon gemerkt. Aber hier am Ammersee fuhr ja gar keine Tram! Und es war noch ziemlich weit. Zweiundfünfzig Kilometer bis München hatte er auf dem letzten Wegweiser gelesen. Der Käferfahrer reimte sich nach und nach verschiedenes zusammen: Der Steppke war bestimmt irgendwo ausgerissen und wollte wohl mal eine große Stadt erkunden. Nun reichte es ihm endgültig. Er konnte natürlich nicht ahnen, welch große Herzenssehnsucht wirklich in Fred rumorte. - Was war überhaupt geschehen?

Noch zu Hause hatte ihn Heike beim Streiten geschubst. Da war er heftig gegen die Vitrine gestolpert und dabei ging die schöne große Porzellanvase zu Bruch. Er bekam wieder die Schläge, die eigentlich seine Schwester verdient gehabt hätte. Dieses Mal fielen die so heftig aus, dass Fred beschloss, seiner ungerechten Mama einen Denkzettel zu verpassen und abzuhauen. Da er wusste, wo Papas wichtige Herztropfen standen, steckte er intuitiv dieses, für ihn, gefährliche Fläschchen in seine Hosentasche. Vielleicht könnten die noch hilfreich sein. Denn wenn die Tropfen weg waren, würden seine Eltern das schnell bemerken und sich, weil sie sich hoffentlich die Wirkung dieser Tropfen auf ein Kinderherz ausmalen könnten, allergrößte Sorgen machen.! Also nichts wie weg. Aber wohin? Da fiel ihm seine Ersatzmama in München ein. Die würde er sicher auf jeden Fall finden. Dann würde sich bestimmt seiner annehmen und ihn auch ein paar Tage verstecken und Mama Käthe würde sich dann bestimmt zu Tode grämen! Dann wäre sein ganzes Problem erledigt! Soweit sein vermeintlich genialer Plan.-

Der VW-Fahrer überlegte kurz. Das was, sich der Knirps da zusammenreimte, war bei weitem ausreichend, um misstrauisch zu sein. Als er durch Dießen fuhr, hielt er erstmal an der nächsten Gaststätte an und lud Fred auf eine Limo ein. Sie nahmen direkt am Stammtisch Platz. Auf dem Weg zur Toilette informierte er die Wirtin von seinem Verdacht. Die spielte mit und entlockte, überaus eifrig, Fred mit Hilfe einer Tafel Schokolade Name und Heimatadresse. Dann informierte sie die örtliche Polizei. Die wiederum verständigte sogleich den Polizeiposten in Marktoberdorf. Die Polizisten daselbst fuhren dann zu Freds Adresse und überraschten seiner Mama, denn Freds Eltern hatten noch kein Telefon. Fred bemerkte zwar nichts von alledem, wurde aber doch langsam misstrauisch. Das dauerte ihm alles viel zu lange und seine Limo hatte er auch längst ausgetrunken. Er wollte endlich weiter. Die freundliche und schlaue Wirtin lud ihn noch auf ein Spiel „Mensch ärgere Dich nicht!" ein. Damit traf sie bei Fred genau ins Schwarze. Da sonst kaum einer mit ihm spielte, war er gleich Feuer und Flamme. Schnell war ihm Fortuna hold, doch jäh wurde sein Glück gestört. Äußerst überrascht sah er seine Eltern auf sich zustürmen. „Schau Ma-ma, ich gewinne!" Fred in seiner Seligkeit begann zu stottern. Schokolade, Limo und dann auch noch gewinnen. Besser konnte es nicht mehr werden und doch war Arges im Anflug! Nur sehr langsam realisierte er, dass sein scheinbar gelungener „Ausflug" jetzt zu Ende sein sollte.

Er verstand auch nicht, warum ausgerechnet um ihn eine so große Aufregung herrschte. Papas Herztropfen, die er heimlich mitgehen ließ, hatte er schon längst vergessen. Seine Eltern hatten das aber bemerkt und sich allergrößte Sorgen gemacht, weil die Wirkung dieser Tropfen auf ein Kinderherz tödlich sein konnte. Deshalb galt auch deren erste Frage dem Verbleib der Tropfen. Erst jetzt fühlte sich Fred ertappt und er realisierte große Angst vor der zu erwartenden Strafe. Aber klar, vor den vielen Leuten waren seine Eltern noch betont lieb und freundlich. Da kam Fred noch ein rettender Gedanke: Das Auto zu verwechseln und geschwind wieder bei dem Käferfahrer einzusteigen. Papa hatte jedoch, aus Erfahrung, Freds Arm in eisernem Griff. So blieb dem nur der direkte Weg in den elterlichen Käfer. Der Heimweg kam ihm, vielleicht auch durch das lange Schweigen, unendlich vor. Viel länger jedenfalls, als sein ganzer Ausflug gedauert hatte. Bald bemerkte er aber auch ziemlich überrascht, dass das Donnerwetter, das er die ganze Zeit befürchtet hatte, ausblieb. Fast unmerklich verbesserte sich sein Verhältnis zu den Eltern, zumindest für die kommenden Tage, deutlich.

Mit Speck fängt man Mäuse!

Freds Schulweg ins Gymnasium

Jeden Morgen um halb acht trafen sie sich vor dem Haus. Fred und Werner trugen ihren Ranzen, wie es Elfjährige so manchmal tun, schief an einer Schulter baumelnd. So war es schon damals schick. Gemütlich schlenderten die beiden an der Schlepperfabrik Fendt vorbei in Richtung Bahnhof. Der war leicht in nur fünf Gehminuten zu erreichen. Meistens durchquerten sie die Sperre erst, wenn die kleinen Dampflok BR80 mit der Nummer 014 schon am Bahnsteig schnaufte. Die drei rostigen „Donnerbüchsen" dahinter, so hießen die alten Wagen dritter Klasse schon bei der Reichsbahn, wirkten nicht sehr einladend. Ihre Holzbänke, aus einzelnen Latten zusammengeschraubt und ziemlich hart, lehrten jedesmal die Bequemlichkeit des heimischen Sofas zu schätzen.. An jedem Wagenende bot eine kleine Plattform einen Übergang mit Geländer. Damit hatte der Schaffner die Möglichkeit, zur Fahrkartenkontrolle sich von Wagen zu Wagen zu hangeln. Und wenn dann die Monatskarteninhaber dieselben vergaßen, mussten die „amtlichen" Schaffner, natürlich handeln. Das kostete jedes Mal fünf Mark und wurde später, wie zu erwarten war, vom sowieso spärlichen Taschengeld abgezogen.

In harten Wintern, passierte es morgens öfter, dass die dreiachsige Dampflok mal wieder kurz vor Marktoberdorf stecken blieb. Dann wurde der starke Dampfschneepflug aus Füssen angefordert, um die große Leuterschacher Schnee-wehe wegzuräumen. Das konnte den ganzen Vormittag dauern und diese Fahrt nach Kaufbeuren fiel aus. Diese zwölf Kilometer bis zur Schule wurden dann für die, die nicht schwänzen wollten, nicht nur zu einer Herausforderung, sondern auch jedes Mal zu einer Art Gaudi-rennen. Natürlich hing das auch stark vom Wetter und vom Straßenzustand ab. Aber wenn die Hausaufgaben gemacht und keine sonstigen Gründe dem Schulbesuch entgegen standen,, konnten Fred und Werner, die eigentlich gerne zur Schule gingen, nicht widerstehen: die Schlittschuhe an die Stiefel schrauben. Den schweren Ranzen auf den Rücken schnallen und auf den glatten Straßen losspurten. Mit ein wenig Geschick, hing man kurz darauf an einem Kieslaster und ließ sich ziehen. Diese Reiseart forderte des öfteren ihre Opfer. Vor allem, wenn auf den wichtigsten Straßenkreuzungen geräumt und/oder gestreut war. Dann stoppte der Rutschvorgang auf den Kufen abrupt! Danach waren nicht nur die Knie, sondern manchmal sogar die Nasen, blutig. Aber das hatte auch sein Gutes. Endlich in der Klasse angekommen, waren Fred und sein Freund Werner dann die Helden des Tages! Sogar „Nunne", so hieß der Mathelehrer, weil er immer „nun nee" sagte, gab dann den Verletzten einen Extrapunkt.

Normalerweise kam der kleine Zug von Füssen über Marktoberdorf nach Kaufbeuren aber ohne Störung durch. Dann war ‚Alltagstrott' angesagt. Das hieß: Jeden Tag war es ziemlich knapp auf den Zug. Die fünf Minuten für den Weg zum Bahnhof erwiesen sich regelmäßig als zu kurz. Der Grund war meistens folgender:, pfiff die Lok jedesmal. Fred und Werner lauschten immer auf den Pfiff der Lok bevor die den Bahnübergang, auf der anderen Seite des Bahnhofs überfuhr. Das war dann das Signal, Gas zu geben, um rechtzeitig die enge Bahnsteigsperre zu erreichen. Die Zugangskontrolle zum Bahnsteig aber dauerte! Da stand das Züglein schon abfahrbereit am Bahnsteig! Wenn dann endlich alle den Bahnhofsvorsteher passiert hatten und eingestiegen waren, gab dieser das Abfahrtsignal. ZP4 pfeifen, seine grüne Kelle heben. Wenn die kleine Lok losschnaufte war dann meist schon der „Kartentisch" präpariert. Ein Ranzen auf den Knien von vier Schülern platziert, bildete die Spielfläche. „66" hieß das tägliche Spiel von „Hochzeiten und Niederlagen", das die zwanzig-minütige Schaukelei bis Kaufbeuren verkürzte. Für die, die nicht mitspielten, war diese Zeit auch die Gelegenheit, jeden Morgen schnell die Hausaufgaben, die irgendein Streber gelöst hatte, abzuschreiben. Das krakelige Ge-schreibsel verriet zwar nicht die Herkunft der Arbeit, aber taugte immer als eine gute Ausrede! Da hatte man wenigstens etwas vorzuweisen. Und der obligate Eintrag ins Klassenbuch wurde auch vermieden!

Für die „Auswärtigen" führte der Weg zur Schule, vom Bahnhof kommend, immer durch den Stadtpark. Der Parkweg schlängelte sich entlang der Wertach. Nun kam es darauf an, ob Sommer oder Winter war. Je nach Jahreszeit variierten die kleinen Schulwegs-Abenteuer. Im Sommer wurde der Heimweg im Stadtbad, direkt an der Wertach gelegen, unterbrochen. Nachdem die Schüler wieder getrocknet und sich an der Sonne aufgewärmt hatten, fuhren die „Marktoberdorfer" eben mit dem nächsten Zug nach Hause. Danach ergab sich oft, diesmal aber näher an zu Hause, gemeinsames Baden in der kalten Wertach bei Thalhofen.

Hauptsächlich an den Wochenenden war es üblich - für ein Badevergnügen - zur Wertachschleife zu wandern. Natürlich immer barfuß. Der Spaß, in dem kleinen, noch ganz natürlichen Flüsschen zu plantschen, lohnte alle Mühen. Fred besaß noch den alten Motorradschlauch von Papas Norton. Fest zusammengebunden mit Werners riesigem Traktorschlauch ergab dieses Gefährt einen tollen Schleppverband. Gemächlich trieben sie damit flussabwärts durch mehrere gurgelnde Wertachschleifen. Diese Gelegenheiten zur Abwechslung lockte immer auch ein paar Mädchen. Möglichst hübsche waren gern gesehen, aber wichtiger war ihr Mut sich, mit den Jungs zusammen, zu trauen, schaukelnd auf der Wertach zu treiben. Auch lauschige Sandbänke lockten zum spielen, sonnen und verweilen. Die meiste Gaudi brachte es, wenn ein kalter, glitschiger Frosch auf einem Bikini platziert werden konnte! Da konnte es schon mal passieren, dass die ganze „Behelfsbesatzung" mitsamt ‚Behelfsschiff' - natürlich rein zufällig - baden ging! Viel Geschrei und viele Gelegenheiten zum Retten und Trösten waren so garantiert. Da erschienen sogar Frösche, Fische und Kreuzottern das Interesse der Jungs nur noch zweitrangig zu tangieren. Später erinnerte sich Fred noch oft an diese unvergesslichen Stunden an und in der rauschenden Wertach, die letztendlich alles Erlebte wieder wegspülte.

Im Winter dagegen, dominierte das beliebte Bobbahn-Spiel. Im schneebedeckten Abhang längs des Bachweges durch den Stadtpark konnte man mit einem Füller eine tiefe, serpentinenreiche Rille in den weichen Schnee drücken. Nun fehlte am Ende der langen Rinne noch eine kleine Schanze. Fertig war die Super-Bobbahn. Jetzt brauchte man natürlich noch einen „gut rutschenden Bob". Die Wahl fiel meistens auf den wertvollen Füller. Der hatten genügend Gewicht und waren an den Enden schön rund. Leider überstanden viele dieser „Bobs" diese Tortur nur selten. Die blauen Spuren in der Bahn zeugten bald vom langsamen sterben der kostbaren, aber einzigartigen, Füller, bei denen man die Tinte noch aus einem Tintenglas hochpumpen musste. Notfalls konnte man in der Schule ja immer noch mit dem Bleistift schreiben. (Kugelschreiber, zu dieser Zeit zwar schon erfunden, kosteten einfach noch zu viel!)

Oft faszinierte Fred auf dem winterlichen Heimweg auch das ESC-Eishockeystadion im Stadtpark von Kaufbeuren. Nach den offiziellen Spielen durften die Kinder auch schon 'mal auf die Eisfläche zum Schlittschuh laufen. Dafür schaffte Fred, trotz der üblichen Fülle im Ranzen, oft noch Platz für seine Anschraubkufen. Die wurden damals noch mit Hilfe eines kleinen rostigen Vierkant-schlüssels an den Stiefelsohlen festgeklemmt. Dabei war es gar nicht so selten, dass sich die Ledersohlen der gequälten Winterstiefel danach mit einem großem Gähnen in einen gnädigen Schuhhimmel verabschiedeten! Fred hätte gern mal ausgerechnet, mit wieviel Kraft so eine Kufe an der Sohle zerrte. Aber im Matheunterricht beim „Nunne" lernten sie, außer Geometrie, höchstens 'mal den Inhalt und Umfang von Kreisen, Quadraten und Kegeln zu berechnen. Die Begriffe wie „Festigkeit" und „Biegemoment" begegnete Fred erst über vierzig Jahre später im ersten Semester des Ingenieurstudiums

Wer langsam geht, kommt auch ins Ziel!

Der Erbe

Werni balancierte sein Zweirad wieder einmal freihändig. Wegen seiner, durch eine früher überstandene Kinderlähmung, geschwächten dünnen Armen, enorme Schwierigkeiten den Fahrradlenker zu ergreifen. Eigentlich sollte Werner überhaupt nicht Fahrrad fahren, aber mit eisernem Willen gelang es ihm inzwischen fast besser als Fred. Die engen Freunde Werner und Fred sannen schon wieder auf ein neues Abenteuer. Ihre knarrenden und quietschenden, alte Drahtesel sollten sie zur Wertachschleife tragen. Dort, wo der, noch natürlich, sich durch die Wiesen windende Bach das außenliegende Ufer so schön unterhöhlt hatte, warteten meistens viele grandiose Überraschungen. Hier wucherte auch eine reiche und vielfältige Fauna. Vor allem mit kleinen Reptilien bevölkert. Mit Schlangen, Lurchen, Echsen und Fröschen konnte man so schön viel anstellen.

Auf dem Weg durchs Dorf kamen sie am Haus ihres Schulkameraden Ludwig vorbei. Ludwigs Eltern, stets durch ihre gut gehende Spenglerei auf Trab gehalten, ließen Ludwig, ihren einzigen Sohn, öfter kleine Besorgungen machen. So bewährte er sich nicht nur als zukünftiger Geschäftserbe, sondern war auch als guter Klassenkamerad sehr geschätzt. Ludwig ihr schneller und zuverlässiger „Lieferant" für Bastelmaterial! Seine Zukunft war also gesichert.

Ludwig war aber nicht nur deshalb sehr beliebt. Er betätigte sich auch sehr engagiert im Sportverein und war immer gut gelaunt. Kurzentschlossen wollte Fred und Werni Ludwig fragen, ob er sie nicht auf ihrem gemeinsamen Ausflug begleiten wollte. Aber Ludwig öffnete nicht auf ihr klingeln. Dann konnte er nur in der Werkstatt seiner Eltern sein. Eigentlich war das klar! Ludwig half oft seinem Vater in der Werkstatt. So auch heute. Werni weckte in ihm die Lust auf ein neues Abenteuer. „Wenn ihr noch ein wenig wartet, bin ich gleich soweit!" Er klang sehr hoffnungsvoll. „Ich will nur noch geschwind ein Rohr wegbringen. Der Kunde wartet schon. Dann bin ich für heute fertig." Das bißchen Warten würde sich lohnen, denn dann konnten sie doch noch gemeinsamem Ausflug zur Wertach.

Werner und Fred lehnten ihre Fahrräder an den Gartenzaun und setzten sich auf ein kleines Mäuerchen direkt vor der Werkstatt. Ludwig schnappte sich sein schönes neues Herrenrad, das das letzte Christkind gebracht hatte und kletterte mit einem vielleicht vier Meter langen Wasserrohr auf der Schulter auf seinen Sattel. Mit der linken Hand hielt er es auf der Schulter fest und balancierte los. „Bis gleich!", rief er noch und fuhr leicht schwankend durch die Werkstattausfahrt auf die Straße. Im gleichen Moment passierte ein Lastwagen mit großem Anhänger, ziemlich flott die Zufahrt zur Werkstatt.

Ludwig streifte mit dem langen Rohr die Ladeklappe des Lastwagens. Erst drehte es ihn wie einen Kreise, dann stürzte er vom Sattel. Das Rohr wurde, wie von einer Riesenfaust, regelrecht verkrumpelt. Ludwig purzelte weiter wirbelnd, zwischen dem noch fahrenden Lastwagen und dessen Anhänger, auf die Straße. Ludwig, nun bäuchlings auf der Strasse kam zum Stillstand. Im gleichen Moment überrollte noch ein Rad des Anhängers seinen Hals. Ludwigs Kopf rollte weg wie ein weggekickter Fußball. Er lag nun seltsam verkrümmt da und Blut spritzte aus seinem Halsstumpf. Der Lastwagen hielt quietschend. Fred und Werner saßen wie gelähmt da und starrten wortlos auf das Geschehen. Sie konnten weder sprechen noch sich bewegen. Sie beachteten auch nicht die vielen Menschen, die plötzlich wie aus dem Nichts aufgetaucht waren und wie wild durcheinander wuselten. Im Hintergrund registrierten sie, fast wie hinter einer Wand, Lärm und Geschrei der Gaffer. Endlich war wieder etwas los im Dorf! Erst ein Wahnsinnsschrei von Ludwigs herbei geeilten Vater löste ihre Lähmung und ließ die zwei in Richtung ihrer Räder losrennen. In Freds Kopf wirbelten Bilder - von Ludwig in der Schulbank sitzend, Ludwig beim Schwimmen und am Schießstand beim Rummel. Und jetzt? Ludwig war nicht mehr. Er war nur noch ein kopfloser Klumpen auf der Straße. Nun konnte er auch kein Kamerad mehr sein. Waren sie womöglich schuld an dem Unfall, weil sie ihn überredet hatten sich zu beeilen? Vielleicht hatten sie ihn in diese gefährliche Situation hineinmanövriert. Fred war total verwirrt. Da tauchte es wieder in ihm auf, dieses furchtbare Gefühl verlassen zu werden. Schon wieder hatte ihn ein für ihn wichtiger Mensch verlassen. Er konnte nicht mehr geordnet denken und sein Fühlen war viel sehr schmerzhaft. Er wollte nur weg, schnell weg. Die vielen Werkstattmitarbeiter kam nun auch noch herausgestürzt. Ludwigs Papa fing an, wie ein Wahnsinniger auf den Lastwagenanhänger einzuschlagen. Immer mehr Leute drängelten heran. Blut, Blut, Blut - Sensation hoch drei - das musste man gesehen haben! Die Gaffer schrieen wild durcheinander und einige meinten wohl sich selbst übertönen zu müssen. In diesem heillosen Durcheinander war nichts mehr zu verstehen. Werner und Fred schnappten sich, noch halb benommen, ihre Räder und trollten sich. Das Tatütata der herannahenden Polizei klang wie die Fanfaren von Jericho. Fred verwirrten sein Durcheinander im Kopf. Gedanken kamen in ihm hoch. Von Angst vor der Obrigkeit, vor dem Polizeiverhör, dem sie sich bestimmt bald stellen mussten. Seine erste intuitive Reaktion auf das einfach Unfassbare, das hier geschehen war, war Flucht. Er wollte sich all dem nicht mehr stellen und vor Allem nichts mehr sehen. Da unterbrach Werner's gnädige Vernunft Freds aufwühlende Gedanken: „Hier können wir nichts mehr helfen, komm' wir hauen ab". Fred hörte dankbar die kurze und präzise Anweisung seines Freundes. Werner war sein Fels in der Brandung. Nun wurde Fred ruhiger. Hastig und noch ein bißchen zittrig erklommen sie ihre wartenden Drahtesel. Erst einmal Abstand gewinnen. Der Abenteuernachmittag war nun anders gelaufen, als sie geplant hatten.

Irgendwie fehlte nun plötzlich etwas. Das Leben konnte doch nicht einfach so weiterregieren! Jetzt müsste die Welt doch einfach - wenigstens für einen Moment - stehen bleiben oder doch, von irgendwoher, noch ein Knall kommen! - Es knallte nicht. - noch nicht! Im Gegenteil, die Sonne wärmte friedlich und die Autofahrer drängelten schon wieder, wie eh und je. Fred vernahm sogar ganz erstaunt einen Vogel, der laut und deutlich seine Melodien übte. Das war ihm unbegreiflich. Dass solche Ereignisse einfach unbeachtet blieben- Unfassbar!

Das Unglück kommt leise und unangekündigt!

Ein Unglück kommt selten allein

Werner schaukelte bedenklich hin und her, ständig bemüht, den Lenker richtig zu ergreifen. In der Folge seiner Kinderlähmung hatte er wirklich große Probleme mit seinen kraftlosen, dünnen Armen zuzupacken. Fred beobachtete seinen besten Freund mit großer Sorge. Fast panisch waren sie vom letzten Unfall, bei dem ihr Schulkamerad Ludwig getötet wurde, geflüchtet. Und meistens, wenn man etwas sehr überhastet macht, geht es auch schief. Da scheint dann immer diese selbst erfüllende Erwartungshaltung ins Spiel zu kommen! Seine Gedanken wirbelten immer noch um diesen scheußlichen Schicksalsschlag. Wie das lange Rohr, das Ludwig sein Schulfreund, fahrradfahrend auf der Schulter balancierte und dann unter dem Lastwagens verschwand. Immer noch sah er, während das Rohr vom Reifen des Lasters zu Schrott verbogen wurde, Ludwigs Blut spritzen. Die Schreie der vielen unvermeidlichen Zuschauer hallten noch immer in seinen Ohren. Er fühlte auch noch immer, wie ihm das Entsetzen über den Verlust seines Schulkameraden seine Eingeweide kräuselte. Das Geschehen wirkte noch heftig nach. Ludwig tot. Einfach weg. Fred hatte vom Schicksal insgeheim einen Riesen Knall erwartet. Plötzlich: **PENG!** Da war er, der Schlag der ihn umhaute! Wie wenn eine

Abrissbirne einschlagen würde. Eine Riesenfaust hob Fred von seinem alten Fahrrad. Unvermittelt erlebte er noch einmal den Abflug vom Schanzentisch, wie er ihn mit Werner am Siebenbichel genossen hatte. Der einzige Unterschied schien das Geräusch. Statt der Ski, die brachen, klirrte dieses Mal Glas. Fred war in seinem momentanen Blackout mit seinem Fahrrad gegen eine glänzende, verchromte Stoßstange geprallt. Die gehörte zu einem VW-Käfer, der ihm entgegenkam. Er flog in hohem Bogen über den Lenker seines Rades. Streifte seine Klingel und prallte auf die linke Seite der ihm entgegen-kommenden Windschutzscheibe. Sein unfreiwilliger Flug beinhaltete noch einem eleganten Salto. Dann empfing ihn sanft eine gut im Saft stehende Buchsbaumhecke am Trottoir. Hätte Fred diese außergewöhnlich artistische Zirkusnummer beabsichtigt, wäre sie ihm bestimmt nicht so elegant gelungen!

Nachdem Fred sich, wie ein verirrter Tennisball auf den Gehweg abgerollt hatte, rappelte er sich hoch und stand erst einmal ziemlich benommen da. Der erblasste Käferfahrer, hatte ein sorgenvolles Gesicht aufgesetzt und näherte sich vorsichtig. Fred schwankte noch ein bißchen. Wo war sein Fahrrad? Er identifizierte das Häufchen Eisenschrott, das verbogen auf der Strasse lag, als seinen heißgeliebten Drahtesel. Sogleich durchzuckte Fred sein zweiter Gedanke: Wie bring ich das bloß Papa bei? Sein

Vater war seine Schreckgestalt, die ihn wie ein Geist ständig begleitete! Sein nächster Gedanke galt Werner: Was war seinem Freund passiert? War er auch vom Rad gestürzt?

Erst allmählich bemerkte er den blassen Käferfahrer, dem wahrscheinlich der größte Schreck in die Glieder gefahren war: „Hast du dir weh getan?" Der Autofahrer schaute sehr besorgt. Er hatte ja Freds unfreiwillige, artistische Einlage unmittelbar miterlebt. Er taxierte den schlaksigen und immer noch ein wenig schwankenden Buben. Eine unbedeutende blutende Abschürfung am Knie. Der Kopf war noch oben und sonst konnte er bei Fred nichts Ernsthaftes entdecken. Aber jetzt erst, wo der Autofahrer ihn absuchte, realisierte Fred, was passiert war. Gefühlt tat ihm ja alles weh! Und schwindlig war ihm auch. Unvermittelt eilte ein Mann von der anderen Straßenseite herüber. Er hatte einen Knall gehört und wollte, da er Arzt sei, fragen ob er etwas helfen könne. Und gleichzeitig tauchte auch Werner wieder auf. Er hatte, neben Fred herfahrend, ebenfalls stark gebremst, war dabei unsanft von Rad abgestiegen und lag dann ebenfalls auf der Strasse. Werner hatte das Auto zwar nicht berührt, aber trotzdem beide Knie und den Ellenbogen verschrammt. Da traf es sich ja gut, dass schon ein Doktor vor Ort weilte. Der war inzwischen geschwind zu seinem Haus gelaufen und kam gerade mit seinem „Werkzeug"-Köfferchen, auf dem ein rotes Kreuz leuchtete, wieder angespurtet. Beide Jungs wurden sogleich jodiert und bepflastert. Er bestand auch darauf, dass Fred und Werner wegen des Verdachts auf Gehirnerschütterung noch im Krankenhaus weiter kontrolliert werden sollten.

Nach der Erstversorgung warteten alle noch gemeinsam auf die Polizei. Fred überlegte: Das könnte dauern. Die waren ja bestimmt noch eine Weile mit Ludwigs Unfall beschäftigt. Das betraf natürlich auch das Sanitätsauto. Und damals gab es in Marktoberdorf nur eines! Gott sei Dank hatte sie der Zufalls-Doktor in der Zwischenzeit versorgt. Werner merkte Freds Gedanken und nahm seine Hand. Er blickte ihm tief in die Augen. Das genügte. Augenblicklich kam Fred zur Ruhe. Ein Gefühl der Geborgenheit überflutete ihn und verlieh im wieder ein Mal die nötige Sicherheit: Das Schlimmste war hoffentlich vorüber! Dankbar streichelte auch er Werners knochige Hand. Endlich kam ein Streifenwagen. Dem entstiegen ganz fremde Polizisten aus Kaufbeuren, aber die konnten ihre Arbeit offensichtlich genauso gut wie ihre Kollegen aus Marktoberdorf. Nach der Unfallaufnahme brachten sie sogar ihn und seinen Freund noch mit dem Streifenwagen zum Krankenhaus. Da war es wirklich nur schade, dass die Fahrt so kurz war. Das Krankenhaus lag nämlich gleich um die Ecke. Sie wären so gern noch ein Stück weiter mitgefahren! Dann hätte man sogar noch etwas zum angeben gehabt!

Am nächsten Schultag war das Unfallereignis mit Ludwig noch einmal Thema des Tages. Dadurch drang es auch tiefer in Freds Erinnerungen ein. Nicht nur, dass sein Schulkamerad nun nicht mehr da war, nein, Ludwig erschien dadurch um so stärker präsent. Nur sein Platz in der Bank war wirklich leer. Die meisten Mitschüler waren entsetzt und jeder wusste noch etwas von ihm oder über ihn zu berichten. Es war unglaublich, wieviele unvergessliche Erlebnisse mit Ludwig da jedem noch einfielen. Andererseits empfand es Fred als erschreckend, wieviele Erlebnissen mit seinem Kameraden er doch schon wieder vergessen hatte. In diesem Zusammenhang nahm ihn auch noch ein anderer, für ihn bedeutsamer, Gedanke gefangen: ob seine Mitschüler genauso reagieren würden, wenn **er** jetzt nicht mehr da wäre? Ob auch für ihn die Kraft der Erinnerung wirken würde? Fred begann zu zweifeln. Denn sein eigener Unfall, kurz nach diesem Ereignis, vom dem er natürlich auch berichtet hatte, war für keinen seiner Mitschüler auch nur ein Wort wert! Aber kleinlich war das Glück schon immer!

Gott hilft denen, die sich selbst helfen!

Café Viereck

Die Gaststätte Rosenau ist eine „alteingesessene" Wirt-schaft mit einem großen Saal und einem, bei Sonnen-schein bewirtschaftetem Rosengarten. Hier, mitten in der Stadt unter blühenden Rosenbögen, zu sitzen, war schon ein Erlebnis für sich. Fred liebte Abenteuer. Wuchernd dornige Rosengirlanden waren ihm nicht spannend genug und trotzdem prägte deren intensiver Duft eine bleibende Erinnerung.

Für ihn interessanter, wäre da schon der mächtige, viereckige und bezinnte Turm, der direkt neben der Rosenau stand, gewesen. Auf seine Nachfrage wurde ihm einmal erklärt, dass der Turm, der eigentlich „Café Viereck" genannt wurde, früher, in der „Guten alten Zeit" als Gefängnis gedient hatte. Deshalb auch die vergitterten kleinen Fenster. Aber weshalb Café Viereck? Da wurde nur viel gemutmasst - genaues wusste keiner. Wer weiß, vielleicht haben die Gefangenen dort wirklich Kaffee getrunken? (Zumindest deutete der Name darauf hin.)

Die ‚Vierer-Bande' bevorzugte lieber Süßes! Beim genüss-lichen Lutschen an einer Kugel Eis überlegten sie, was man heute noch alles anstellen könnte. Da kam dem, inzwischen zwölfjährigen, Fred, als Anführer, die rettende

Idee: „Wir knacken heute den Kaugummiautomaten! Und ich weiß auch wie!" Dann erklärte er geduldig wie es geht: „Erst ein Zehnpfennigstück einwerfen, dann die Schublade herausziehen die erste Kaugummikugel entnehmen und die Schublade langsam wieder einschieben, bis es knackt. Anschließend mit einem kräftigen Gegenstand die Schublade wieder aus der Sperre heraushebeln". Fred war selbstredend vorbereitet und hatte einen passenden Schraubenzieher im Ranzen. Damit überwand er, relativ mühelos, die eingebaute Schiebesperre der Schublade und schon purzelten die bunten Kaugummikügelchen heraus! Gierig stopften sich alle vier Strolche die Taschen voll. Nachdem der Kaugummispender keine Kaugummis mehr spendete, wurde die kleine Schublade schnell wieder zugeschoben und alle Spuren waren verwischt. -

Die Buben freuten sich tierisch darüber, einen Automaten überlistet zu haben und begannen übermütig zu grölen. Dieses ungewohnte „Freudenfest" ließ eine, just in diesem Augenblick vorbeikommende ältere Frau in ihrem Schritt innehalten. Sie vermutete wohl, in der ungewohnten Fröhlichkeit der Kinder, zu Recht, dass irgendeine Gaunerei im Gange war. Ziemlich laut keifte sie los: „Lasst Euch bloß nicht erwischen, sonst landet ihr auch noch im Café Viereck!" Aber, wer hatte schon vor sich erwischen lassen? Außerdem hätte man dann gewusst, wie es wirklich im „Café Viereck" aussah! Ihr „guter Rat" verhallte leider ziemlich ungehört. Doch vorsichtshalber zogen es die Bengel vor, sich sofort, auf getrennten Wegen, in Richtung Bahnhof zu trollen. Ohne Hetze und ohne sich noch einmal umzuschauen, erwischten sie gerade noch den Zug nach Hause. Da waren sie auf jeden Fall erst einmal in Sicherheit. Man weiß ja nie!

Durch Fehler wird man klug, d'rum ist einer nicht genug!

Onkel Bernd

Tante Elfie, die jüngste Schwester von Freds Papa, hatte einem Westfalen geheiratet. Dadurch gab es für Fred wenigstens noch einen „echten" Onkel. Noch infrage gekommen wären die drei Brüder von Freds Vater. Aber zwei waren nicht mehr aus dem Krieg heimgekehrt und der Dritte, war von einer Schweizerin geheiratet worden. Sie hatte ihn einfach in ihre Heimat gelockt. Daher kam Onkel Edmund, der „Schweizer", auch nie ins Allgäu zu Besuch. Deshalb waren Onkels Mangelware für Fred.

Aber jedesmal wenn Freds Papa sein altes Elternhaus in Aitrang besuchte, traf Fred auch den immer gemütlichen Onkel Bernd. Dieser „Kumpeltyp" wohnte schon lange im ehemaligen Haus der Grosseltern von Freds Vaters. In seiner ganzen Freizeit schien er ständig an dem alten Haus herumzuwerkeln. Von Statur riesig, wirkte Onkel Bernd auf Fred aber trotzdem beruhigend. Das lag sicher daran, dass er hundertprozentig verlässlich war und immer Wort hielt. Für Fred wirkte dieser Onkel immer kalkulierbar. Was ihn außerdem noch sehr beeindruckte: Er konnte wie sein Papa alles reparieren. Im Unterschied zu Freds Vater wurde aber auch immer alles gleich erledigt. Und das Reparierte sah hinterher oft auch schöner aus, als bei Freds Papa. Freds Vater dagegen war praktischer. Er arbeitete, wenn er überhaupt Zeit dafür fand, immer nur so viel, dass alles wieder funktionierte. Egal, wie das hinterher aussah! Das Allerbeste an Onkel Bernd aber war, dass er Bahnbeamter war. Während seiner Arbeit grüßten ihn die Leute, nicht mit seinem Namen, sondern nur: „Herr Fahrdienstleiter". Ganz oft profitierte auch seine Frau, als „Frau Fahrdienstleiter" davon. Fred empfand das ziemlich lustig; Aber früher war das halt so! Onkel Bernd war im Aitranger Bahnhof „Mädchen für alles". Er musste viele Arbeiten ganz allein bewältigen. Aber dann war er auch wer! Fred beobachtete dieses Phänomen der Achtung ganz genau, denn von anderen anerkannt zu werden, war für Fred etwas ganz Besonderes! Und darauf war Fred fast ein bißchen neidisch.

Trotz aller sogenannten Beamtenprivilegien war das Geld immer knapp. Onkel Bernd, als mittlerer Beamter, bekam leider nicht so viel, wie ihm bei der vielen Arbeit sicher zugestanden hätte. Damit sich seine Familie aber ab und zu etwas extra leisten konnte, arbeitete die Tante noch zusätzlich stundenweise in einer Fabrik. Tante Elfi war durch die viele Arbeit, immer magerer geworden. Man sagte zwar, Falten im Gesicht kämen vom vielen Lachen, aber Fred vermutete als Ursache eher die vielen Zigaretten. Onkel Bernd dagegen rauchte nur wenig. Eher „vor Wut" über die so uneinsichtigen Beamten in der gottähnlichen Bahndirektion. Dahin musste er sogar einmal zum Rapport. Als Ergebnis war er dann einfach auf einen ganz kleinen Bahnhof versetzt worden. Dafür hatte er hier seine Ruhe und durfte seiner Kreativität freien Lauf lassen.

Zu dieser Zeit, wohnte Freds Familie immer noch in Marktoberdorf. zog Onkel Bernd mit seiner ganzen Familie nach Maubach. Ein echt winziger Bahnhof an der romantischen Eisenbahnstrecke zwischen Füssen und Marktoberdorf. Seine Dienstwohnung lag nicht weit vom Bahnhof in einem alten Mühlhaus. Ein Paradies für seine kleinen Töchter Reni und Christine. Die Mühle am Bach bot mannigfaltige Spielmöglichkeiten. Wasser, speziell das der noch jungen Wertach, hatte eine ungemeine Faszination für die Kinder. Aber auch die Sanftheit der leicht gewellten Allgäuer Hügellandschaft hatte ihren Reiz. Und die Tannenwälder entlang des Wertachtals mit ihrer unheimlichen Dunkelheit versprachen immer wieder neue Abenteuer.

Onkel Bernd war jetzt der Chef in Maubach. Sonst war ja keiner da. Das bedeutete aber auch: sich um fast alles selbst kümmern zu müssen; Fahrdienst, Gepäckannahme, Fahrkartenverkauf, Weichen und Signale stellen. Dazu noch im Haushalt helfen, da die Tante ja immer noch jeden Tag nach Marktoberdorf zum arbeiten fahren musste. Immer wenn Fred zu Besuch war, durfte er beim

Fahrkartenverkauf helfen. Das machte Spass und war nicht so anstrengend, wie mit den Mädchen zu spielen. Da durfte er so kleine Plättchen aus dicker Pappe sortieren und dann, nachdem der Onkel die notwendigen Daten eingestellt hatte, in den dicken Metallarm stecken und feste drücken. Dadurch wurden die Daten auf das Plättchen gestempelt und fertig war eine neue Fahrkarte! Viele davon hatten dazu noch farbige Streifen. Längs, quer oder schräg. Deren wirkliche Bedeutung erschloss sich Fred noch nicht, aber das war auch nicht notwendig.. An der Sperre wurde dann mit einer Zange ein kleines Loch zum entwerten hineingezwickt. Das große Geheimnis dabei war ein kleiner Kontrollstempel, der gleichzeitig auf der Rückseite noch das Datum auf den Pappstreifen druckte! So konnte der Schaffner später jederzeit nachvollziehen, wann das Loch gezwickt worden war!.

Am meisten freute sich Fred auf die langen, romantischen Dienstgänge im Gleis. Immer wenn die Sonne unterging und die Welt in das Zwielicht der Dämmerung getunkt wurde, wirkte alles irgendwie leiser. Fred kam es dann immer so vor, als hielten sogar die Vögel für kurze Zeit den Atem an. Fred schloß diese stimmungsvollen und beruhigenden Abende tief ins Herz. Deren Stille, nur durch das gleichmäßige Knarren der Schritte auf den Holz-schwellen unterbrochen wurde. Er brauchte an des Onkels Seite auf nichts zu achten und fühlte auch in seinem innersten Winkel nicht mehr die Angst die ihn sonst ständig begleitete. Im Gegenteil: er spürte die Kraft die der Onkel ausstrahlte. Sie schien ihn zu beschützen und gleichzeitig zu wärmen. Wenn sie dann die Einfahrsignale erreichten wurde es wieder spannend: vorsichtiges Herunterkurbeln der Signallaternen, aus einem Messingblechkännchen Petroleum in die Signalleuchte nachfüllen, den Lampendochtstreifen anzünden und die leuchtende Signallaterne wieder hochkurbeln. Und das auf beiden Seiten des Bahnhofes. Zweieinhalb Kilometer hin und zurück, das strengte ganz schön an. Aber mit Onkel Bernd zu wandern war durch nichts zu überbieten! Ohne Erwartungsdruck. Einfach vieles wahrnehmen zu dürfen und sich daran erfreuen zu können. Vielleicht gerade deshalb, verging die Zeit bei Onkel Bernd leider immer schneller als anderswo.

Wer im Licht wandert, stolpert nicht!

Ferien in Backnang

Onkel Bernd war wiedereinmal versetzt worden. Nun war er Fahrdienstleiter im Bahnhof Backnang. Sommer 1952. Für Fred, nun zwölf Jahre alt, eine günstige Gelegenheit, von „zuhause" zu fliehen. Fred freute sich sehr auf seine Ferien in einem Bahnhof. Denn, wenn man es genau nimmt, waren Freds Eltern ja froh, ihren „missratenen" Sohn für eine Weile los zu sein. In diesem Sinne wurde auch Onkel Bernd „informiert". Aber der, neigte in seiner freundlichen und gutmütigen Art eher dazu sämtlichen Menschen eine Chance zu schenken. So wurde Fred, ohne Vorbehalte, in des Onkels Familie aufgenommen. Er ahnte nichts von den Hintergrundverhandlungen und freute sich indes unbedarft auf viele neue Abenteuergelegenheiten.

Die Sommersonne brannte und das Gras auf den Wiesen am Ortsrand von Backnang dürstete. Fred hatte bald einige Buben aus der Umgebung des Bahnhofs kennen gelernt. Und schnell planten sie, gemeinsam Fackeln für den Abend bauen. Dazu rissen sie ganze Bündel vom hohen Gras aus und banden diese mit Schnur und Schuhbändeln an Stöcken fest. In der Mitte sollten auch ein wenig dickere und längere Halme sein, damit es gleichmäßiger brennen würde. Eine Fackel wollten sie schon mal vorab testen. Verschmitzt zog Robert Streichhölzer aus seiner unendlich tiefen Hosentasche. Die Fackel aus dürrem Gras brannte sofort wie Zunder. Die Generalprobe war gelungen, aber noch nicht vollständig beendet. Das zusammengebundene Büschel loderte so schnell und intensiv, dass es unkontrolliert zerfiel. Noch brennende Halme und glühende Asche schwebten herunter auf die trockene Wiese. Die fing auch sofort Feuer. So schnell, dass es einfach unmöglich war, alle Flämmchen wieder auszutreten. Obwohl sich alle drei mächtig ins Zeug legten, fraß sich das Feuer rasend schnell weiter. Es qualmte fürchterlich und Fred, Robert und Alwin kamen heftig hustend ins Schwitzen. Die Flammen erreichten schon fast die nahe Straße. Da näherte sich, mit tatütata, überraschend schnell die Feuerwehr. Irgendjemand musste den starken Rauch wohl beobachtet und sofort die Feuerwehr gerufen haben. Die total überraschten Jungs beschlossen erst einmal die Fliege zu machen und verschwanden eilends hinter dem nächsten Gebüsch.

Die Feuerwehr verspritzte eine ganze Menge Wasser, um die brennende Wiese wieder zu löschen. Ausgerechnet während dieser Aktion schaute Onkel Bernd gerade aus dem Fenster. Natürlich entdeckte er Fred. Das allein war verdächtig genug. Als Fred dann später wieder zurückkam, zog ihm der Onkel schweigend die Ohren lang. Fred wusste auch genau warum! Er entschuldigte sich, obwohl er das dürre Gras gar nicht angezündet hatte. Insgeheim fühlte sich Fred doch ungerecht behandelt und sann auf Rache. Nun scheint dieses Ansinnen unfair zu sein, aber Freds untrügliches ‚Gerechtigkeitsgefühl' hatte, schon von zuhause, einen ziemlich üblen Knacks. Durch seine Erfahrungen, bei denen er oft genug, für die Missetaten seiner 'kleinen' Schwester bestraft worden war. In diesen Fällen waren seine Racheversuche stets ins Leere gelaufen. Also sollte dieses Mal, quasi stellvertretend, der Onkel ‚büßen'! Dass dieser übereilte Schnellschuss äußerst ungerecht und zudem nutzlos war, schien ihm nicht bewusst zu sein. Denn eigentlich schadete er nicht dem Onkel sondern der Bahn!

Wie hätte er damals, als Steppke, in einem Bahnhof überhaupt etwas wirkungsvolles anstellen sollen? Das einzige, was für Fred überhaupt zu bewältigen war: eine Weiche an einem Ausweich- und Ladegleis mit ihrem handbetriebene Hebelgewicht umzulegen. Das ging zwar relativ schwer aber er schaffte es gerade noch so. Das fiel erst einmal gar nicht auf, denn damals wurde der Fahrweg noch nicht elektronisch überwacht. Sein Plan war: Wenn ein Güterzug mit den frisch beladenen Wagen wieder auf die Strecke sollte, sollte dieser auf den Prellbock am Ende des Gleises fahren. Und genau das geschah auch. Der Schaden hielt sich Gott sei Dank in Grenzen, weil die Lok sehr langsam schob und der Rangierer gut aufpasste. Der eiserne Prellbock war ebenso ein bißchen verbogen, wie auch Freds Gewiesen, das sich alsbald meldete. Er wurde zwar verdächtigt, aber er wirkte mit seiner schmächtigen Statur so schwächlich, dass ihm Onkel Bernd diese Missetat gar nicht zutraute. Vielleicht hatte doch einer der Bahnarbeiter die Weiche versehentlich umgelegt. Langsam begann Fred seinen Trugschluss zu begreifen. Eines wurde ihm jedenfalls klar. Dieses Mal rettete ihn letztendlich nur sein riesiger Dusel. Fred baute, wenn es brenzlig wurde, immer auf denJupiter, seinen Glücksplaneten. Auf den konnte er sich hundertprozentig verlassen, auch wenn er oft nur damit spielte!

Womit man umgeht, das hängt einem an!

Die Notbremse

Das nächste Ferienereignis fand am nächsten Samstag statt. Nach der kurzen Abendandacht strömten die frommen Kirchenbesucher auf den, an die Kirche angrenzenden, Friedhof. Im stillem Gedenken an die verstorbenen Angehörigen wurden auf vielen Gräbern Kerzen angezündet. Obwohl Fred hier niemanden kannte schaute er sich neugierig um und entdeckte ein wunderschön rot leuchtendes Grablicht. So eine schön rot leuchtende Laterne hatte er sich schon lange gewünscht. Er wusste zwar nicht so genau wozu, aber die Lust zu besitzen reizte. Nach Beendigung der Andacht wanderte die Familie wieder still zum Bahnhof zurück. Freds Gedanken kreisten derweil um die schöne rote Laterne. Ihr Bann ließ Fred nicht mehr los. Wie gerne hätte er auch mal eine eigene rote Laterne gehabt. Das wäre doch auch sehr praktisch für seine Teilnahme am Martinsumzug, entschuldigte er sich insgeheim. Wenn er, mangels Licht, mit leeren Händen mitgelaufen war, konnte er zwar seine Hände in der Jackentasche wärmen, aber... Sein Entschluss stand fest - da musste er etwas nachhelfen! Heimlich rannte er nochmal zum Friedhof zurück und stellte die wunderschön leuchtende Laterne sicher. Geschafft. Aber jetzt, wohin verstecken? Die war, da sie immer noch brannte, ziemlich warm und brauchte auch Luft sonst wäre sie bestimmt ausgegangen. Weiter wollte Fred jetzt nicht denken. Sein spontaner Besitzerstolz verhinderte ,abwegige' Gedanken. Um möglichst unentdeckt zu bleiben, nahm er den schmalen Fußweg am steilen Bahndamm entlang, um heim zu laufen. Dabei schwenkte er voller Freude, aber sehr unbedacht seine neues rotes Licht. Just in diesem Moment näherte sich laut ratternd das letzte Zügle nach Stuttgart. Plötzlich quietschten die Bremsen und zerrissen die Stille der schon angebrochenen Nacht. Für den wachsamen Lokführer war, bei rotem Licht, Gefahr im Verzug. Vorschriftsmäßig brachte er den Zug so schnell wie möglich zum Stehen. Onkel Bernd der gewissenhafte Fahrdienstleiter, begann gerade seinen allabendlichen Weg zu den Signallaternen. Aufgeregte Worte flogen hin und her. Der Lokführer beteuerte, ob der unerwarteten Bremsung auf der Strecke, seine Unschuld. Er habe bestimmt ein rotes Licht gesehen, aber nun sei es verschwunden. Klar, als die Bremsen grell zu quietschen begannen, hatte Fred das Licht schnell ausgeblasen und sich hinter einem Holunderbusch versteckt. Er durfte auf keinen Fall entdeckt werden. Bloß nicht schon wieder Ärger! Da die Ursache für das rote Licht nicht mehr aufzuklären war, wurde der Nothalt mit einiger Verspätung, da es eh der letzte Zug für diesen Tag war, wieder aufgehoben. Onkel Bernd setzte mit dem Entzünden der Signalleuchten die Erledigung seiner Dienstpflicht fort. -

Als Onkel Bernd bei seinem Rundgang am nächsten Morgen hinter dem Lagerschuppen eine rote Grablaterne fand, reimte er sich wohl eins und eins zusammen. Fred wurde, zwangsweise, über die Gefahren eines „Rot-Signals" belehrt. So ging auch dieses ‚Abenteuer' für Fred sehr glimpflich aus.

Der Gedanke wechselt, die Tat bleibt!

Leyla

Große bunte Wiesen umrahmten die ersten Häuser am Ortsrand von Backnang. Sie verströmten einen unverwechselbaren Duft. Wie ein Parfüm, das eine Wolke von Heu, Gras und Blumen verströmen konnte. Unterhalb des Bahndammes blühte auch Mohn, den Fred so liebte. Mehr als Reni und Christine, die Töchter von Onkel Bernd und Tante Elfie. Die Kinder verbrachten hier einen großen Teil ihrer Ferienzeit mit Spielen und Streunen. Eines Tages gesellte sich ein dunkelhäutiges Mädchen aus der Nachbarschaft dazu. Zur damaligen Zeit wirkte ein ‚Negermädchen‘ mit glänzend schwarzem Kraushaar, zumindest in dieser noch ländlichen Gegend, sehr exotisch. Außerdem schien sie sogar deutsch zu verstehen. Natürlich zog sie Fred, der noch nie in seinem Leben ein, fast komplett, schwarzes Mädchen gesehen hatte, in ihren Bann. Nur die Innenflächen ihrer schwarzen Hände leuchteten heller. Bei Fred war es meistens umgekehrt. Fred war inzwischen zwölf und sehr neugierig. Er interessierte sich, zum Beispiel brennend dafür, ob das süße Mädchen Leyla, so wurde sie gerufen, wohl überall so „angestrichen" aussah. Vielleicht sogar am Bauch? Er überlegte, wie er das herausfinden könnte. Um möglichst schnell zu einem Ergebnis zu kommen, bat er sie kurzerhand seine Freundin zu werden. Aber da hatte Reni etwas dagegen. Sie war zwar ein Jahr jünger, aber dummerweise hielt sie sich immer für sooo vernünftig. Ihre altkluge Art brachte ihr zwar bei den Erwachsenen regelmäßig Pluspunkte, machte sie aber auch zu einer Spaßbremse. Natürlich gab sie Fred zu bedenken, dass er doch nur während der Ferien hier sei und das sei viel zu kurz für eine ehrliche Freundschaft. Und dann zog sie ernsthaft in Zweifel, ob er wirklich eine echte Freundschaft beabsichtige! (Wie recht sie doch hatte!) Dieses blitzgescheite Argument ließ sein Vorhaben schnell scheitern. Zu doof, dass die sich in alles einmischte! Er wollte ja eigentlich auch nur seine unstillbare Neugier befriedigen. Aber nun war er gezwungen, sich heimlich mit Leyla zu verabreden. Ein lässiges „Dann bis später!" beendete das gescheiterte Treffen. Leider war Leyla später auch nicht mehr zu treffen. Auch am nächsten Tag nicht. Fred wartete lange, aber sie blieb verschwunden. Danach hoffte er sogar eventuell auf die nächsten Ferien. Alles vergeblich! Fred wendete sich notgedrungen wieder Reni zu. Die war aber nun plötzlich noch zickiger geworden. Sie wollte sich nun auch nicht mehr küssen lassen. Entnervt gab Fred auf und betrachtete die Mädchen kurzerhand als zum Spielen ungeeignet. Mit zickigen Mädchen waren eh keine neuen Abenteuer zu erwarten. Da hatten Jungs doch noch ein anderes Format aufzuwarten.

Als Fred dann zwei Jahre später wieder über die Ferienzeit in Backnang eingeladen war, hieß es: die schwarze Leyla ist weggezogen. Ob nach Afrika oder sonst wohin, wusste angeblich keiner. Freds Neugier auf „angemalte" Mädchen blieb bis zu seinem fünfunddreissigsten Lebensjahr ungestillt.

Ein neuer Lenz bringt neue Saaten mit!

Die erste Zigarre

In den nächsten Sommerferien begegnete Fred wieder Robert. Jetzt war er schon dreizehn. Insgeheim freute er sich schon auf die Begegnung, denn sie versprach wieder neue Abenteuer. Nach dem Mittagessen traf er Robert. Der hatte irgendwo zwei Zigarren aufgetrieben. Für jeden eine. Sie wollten sich auch mal wie die richtigen Männer im Kinofilm fühlen. An der kleinen Unterführung, die unweit des Bahnhofs den Bahndamm durchbrach, wurde man nicht gleich von allen Seiten gesehen. Und, wer hätte das gedacht, Robert hatte auch an die Streichhölzer, die er auch diesmal in seinem unergründlichen Hosensack fand, gedacht. In echter Westernmanier, wie in einem Film von John Wayne abgeschaut, biss er von der ersten Zigarre die Spitze ab und hielt die Flamme daran. Er paffte ein paarmal und als der Tabak richtig zu glühen begann, folgte ein tiefer Zug. Dann reichte er sie Fred. Auch der zog, sehr vorsichtig. Trotzdem wurde ihm gleich komisch. Robert fing jetzt auch schon an die Augen zu verdrehen. Schnell drückte er Fred die zweite Zigarre in die Hand und verschwand blitzartig mit den Worten: „Ich glaub', ich muss mal!" Weg war er. Fred machte sich mit der brennenden Zigarre in der Hand und der zweiten in der Hosentasche, reichlich wackelig auf den Heimweg.

Onkel Bernd sah ihn schon von weitem kommen und feixte. „Na Fred, heute so vornehm? Schon am frühen Nachmittag mit Zigarre?" Fred wunderte sich etwas über die gute Laune von Onkel Bernd. Der rauchte eigentlich nur sehr selten, kannte aber die Wirkung von, natürlich guten, Zigarren. Fred fragte, schon ziemlich kleinlaut: „Onkel Bernd, möchtest Du die Zigarre nicht fertig rauchen? Mir ist die zu groß!" Der Onkel aber erklärte ihm geduldig, dass man geschenkte Dinge selbst behalten muss. Und was man angefangen hat, musste man auch zu Ende bringen. So durfte Fred, wohl oder übel, weiter rauchen. Wie nicht anders zu erwarten, war sein überaus männliches Genusserlebnis schon mit dem nächsten Zug zu Ende. Gut, dass sie noch im Freien waren. Fred fing gottserbärmlich an zu kotzen. Und dann ging auch noch fast etwas in die Hose. Fred schaffte es gerade noch zum Klo. Danach legte er sich still und heimlich ins Gras hinter dem Schuppen, blinzelte in die Sonne und wünschte sich nur noch, nicht sterben zu müssen. Jedenfalls schwor er sich, noch halb im Delirium, nie mehr zu rauchen. Leider hielt dieser Schwur nur so lange, bis er Soldat wurde.

Versprechen und halten sind zweierlei!

Der Abschied

Im beginnenden Herbst 1953 musste sich Fred zwangsweise vom Allgäu verabschieden. Seine Stiefmama hatte
ihre unstillbare Sehnsucht nach ihrer Heidelberger Heimat
dadurch befriedigt, dass sie so lange quängelte bis sein
Papa, der Mama zuliebe, sich um eine neue Arbeitsstelle
näher bei Heidelberg bemüht hatte. Seine Eltern hatten
geplant, gemeinsam in ihrem Heidelberger Haus zu
wohnen. Aber Fred liebte das Allgäu. Es war ihm zur neuen
Heimat geworden. Er mochte Land und Leute. Sogar die
Nachbarn. Dieser geplante Umzug war für ihn nicht nur
ein Ortswechsel, sondern eine Katastrophe! Zwangsläufig
war damit für Fred auch der Abschied von seinem
allerbesten Freund Werner verbunden. Auf Nimmer-
wiedersehen! (Wie später noch zu sehen sein wird!)

Werner hatte sich bereits am Tag vor Freds Abreise ver-
abschiedet, denn er bestand immer auf klaren Verhält-
nissen. Als Werni erfuhr, dass Fred nun weit weg ziehen
musste,   traf er sich mit Fred. Wortlos überreichte er
seinem besten Freund seinen größten Schatz. Es war eine
Streichholzschachtel, liebevoll mit Watte ausgepolstert.
Darin kuschelte sich ein kleiner, fast ovaler Schnee-
flockenobsidian in einen kleinen, weißen Wattebausch.
Schwarzglänzend und übersät mit kleinen Schneeflocken.
Außen stand ganz unauffällig, mit weißer Schrift auf

blauem Grund „Welthölzer" drauf, aber drinnen glitzerte Werners ganze Liebe zu seinem besten Freund! Danach verschwand Werni schnell. Fred sollte nicht seine feuchten Augen bemerken, denn das Geheimnis dieses Geschenkes wollte er für sich behalten. Fred blieb verblüfft und sprachlos zurück. Er war wie gelähmt - Da war sie wieder, die Angst allein gelassen zu werden! Plötzlich wurde ihm ganz eigenartig zumute. Seine Kehle wurde ihm so eng, dass sogar das „Danke!" darin stecken blieb. So etwas hatte er noch nie erlebt!

Er wunderte sich nun auch nicht mehr, als Werni nicht zum üblichen Dämmerungs-Treff auftauchte. Wo er doch sonst bei Verabredungen so zuverlässig war. Wortkarg und ergebnislos grübelnd ging Fred schlafen. Lange wälzte er sich in seinem Bett unruhig hin und her. Der Schlaf war auch mit „Schäfchen zählen" nicht herbeizulocken. Mitten in der Nacht starrte er mit weit aufgerissenen Augen in die bedrohlich scheinende Dunkelheit. Er sah nicht einmal mehr seine geliebten glitzernden Sterne. Er spürte nur, völlig ratlos, wie ihn dieses undurchdringlich Schwarz durchflutete und gefangen nahm. Eine ahnungsvolle Angst nahm ihn in die Zange. Sein kleines Herz pochte wie wild in seiner Brust und er fröstelte und schwitzte zugleich. Am nächsten Morgen war ihm nicht nach frühstücken zumute. Er steckte sich eine Semmel ein. Fluchtartig schlängelte er sich zwischen den, überall wild durcheinander gestapelten Umzugskartons und auseinander gebauten Möbelteilen, hindurch. Er stolperte dabei noch über allerlei anderen Umzugskrimskrams mit dem alle Räume vollgestellt waren, um seinen Freund zu suchen. Nachdem Werni auch nicht am Schulwegtreff wartete, entschloss sich Fred, seine Suche auszudehnen. Aufgeregt klingelte er vorher noch bei Werners Eltern. Die Mutter jammerte mit verheulten Augen, dass Werni nicht nach Hause gekommen sei. Fred wurde es immer heißer. Sein Herz klopfte so laut, dass er schon fürchtete, Werners Mutti könnte es hören. Zitternd vor Angst erklomm Fred seinen Drahtesel und jagte, einer dunklen Ahnung folgend, wild strampelnd los. Die heftigen Proteste, die seine Mama ihm hinterherrief, wollte er nicht mehr hören. Wichtig war ihm nur noch sein Freund! Da der Möbelwagen ja erst mittags starten sollte, war sowieso noch Zeit. In quälender Unruhe suchte Fred alle früheren Treffpunkte ihrer verschworenen Gemeinschaft ab. Nicht weit von Freds spontan eingeschlagener Route raste ein Krankenwagen mit „tatütata" die Ruderatshofener Straße entlang. In Richtung Hausen. Nahe dieser kleinen Nachbargemeinde in einer vorwiegend hügeligen Landschaft verbarg sich der kleine lauschige Galgensee. Es war ein flacher Entenweiher, gesäumt von im Wind rauschenden Erlen, Pappeln und Fichten. Kaum knietief, an der Ortsgrenze der verstreuten Häuser gelegen, diente er hauptsächlich als eiserne Wasserreserve gegen Brände im Dorf. Bei den Jungs war das etwas abseits liegende kleine Gewässer sehr beliebt zum Baden. Fred folgte intuitiv dem Sanitätsauto so schnell er konnte. Sein altes Rad ächzte. Schon lange war es nicht mehr so sehr getreten worden. Dann nahm Fred, schon ziemlich außer Atem, eine Abkürzung die er gut kannte. Mitten durch ein fast reifes Haferfeld. Bloß gut, dass ihn der Bauer nicht sah! Als er das flache Weiherufer hinter der ersten Pappelreihe erreichte, zogen gerade zwei starke Männer in Sanitätsuniform einen mit dem Gesicht nach unten treibenden Körper aus dem dunklen Wasser. Das Wasser war so glatt, dass es schien, als hätte es ebenfalls den Atem angehalten. Fred erkannte mit großem Schreck Werners dünne „Kinderlähmungsarme". Deshalb war er also gestern Abend nicht mehr zum vereinbarten Treffpunkt gekommen! Schon schossen ihm Tränen in die Augen. Nicht aus Trauer, sondern aus unbändiger Wut auf seine Eltern. Er fühlte sich durch seinen Wegzug gemein und nun unendlich einsam. Und bestimmt hatte Werni die gleichen Gefühle gespürt und das einfach nicht mehr ausgehalten.

Fred blieb noch lange weinend im Gras liegen. Das war sein zweiter großer Verlust, der ihn tief im seinem Inneren verletzte.

Lass' die Vergangenheit, Vergangenheit sein!

Die neue Heimat

Nach dem zweiten Weltkrieg waren viele schöne Häuser, natürlich nur in den schönsten Lagen Heidelbergs, von der höheren amerikanischen Besatzungssoldaten in Beschlag genommen worden. Vermutlich war die ganze Aktion so eine Art Wiedergutmachungsrequirierung - attraktiver Wohnraum für amerikanische Offiziersfamilien in einer romantischen Stadt! Von der amerikanischen Besatzungsmacht sicher ein mit Bedacht ausgewähltes europäisches Hauptquartier. Da die Wohnsituation für die vielen tausend Amerikaner im Sommer 1953 sehr eng wurde, ließen sie sich von den Deutschen einen neuen Stadtteil, Patrick Henry Village, in Heidelbergs Vorstadt bauen. In Folge dieser Umsiedlung wurden wieder einige der besetzten Villen, wenn auch oft widerwillig, freigegeben. Auch das Haus von Freds Stiefmutter Käthe war dabei.

Der Umzug vom Allgäu nach Heidelberg dauerte einen Tag und eine ganze Nacht. Sogar noch einige Tage danach standen noch überall Kartons herum. Das Aufräumen dauerte länger als gewöhnlich, da zwischendurch im Haus auch noch die Spuren der Besatzer beseitigt werden mussten. Da waren zum Beispiel alle Wände mindestens einen Meter fünfzig hoch mit blauer Ölfarbe gestrichen. Das war zwar wasserdicht, gefiel aber Freds Mutter überhaupt nicht. Genau so wenig wie die amerikanischen Fliegengitter vor allen Fenstern. Schwieriger war das Linoleum, das auf das Parkett (!) geklebt war, zu entfernen. Aber so peu á peu konnte man ein Zimmer nach dem anderen einräumen. Die Kartons trugen Aufkleber mit Angaben über Inhalt und dem Zimmer, wo sie hin sollten. Fred war heilfroh, nichts suchen oder finden zu müssen. Aber irgendwie machte es ihm Spaß, beim „Aufräumen" zu helfen. Das hieß, dass er alles was lose herumlag, wahllos wieder in die Kartons verteilte. Bald gab es so viel Verwirrung, dass sich seine Mama verzweifelt in den Garten setzte und auf Papas Hilfe wartete. Um seine Langeweile zu bekämpfen, begann Fred den Garten und seine Umgebung zu erkunden.

Auf der Sraßenseite, des einstmals weißen Hauses mit steilem Satteldach, hing ein kleines, quadratisches Emailleschild mit der Nummer **13**. Davor verdeckte eine hohe Birke, die das ungefähr zweieinhalbstöckige Haus überragte, die halbe Strassenfront. Diese Birke war wohl auch der Grund dafür, dass der total verkümmerte Rosengarten darunter offensichtlich trauerte. Von der Rückseite des Hauses, hinter der die zweite Hälfte des Gartens lag, führte eine lange Steintreppe hinauf zu einer offenen Veranda. Eine weiß lackierte Tür verband die direkt daran angrenzende Küche. Eine weitere den rundherum nachträglich einfachverglasten Balkon. Der wurde jetzt einfach Winter-garten genannt und bot einen herrlichen Ausblick auf den reich bepflanzen Garten. Allerdings hatten auch alle Nachbarn aus dem gegenüberliegenden Wohnblock den gleichen wunderbaren Einblick. Fred wurde kurzerhand (oder war das bereits geplant gewesen?) in dieses knapp fünfeinhalb Quadratmeter messende „Paradies" einquartiert. Dieses winzige Behelfszimmer(chen) sollte ab jetzt Freds Zuhause sein. So quasi seine neue Heimat! Mehr oder weniger außerhalb der eigentlichen Wohnung, aber dafür mit Rundumblick zur „gegenüberliegenden Natur".

Unter diesem früheren Balkon versteckten sich, bei einer lichten Höhe von circa einem Meter, allerlei Gartenutensilien. Fred räumte sogleich einen Teil davon an die vordere Breitseite und war mit seiner, dadurch entstandenen Höhle mit Sandboden, sehr zufrieden. Hier könnte er sich, wenn „dicke Luft" herrschte, verstecken. Und das sollte bald bitter notwendig werden.

Langsam erkundete Fred seine weitere Umgebung. Neuenheim, ein Ortsteil von Heidelberg, war ziemlich abwechslungsreich. Wie der Name schon verriet, war dies der jüngere Teil der uralten Studentenstadt. Entlang der westlichen Seite des Neckars siedelten sich im Laufe der letzten zweihundert Jahre, unter Einbezug verschiedener Vororte, eine geschäftige kleine Vorstadt mit allem urbanen Drum und Dran. Hier fand Fred auch einen kleinen Fahrradhändler, in dessen Werkstatt er jeden Nachmittag eine Stunde mithelfen durfte. Das brachte ihm jedes Mal eine Mark ein. Außerdem durfte er sich aus altem Schrott und Ersatzteilen selbst ein Fahrrad zusammenschrauben. So lernte er noch ganz nebenbei, wie ein Fahrrad konstruiert war und besaß auch bald einen zwar klapprigen, aber brauchbaren Drahtesel!

Nicht weit von Freds Zuhause passierte der Neckar, aus dem östlichen Odenwald kommend, Heidelberg. Sehr schmal, aber dafür ziemlich flott zwängte er sich unter der Alten Brücke durch, um dann in Höhe der Stadthalle an der Altstadt entlang allmählich breiter zu werden. Am westlichen Ufer des nun gemächlich glucksenden Wassers, begleitete eine ausgedehnte, von alten ausladenden Kastanien gesäumte Wiese den Fluss. Ein idealer Spiel- und Liegeplatz, der von den Heidelbergern auch eifrig genutzt wurde. Schwimmen war die große Leidenschaft von Fred und seinen Freunden. Gerade in diesem Abschnitt, zwischen der „Neuen Brücke" und der gerade fertiggestellten „Berlinerbrücke" fungierte die Liegewiese als Heidelberger Freibad. Auch ein idealer Treffpunkt für Jung und Alt. Hier wurde die schöne grüne Wiese bisweilen auch zum Fußball und Volleyballspielen miss-braucht. Turnen jedoch oder einfach nur in der Sonne braten galt im „Strandbad Treff" als die Sommerattraktion schlechthin.

Dieser Neckarabschnitt wurde auch als ideale Trainingsstrecke von den Mitgliedern der RGH (Ruder-Gesellschaft-Heidelberg) genutzt. Fred hatte es beim beobachten der Ruderer nicht lange ausgehalten und sich eines Tages einfach beim RGH angemeldet. Damit waren nachträglich sogar seine Eltern einverstanden. Das Skullen im Einer oder Zweier war ihm zu schwierig. Am liebsten war ihm der 'Vierer mit Steuermann'. Da zählte wenigstens einer den Rudertakt vor. Im Team klappte das Rudern ganz gut und Fred konnte sich auf das sanfte Eintauchen seines langen Riemens konzentrieren. Dieser Bewegungsablauf erforderte nämlich viel Übung: Das Blatt eintauchen und gleichzeitig die Beine kraftvoll ausstrecken; Auf dem schmalen Rollbrett sitzend zurückrollen und dabei kräftig am Riemen ziehen. Dann das Blatt mit einer drehenden Bewegung wieder aus dem Wasser heben. Immer und immer wieder. Das gelang ihm aber mit der Zeit fast automatisch. Das machte ungeheuer Spaß und zudem auch noch fit. Der ganze Ablauf war sehr anstrengend und erzeugte am Anfang einen mächtigen Muskelkater. Im Laufe der Zeit wuchsen Fred, durch regelmäßige Training, richtig tolle Muskelpakete an den Beinen. Und obwohl er damit auch bei den Mädchen punkten konnte, machte er sich noch nichts aus den „albernen Gören!"

Das änderte sich erst, als 1954 Elvis und der Rock 'n Roll aktuell wurden. Vorerst zog es Fred zwar noch vor, sich den Freizeitangeboten im Haus der Jugend zuzuwenden. Zum Beispiel ging er gern zum Walzertanzen, das die DJO veranstaltete. Das war eine Volksgruppe der Deutschen Jugend des Ostens. Einer eingeschworene Gemeinschaft aus dem ehemaligen Schlesien. Falls Probleme auftraten fingen sie ihre Kinder auf und standen ihnen bei. Das beeindruckte Fred sehr und, da es von zu Hause nicht so weit weg war, nutzte er gern diese Angebote. Man konnte ja nie wissen, wozu das alles noch gut sein könnte.

Bald sollte auch ein Rock 'n Roll Wettbewerb stattfinden. Aus Platzgründen zogen die Veranstalter in die Stadthalle um. Durch die Tanzerei bemerkte Fred, dass Mädchen nicht *nur* kleine Frauen waren. Aber leider benahmen sie sich oft auch zickig und unberechenbar. Trotzdem brauchte er eine Partnerin für den noch ausstehenden Wettbewerb. Fred fragte kurzerhand seine Partnerin vom Walzerkurs - Monika. Sie war ebenfalls von Elvis hingerissen und liebte das Boogietanzen. Boogie und Rock 'n Roll waren zwar nicht das Gleiche, aber egal!? Sie schien ein Naturtalent zu sein. Jetzt übten sie erst einmal hauptsächlich für den Tanzwettbewerb. Als dann der große Tag der Entscheidung da war, waren Fred und Monika nicht mehr zu halten. Vor lauter Begeisterung bemerkten sie nicht einmal, dass immer weniger Paare auf der Tanzfläche waren. Nach jedem Applaus gab es mehr Platz. Nach „gefühlten" tausend Tänzen war nur noch ein Paar neben Moni und Fred übrig. Mit scheinbar langsamem Tempo begann ‚Nat King Cole's Mona Lisa. Dieser Tanz wechselt laufend Tempo und Rhythmus. Fred nutze den freien Platz und wirbelte seine Moni mit viel Taktgefühl über die Tanzfläche. Sie gaben ihr Letztes - und gewannen. Einen Kasten CocaCola. Das war 1956 das moderne In-Getränk! So wurde noch lange, mit allen Tänzern zusammen Coca-Cola schlürfend das erste Rock-n-Roll-Turnier gefeiert! Moni, ab diesem Ereignis seine erste Freundin, motivierte ihn gewaltig. Gemeinsam, mit vielen anderen Tanzpaaren, genossen sie noch lange ihren Tanzsport und CocaCola.

Auf der großen Neckarwiese, etwas weiter südlich, fanden die Pärchen, nach ihren gewaltigen Anstrengungen, immer ein lauschiges Plätzchen am einsamen Strand. Unvergessen, die späten Abende in denen man gemeinsam und andächtig dem eigenartigen Glucksen des quecksilberartigen Flusses lauschte. Da warteten bestimmt schon wieder neue Abenteuer!

Heimat ist dort, wo man sich geliebt fühlt!

Der Funker

Zwischen der Treppe zur Küche und seiner „Höhle" unter dem sogenannten Wintergarten führte eine fünfstufige Steintreppe zu einem gusseisernen Wandbrunnen hinab. Daneben, hinter einer grauen Brettertür, verbarg sich der Kellerzugang zur „Werkstatt". Hier, an Vaters Arbeitsplatte, wurde Fred mit einer kleinen Bastelecke geduldet. Papas Werkzeug war offiziell tabu. Zum Kaputtmachen zu schade! Klar, gemäß dem klugen Spruch „Wo gehobelt wird, fallen Späne!" ging manchmal auch etwas in die Brüche. In Fred war ja kein Meister vom Himmel gefallen. Auch der musste erst einmal lernen, wie man mit Werkzeug und Materialien umging. Wie gut, dass Papa nur selten zu Hause war.....

Aber eines schönen Tages hätte Fred seine eifrige Experimentierfreudigkeit fast mit dem Leben bezahlt. Einer seiner Schulkameraden hatte ihn einmal zu einem Funkertreffen mitgenommen. Dort hatte Fred mit dem Amateurfunk und dessen Interessenten Freundschaft geschlossen. Seitdem war auch Fred von der Technik des Funkens begeistert und interessierte sich sehr dafür. Das war ähnlich wie telefonieren ohne Kabel. Fred war von der Technik fasziniert und begann - wie seine Freunde vom Amateurclub - auch gleich die ersten Geräte zu basteln.

Netzteil und Empfänger, so dass man wenigstens mithören konnte, denn zum senden brauchte man ja eine Lizenz! Damals gab es, außer für den professionellen Bereich, in der Funktechnik fast nichts zu kaufen. Da war der Leiter der Radiofunkstelle Heidelberg Königstuhl, DL0DL, Herr Sütterlin gefragt. Der fungierte gleichzeitig auch als Amateurfunkausbilder und verteilte öfter alte, von der Post ausrangierte Profigeräte. Die durften die Anfänger ausschlachten. So kam auch Fred an die seltenen aber begehrten Bauteile für Funkgeräte. Nur konstruieren und bauen musste man selber. Dazu war Papas Werkbank ideal. Über der Werkbank hatte sein Papa eine elektrische Schalttafel installiert. Da er zwar Ingenieur, aber kein gelernter Elektriker war, hatte er wohl nicht auf die notwendige Erdung geachtet (oder einfach übersehen). Solche elektrische Gefahren waren auch Fred noch fremd. Er lötete erstmal eifrig drauf los. Viele elektronische Bauteile und Verbindungsdrähte. Es sollte Freds erster kleinen Funkempfänger werden. Dazu benutzte er Papas alten Lötkolben. Der war uralt und viel zu groß, aber in Ermangelung eines eigenen („Solchen Firlefanz braucht man nicht", hatte seine Mama gesagt) blieb Fred ja nichts anderes übrig. Dieses antike Modell mit viel zu großer Spitze war eigentlich zum Löten von Bleiblech geeignet. Sein textiles Anschlusskabel sah schon ziemlich zer-fleddert aus. Es funktionierte leidlich, bis Fred wegen der fehlenden Erdung mit einem Schlag erfuhr, dass der Mensch ein Halbleiter ist! Irgendwie hatte sich einer der morschen, stromleitenden Anschlussdrähte durchgescheuert und Kontakt zum Metall des Kolbens. Fred stand barfuß und gut geerdet auf dem Estrichboden des Kellers und der Strom nahm den kürzesten Weg von der nicht geerdeten Steckdose. Durch Freds Hand und Körper zur natürlichen Erde, dem Kellerfußboden. Fred wurde durch den Stromschlag umher geschleudert und fiel um. Infolge der Verkrampfung in der Hand konnte er den Lötkolben nicht mehr loslassen, aber riss im Fallen das Kabel aus der Steckdose Dieser Umstand rettete Freds Leben. Als ihn Mama wenig später, immer noch auf dem Kellerboden liegend fand, erschreckte sie sich fast zu Tode. Die Verbrennungen an der Hand stanken furchtbar. Ein Schluck Milch sollte angeblich die Folgen des Stromschlags kompensieren! Besser half das starke Herz von Fred.

Das war nun schon das dritte Mal, dass Freds Leben am seidenen Faden hing. Kaum war Fred wieder gesund, begann er wieder eisern, sich seinem Hobby zu widmen. Für die Jungs war die Bastelei der direkte Weg zur Lizenz. Die Schwarzfunkerei dagegen verfolgte die Post, als Fernmeldebehörde, gnadenlos. Sie machte eifrig und intensiv Jagd auf die Jungs, die auf die schwere Prüfung keine Lust hatten. Immerhin umfasste der theoretische

Teil der Lizenzprüfung mit Hochfrequenztechnik, Elektro-technik, Funk-und Verwaltungsvorschriften ziemlich umfangreiche Sachgebiete. Und wenn man die alle geschafft hatte, folgte noch die Morseprüfung! Das war eine echt schwere Konzentrationsaufgabe. Da half nur gemeinsames Üben!

Einige seiner Kumpels, die trotzdem schon probiert hatten, waren beim Schwarzfunken erwischt worden. Auch bei Freds Eltern war einmal die Polizei aufgetaucht, um eventuell illegale Gerätschaften zu beschlagnahmen. Gott sei Dank handelte Fred schneller und hatte alles rechtzeitig in seiner Gartenhöhle versteckt. Wieder einmal Glück gehabt. Ärger gab es trotzdem. Die Polizei im Haus! Das konnte einfach nicht hingenommen werden! Dieser Schock war Anlass genug, nun doch endlich zu büffeln und das Morsen zu lernen. Irgendwann nahm er an einer der nächsten Prüfungen teil. Zu seiner großen Überraschung stellte sich heraus, dass es auch eine Prüfung ohne Morsen gab: Nur für das 2m-Band im UKW-Bereich. Das war die Chance, relativ einfach zum eigenen Rufzeichen zu kommen.. Fred war mächtig stolz zukünftig der Amateurfunker *DC3OT* zu sein. Seine Eltern interessierte das leider überhaupt nicht!

Wer auf der Leitung steht, sollte mit Strom vorsichtig sein!

Die amerikanischen Nachbarn

„Please, come over here!" Ein Junge mit sehr kurzen braunen Stoppelhaaren, in Freds Alter, stand am ziemlich verrosteten Gartenzaun und winkte herüber. Freds Garten, der zu seinem neuem Zuhause gehörte, lag eingeklemmt wie ein Handtuch zwischen insgesamt zehn ähnlichen Grundstücken, auf dieser Seite der Max-Wolf-Straße. nebenan, war noch immer ein hoher amerikanischer Offizier mit seiner Familie einquartiert. General West, seine Frau und Sohn Michael (gerufen: Maikel) waren immer noch nicht nach „Klein Amerika" ins Patrick-Henry-Village um-gezogen. Wahrscheinlich wollten sie die restliche Zeit in Europa im Heidelberger Villen Bohème genießen.

Michael rief noch einmal über den Zaun nach den jüngst eingezogenen deutschen Nachbarjungen. Fred lernte zwar schon seit der Sexta Englisch. Aber um plaudern zu können, reichte das wirklich noch nicht, jedoch hatte er zehn Finger und war schlau genug sich seiner ausdrucksvollen Körpersprache zu bedienen. So verstand er sich auch gleich prächtig mit „Maikel", dem Jungen vom Nachbargarten. Um den rostigen Gartenzaun zu umgehen rannte er raus auf die Straße und bei der nächsten Gartentüre wieder rein. Michael begrüßte ihn freudig. Er stellte Fred seiner etwas zu kurz geratenen, aber dafür umso freundlicheren Mutter vor. Sie verstand sogar ein bisschen Deutsch. Im Hand-umdrehen zauberte sie aus dem riesigen „Fridge" eine Maxi-Plastikbox mit Vanilleeis. Beide bekamen eine ganze Schüssel dieser Köstlichkeit mit einer roten Soße garniert. Das hatte Fred noch nie erlebt. Er kalkulierte in Gedanken: „Wow, das sind mindestens zehn Kugeln!" Er glaubte kaum, was er da erlebte. Vanilleeis mitten am Tag! Und dann auch noch mit Himbeersoße! Er schleckte mit Michael um die Wette. Da wurde sein Paradies jäh unterbrochen:: „Fred! Komm' sofort herüber. Du hast nebenan nichts zu suchen!", hörte Fred seine Mama rufen. Fred blieb fast der Löffel im Munde stecken. Madam West hatte den Ruf auch gehört und lächelte Fred erst einmal etwas Mut zu. Er schleckte weiter. Michaels Mama machte Kulleraugen und hielt sich den Zeigefinger an den Mund: „Be quiet!" Fred spürte intuitiv, dass sie ihn verstanden hatte. „Ich hatte *sofort* gesagt!", erklang es auf's Neue. Fred fiel vor lauter Schreck der Löffel aus der Hand. Aber da er sowieso so gut wie fertig war, hob er ihn wieder auf und legte ihn ordentlich auf den Tisch, dankte Michaels Mutter und verabschiedete sich. So leise wie möglich schlich er wieder auf die andere Seite ins Haus zurück. Seine Mama erwartete ihn bereits wutschäumend mit dem Kochlöffel in der Hand. Gott sei Dank klang ihr Zorn einigermaßen schnell ab. Jetzt wagte

Fred leise zu fragen. „Warum bist Du denn so wütend? Michael hat mich doch eingeladen! Da kann ich doch nichts dafür!" Sie antwortete gereizt: „Die Amerikaner haben Deutschland überfallen und meine Heimatstadt besetzt. Nur deshalb war ich gezwungen, viele harte Jahre, zusammen mit Deinem Vater bei den primitiven Allgäuer Bauern auszuhalten". Fred verstand gar nichts. Noch unverständlicher hörte sich für ihn der Nachsatz an: „Alles, was aus Amerika kommt, bringt uns nur Unglück und zerstört unsere deutsche Kultur!" Im Augenblick fühlte Fred anders, aber später sollte er diese Meinung noch öfter zu spüren bekommen. Doch im Augenblick war er total perplex. So liebe und freundliche Menschen sollten nun seine Feinde sein, nur weil es seiner Ersatzmama im Allgäu nicht gefallen hatte. Wo es doch auch im Allgäu so schön sein konnte. Und wegen des Umzugs nach Heidelberg hatte er auch noch seinen einzigen Freund Werner verloren. Wie sollte er denn jetzt einen neuen Freund kennenlernen, wenn jeder Nachbar von vornherein böse war? Die Wut, die er beim Tod seines Freundes kennengelernt hatte, war plötzlich wieder da. Fred war total enttäuscht. Er beschloss zornig: „Dann treffe ich mich in Zukunft eben heimlich mit Michael".

Bald danach war Mama einkaufen gegangen und Fred spielte alleine im Garten. Da lud ihn Michael über den Zaun ein, mit ihm einkaufen zu fahren. Sein Papa wollte gleich noch zum PieX ins Patrick-Henry Village. Das war ein riesengroßes Einkaufszentrum nur für Amerikaner. Michaels Vater, Colonel West, lud beide Jungs in seinen Buick Convertible. Ein Acht-Zylinder-Schiff mit über 200 PS. Fred kam aus dem Staunen gar nicht mehr heraus. Ein Autotraum mit Platz ohne Ende. Währen das Auto wie ein Schiff in den Süden Heidelbergs schwamm, konnten die zwei auf der Rücksitzbank turnen. Das war schon ein Erlebnis für sich. Und dann erst der PX-Laden. So ein Einkaufszentrum überwältigte Fred. Einen ähnlichen Laden, wie zum Beispiel ein Einkaufscenter, gab es in Heidelberg erst viele Jahre später. Fred war grenzenlos beeindruckt und erhielt zum Abschied einen Riesenlolli.

Gott sei Dank war Mama noch nicht zurück. Aber später entdeckte sie natürlich den Riesenlolli. Fred hatte dann seine liebe Not zu erklären, wo der her stammte. „Den…, den…, den hab ich vom Norbert", fiel Fred gerade noch ein. Das war einer seiner neuen Schulkameraden, mit dem er sich nach der Schule auch oft herumtrieb. Gut dass Mama nicht weiter nachfragte. Sie hätte ihm das sowieso nicht geglaubt.

Freundschaft erhalten ist schwerer als erwerben!

Das Nachtgespenst

Fred sollte ab sofort im „Wintergarten" wohnen. Dieser lag im Hochparterre neben der Küche, zum Garten hin orientiert. Er war nichts weiter als ein später verglaster Südbalkon. Leider war seine Einfach-Verglasung schon sehr betagt, denn inzwischen pfiff stellenweise schon der Wind durch die ehemals weißen, hölzernen Fensterrahmen. Als Erklärung (oder Entschuldigung) sagte die Mama nur: „Ein bißchen frische Luft schade niemand!"

Wenn sich Fred zurückziehen wollte (oder musste), kroch er in eine höhlenartige Öffnung unter seinem Wintergarten. Dieses Plätzchen war mit einem guten Meter Höhe sehr begrenzt und dazu noch mit allerlei Gartengerümpel gefüllt. Aber dahinter konnte sich Fred gut verstecken. Hier war er bisher noch nie entdeckt worden.

Freds kleine Schwester Heike, Prinzessin und Mamas Lieblingskind, dagegen bewohnte ganz alleine das helle Mansardenzimmer unter dem Dach. Sie schlief sogar in einem richtigen Bett. Nicht so wie Fred, auf der alten dreisitzigen Klappcouch im Wintergarten. Neben seiner Klappcouch versperrte eine halb verglaste Innentür den Zugang zum ‚Damenzimmer'. Das durfte nur von Mama und ihrer Tochter betreten werden. Und neben dieser Tür zum Damenzimmer prangte noch ein Blumenbild seiner künstlerisch begabten Schwester, das Fred jeden Tag anschauen musste. Für seine Bücher hing nur noch ein Sechzigzentimeterbrett an der gleichen Wand. Immerhin—

In seinem mehr oder weniger offenen Wintergarten fühlte sich Fred nie richtig wohl. Aber immer wenn er dagegen zu meutern versuchte, wurde er mit dem Argument: „Papa besitzt auch kein eigenes Zimmer für sich allein!" abgeschmettert. Ganz klar, sein Übervater hatte ja als Familienoberhaupt das ganze Haus zur Verfügung! Warum er die fünfeinhalb Quadratmeter von Freds ‚Wintergarten' auch noch für seine Hobbys nutzen musste, erschloss sich Fred überhaupt nicht. Zum Beispiel: An Sonntagen, besuchten Fred und Heike zwangsweise die Kirche St. Raphael. Dann belegte der Vater den knappen Platz mit seiner Staffelei und vielen Schachteln voll zerdrückter Ölfarbtuben. Den „Dreck" (wie Mama diese Dinge liebevoll bezeichnete) sollten sonst nirgends im Haus auftauchen. Aha! Und Fred konnte dann schauen, wo er blieb. Er hatte nicht einmal Platz für sein Briefmarkenalbum. Sogar seinem Hobby, Segelflieger zu bauen, konnte er nur, mit Einschränkung, im Keller, oder gleich im *Haus der Jugend* nachgehen. Nur einige Jahrbücher von Onkel Toni waren im kleinen Regal über dem Behelfsbett erlaubt. Seine wenigen Schulsachen versteckte er in seinem Ranzen unter dem Klappsofa. Vom schmalen Fensterbrett waren sie verbannt worden. Den Platz brauchte ja Papa!

Eines Sonntags gab es wieder - wie so oft - Streit zwischen Mama und Papa: Das „Drecksmalzeug" sollte samt Staffelei verschwinden! Fred wunderte sich. Einerseits wäre ihm der so gewonnene Platz schon recht gewesen, aber andererseits verdiente sein Vater mit dem Nebenherverkauf seiner Bilder doch schönes Geld dazu. Fred vertand auch nicht, warum seine sonst so geldgierige Mama ausgerechnet darauf verzichten wollte? Wahrscheinlich kriegte sie vom Zuverdienst einfach nichts ab! Manche Menschen nehmen sogar, nur um einen anderen ärgern zu können, auch einmal Verluste in Kauf! Jedenfalls verschwand sein Vater kurz darauf immer wütend und wortlos. Dieses Mal zu seinem sogenannten „Frühschoppen". (Der sollte auch noch einmal zum Thema werden!)

Fred wunderte sich noch immer: Was suchte ein Familienvater an einem Sonntagvormittag beim Frühschoppen? Vielleicht hatte er ja noch andere Verpflichtungen von denen Fred nichts ahnte!? Da Fred aber nicht zu denken hatte und auch nicht gefragt war, verzog er sich lieber ebenfalls und traf sich später nach dem Essen mit seinem neuen Freund Norbert. Sie waren inzwischen, ähnlich wie mit seinem Freund Werner im Allgäu, ein Herz und eine

Seele geworden. Ohne seinen neuen Freund Norbert hätte er den „Daueraufenthalt" in seinem kleinen „Gefängnis" nicht so geduldig aushalten können. Gemeinsam streiften die beiden durch die Gärten und Streuobstwiesen in der weiteren Umgebung. Oft wurden sie auch von den Untergründen des Heidelberger Schlosses angezogen. Ein weiterer idealer Abenteuerspielplatz. Dort war es so schön gruselig. So ähnlich wie manchmal zu Hause!

Fred kam, zwar kurz nach dem Gebetläuten, aber immer noch pünktlich genug zum Abendessen. Sonntags stand zum vespern meistens Wurst auf dem Tisch. Und wenn Papa etwas davon übrig ließ, gab es für die Kinder die Reste zum schnabulieren. Aber heute fehlte der Papa. Das war gut wegen der Wurst, aber schlecht wegen Mamas Laune. Sie war nun stinksauer und zog sich nach der Küchenarbeit ins Damenzimmer zurück. Deshalb durfte Fred auch nicht Radio hören. Das hätte sonst gestört. Da blieb ihm nur zu lesen oder zu träumen. Fernsehen - ging nur aus dem Fenster. Das war zu der Zeit noch nicht erfunden! Da war die Aussicht auf die Nachbarfenster sehr viel interessanter! Die Meisten zogen dann einfach die Gardinen zu. Fred hatte aber keine. Auch keine Rollos. Das sei nur „unnötiger Schnickschnack"! hatte die Mutter schon einmal erklärt. Auf Freds Gefühle wurde keinerlei Rücksicht genommen. Durfte er überhaupt welche haben? So ganz für sich allein?

Müde kroch Fred ins Nachthemd und unter seine Decke. Bald schlief er ein, ‚bewacht' von vielen fremden und bestimmt netten Menschen, die ihn durch die großen gardinenlosen Fenster bestimmt gut sehen konnten. Die Sichel des Mondes träufelte ihr hellgraues Licht durch das große Fenster. Es floss durch das kleine Zimmer und beleuchtete die noch friedlich scheinende Szene. Fred träumte trotz Mondlicht. Ein schwarzes metallumrandetes Loch näherte sich. Es wurde allmählich immer größer, streifte ihn und begann sich dann allmählich immer deutlicher in seine nackte Brust zu bohren. Lautlose Angst griff nach Fred. Der Druck des Loches wurde unerträglich und Fred wollte flüchten. Aus seinem Traum. Schwitzend wurde er wach und lag regungslos da. Er blinzelte vor sich hin. Das kalte Mondlicht reflektierte matt auf einem etwa fingerdicken auf ihn gerichteten Metallrohr.Allmählich erkannte er Papas Flinte mit der er sonst Tauben erschoß. Das ließ ihm fast das Blut in seinen Adern gefrieren. Regungslos erkannte Fred den dunklen Schatten von Papa, der das Gewehr in seiner Hand hielt. Er wirkte wie vom Mondlicht eingerahmt. Steif und still.? Das konnte doch nicht sein Papa sein. Er glaubte noch zu träumen. Fred versuchte sich aus den Augenwinkeln zu orientieren. Es ging nicht. Noch immer steif vor Angst versuchte er sich aufzurichten. Auch das ging nicht. Papa saß vor ihm wie ein Geist und hatte ihn mit dem kalten Lauf des Gewehres festgenagelt. Fred rief um Hilfe, aber es war nichts zu hören. Im fahlen Mondlicht erfroren sogar seine Schreie. Wie von weit weg hörte er eine Stimme: "Ich hätte Dich gleich nach deiner Geburt ersäufen sollen. Du bist schuld am Tod meiner schönen Frau. Jetzt kriegst Du, was Du verdienst! Da, wo Du jetzt gleich hingehst, da hast Du Platz genug!" Fred nahm Papas Stimme wahr, aber er verstand überhaupt nichts. Seine Angst zerpflückte das Gesprochene in unverständliche Fetzen. Weg! Nur schnell weg! Aber wie? Fred versuchte allmählich seine Situation zu begreifen. Es roch nach Alkohol. War das wirklich sein Vater oder war er in einem Alptraum gefangen? Auf jeden Fall war er schweißnass und es schien doch Paps Stimme zu sein. Ausgerechnet sein Vater, den er so oft, ob seiner Kraft und seiner schön gewellten Haare, bewundert hatte! Seine Stärke hatte sich in Gewalt verwandelt! Seine scheinbare Unabhängigkeit waren nur Gedankenfetzen, die wie Blitze durch Freds Gefühle schossen. Rasch hatte ihn seine Angst wieder im Griff und weckte ihn ganz auf. In diesem Augenblick fiel Papa schweratmend vornüber aus dem Korbsessel. Fred spürte die Gegenwart seines Schutzengels und nutzte, ohne weiteres nachdenken, seine winzige Chance. Immer, wenn er in Gefahr schwebte, sah Fred ein helles Licht über sich. Er konnte sich auf seinen Schutzengel, den ihm bis heute schon öfter geholfen hatte, verlassen! Jetzt aber, war keine Zeit nachzudenken. Er krabbelte schneller als ein Blitz aus seinem Bett. Er floh, noch mit der Gefahr im Nacken, durch die Küche in den Garten. Seine Spur stank furchtbar. Im Garten schlüpfte Fred schnell aus seiner vollen Unterhose, wusch sich behelfsmäßig am Brunnen und verschwand eilends in seinem Versteck unter dem Wintergarten. Der Mond schämte sich ordentlich und hatte sich jetzt hinter dem Mirabellenbaum versteckt. Nach einer Weile angstvollen Dösens schlief Fred endlich halbnackt und total erschöpft, an einen umgedrehten Gartenstuhl gelehnt, ein.

Die erwachende Sonne fing an zu wärmen und vertrieb damit die bösen Gespenster dieser Nacht. Fred öffnete seine Augen und lauschte vorsichtig. Er hörte seine Mama weinen. Noch voller Misstrauen traute er sich endlich doch aus seinem Versteck. Alles rundherum war so schön grün und friedlich. Die Natur hatte nichts bemerkt. Vielleicht war ja auch alles nur ein böser Traum gewesen? Aber wieso saß er dann ohne Hose in seinem Versteck? Papa war nirgends zu sehen. Mama tröstete Fred auf ihre Art - er durfte an diesem Tag zu Hause bleiben. Als Papa wieder nach Hause kam, verlor er kein Wort. Sein Sohn schien für ihn gar nicht mehr zu existieren. Ob dieser Vater überhaupt ein Gewissen kannte?

Wer lange droht, macht nicht gleich tot!

Blutsbrüder

Freds Klassenkamerad und neuer Freund wohnte in der Nachbarschaft. Norberts Eltern waren Unternehmer und besaßen eine große Spedition. Da sie reich genug waren, wurde ihr Sohn von Freds Eltern akzeptiert. Norbert und Fred nahmen diese äußeren Zwänge nicht so wichtig. Dafür konnte Norbert, wegen seine reichen Eltern, doch einige Privilegien genießen. Für die beiden Jungs war die gegenseitige Sympathie wichtiger. Und beide verband, was sie jeweils zu Hause vermissten: Anerkennung und Geborgenheit, Unbekümmertheit und Spontaneität. Im Gegen-satz dazu nahm Fred für sich in Anspruch fortwährend seine Grenzen auszutesten. Beide ergänzten sich auf wundersame Weise. Sie verstanden sich wortlos und konnten sich aufeinander verlassen. Das zählte! Gemeinsam stützen sie sich auf ihrem Weg durch dick und dünn und lernten voneinander.

Eines Abends, während eines traumhaften Sonnenunter-gangs, unterhalb der Schlossterassen, beschlossen sie sogar, auf vermeintlich „indianische Art und Weise" Blutsbrüderschaft zu schliessen. Ein Schnitt mit dem Fahrtenmesser am Unterarm und dann beide nackten Unterarme fest aufeinander pressen: Vollbracht war eine ewig dauernde Blutsbrüderschaft. Und sie wirkte tatsächlich! Seitdem bestanden sie die meisten physischen und psychischen Herausforderungen nur noch gemeinsam. Das war beileibe nicht die Erfüllung esoterischer Träume. Nein, sie wollten nur voneinander profitieren. Nach dem Motto: *„Geteiltes Leid verblich - Geteiltes Glück verdoppelt sich!"*

Eines ihrer vielen Leidenschaften hieß Pistolenschießen. Gut, dass Norbert immer wieder das Glück in den Schoß fiel. Bei einer ihrer unterirdischen Abenteuer in den Tiefen der Heidelberger Schlosskasematten fand er, umwickelt mit schmutzig öligem Packpapier, eine ziemlich rostige Pistole. Dieses, vermutlich aus dem Ersten Weltkrieg übrig gebliebene Relikt, hatte bestimmt schon über vierzig Jahren auf dem Buckel und war leider nicht mehr betriebsfähig. Sie entpuppte sich als eine „Mauser14" aus dem Ersten Weltkrieg. Als Antiquität reizte sie umsomehr. Wie mochte sie nur in den Schlossuntergrund gekommen sein? Egal, welcher Junge im pubertären Alter könnte einer solchen Verlockung widerstehen? Mit unendlicher Geduld, handwerklichem Geschick und dem fast richtigen Werkzeug begannen die beiden die halbtote Pistole wieder zum Leben zu erwecken. Zuerst wurde das gute Stück entrostet und zerlegt. Dabei stellten sie sich vor, zwei Soldaten bei der Waffenreinigen zu sein. Mit Drahtbürste, kleinen Feilen und Schmirgelpapier aus Papas Werkstatt, bearbeiteten sie die rostigen Metallstücke sorgfältig so lange, bis sie wieder glänzten. Stück für Stück wurden alle bearbeiteten Teile wieder zusammen gepuzzelt. Die vom Rostfrass ausgespuckten Löcher übersahen die Jungs geflissentlich. Bei so alten Sachen durfte man nicht *sooo* kleinlich sein. Hauptsache Schloss und Lauf war noch stabil! Das 3D-Puzzle nahm allmählich Gestalt an! In völliger Unkenntnis der tatsächlich gefährlichen Sachlage fieberten die zwei dem Probelauf nervös entgegen. Einschießen ja, aber wie? Als erstes einmal Patronen des Kalibers 7,65 mm besorgen.

Auf dem sogenannten Schwarzmarkt gibt es alles. Eine Schachtel mit Fünfzig Patronen hätte aber dreißig Mark gekostet. Das bedeutete für die Jungs: Der Verlust des kompletten gemeinsamen Kapitals. Das hieß Norberts ganzes Taschengeld ging drauf. Und da Fred leider keines bekam, konnte er auch direkt nichts beisteuern. Dafür war Fred clever und findig. Sein Kapital lagerte in der Wäscherei, bei der er vor einiger Zeit begonnen hatte Wäschepakete auszutragen. Nach der Schule brachte er die fertige Mangelwäsche, mit seinem klapprigen Fahrrad, zu den oft gebrechlichen Kundinnen. Komisch nur, dass fast alle Kunden, die eh kaum noch laufen konnten, immer im obersten Stock wohnten! Aber fünfzig Pfennig je Paket waren auch nicht zu verachten. Bald hatte Fred, auf diese Weise, genug Kapital für ihren Neuerwerb beizutragen.

Das sorgte für den gerechten Ausgleich und den heiß-begehrten Schatz.

Kaum war am nächsten Tag die Schule zu Ende, konnten es die beiden kaum mehr erwarten. Sie beachteten nicht den endlos blauer Himmel und nicht den wärmenden Sonnenschein. Nur schnell hinaus zur abgelegenen Neckarinsel. Norbert trug die ‚heiße' Knarre und Fred die Patronen. Erst zogen sie in Erwägung, die Waffe im Garten auszuprobieren. Aber die Gefahr durch den lauten Knall entdeckt zu werden war einfach zu groß. Für so eine geheime Operation waren die Häuser einfach zu nahe. Auch auf der Neckarwiese wimmelte es, besonders wenn man keine Zuschauer brauchen konnte, plötzlich von Leuten. Wahrscheinlich hätte man die unter normalen Umständen gar nicht bemerkt, aber wenn man etwas anstellen will, bemerkte man doch vieles. Die einfachste Lösung lag auf einer flussabwärts einsam gelegenen Insel. Dicht mit Gestrüpp bewachsen, sich weit hinter der Stadtgrenze verbergend und selten besucht. Als zusätzliche Sicherheit floss viel kaltes Wasser drumherum. Das lag so in der Natur einer Insel und hatte den Vorteil, dass sich fast niemand zufällig dahin verirrte. Es sei denn, ein eifriger Kanute musste dringend unterwegs mal pipi.

Hier war bestimmt der richtige Platz, wo es auch mal gefahrlos knallen durfte. Ohne dass gleich die Polizei gerufen wurde. Erstmal horchen und sichern. Gemeinsam wateten Norbert und sein Freund behutsam durch den Neckarseitenarm der die Insel umfloss. Fred zwei Schritte hinterher. Das waren vielleicht zehn Meter durch knietiefes Wasser. Erwischte man allerdings eine ausgewaschene Stelle, reichte es leicht um pitschnass zu werden. Fred tröstete sich mit den Gedanken: „Bei der Sonne trocknet alles wieder blitzschnell. Außerdem wäre es gut für die Lederhose, da bleibt sie schön geschmeidig!" Es ging alles gut. Bald fanden sie eine geeignete Astgabel für die leere Bierflasche, die Nobby vorsichtshalber noch als Ziel mitgebracht hatte. Die Flasche festklemmen, zehn Schritte zurückgehen und zielen. Es knallte fürchterlich. Die Flasche war überraschenderweise noch intakt. Aber dicht daneben hatte das Bleigechoss den dicken Ast durchschlagen. Die beiden schauten sich verdutzt an. Mit so viel Wucht hatten sie gar nicht gerechnet. Ihr Respekt stieg erheblich. Fred hatte innerlich schon aufgegeben und ein bisschen Muffensausen. Äußerlich machte er natürlich auf cool, wie man heute sagt. Was Nobby konnte, musste er auch hinkriegen! Dann zielte er und schloß vorsichtshalber seine Augen und drückte er ab. Klar, auch vorbei! So zu treffen wäre auch Dusel oder ein Wunder gewesen! Schade drum. Die Flasche war offensichtlich als Anfängerziel zu klein? Ganz so einfach war das mit dem Schießen doch nicht. Und das Treffen wollte offensichtlich auch gelernt sein. Leider wussten sie niemand, den sie hätten fragen können. Die ganze Aktion war ja streng geheim. Letztlich half nur üben. Sie hatten ja noch acht Patronen. Eigentlich nur noch sechs Schuss, denn eine wollten sie sich als Reserve und mindestens eine für „Notfälle" aufbehalten. Doch, was sollte mit Notfall gemeint sein? Vielleicht musste man ja zufällig einmal sein Vaterland verteidigen? Oder ein Leben retten? Jedenfalls sollte man auf wichtige Ereignisse vorbereitet sein... Also noch ein Versuch - mit Schuss drei schaffte es Norbert, die Flasche platzten zu lassen. Nobby ließ die Pistole sinken und da löste sich aus Versehen Schuss *Vier*. Der traf einen Frosch am Boden, der gerade zurr Flucht angesetzt hatte. So leicht löste sich also ein Schuss! Fred war richtig geschockt. Das kleine grüne Quaker streckte plötzlich alle viere von sich und rührte sich nicht mehr. Jetzt hatte er vom Schießen erstmal genug (Wer?). Norbert sah ihn zweifelnd und enttäuscht an. Jetzt wo er endlich traf, da gab Fred auf? Er provozierte: „Komm jetzt sei kein Frosch!" „Nein, das hätte noch gefehlt!" Fred wollte auf keinen Fall das gleiche Schicksal erleiden. Norbert sah ein, dass es noch zusätzlicher, fachlicher Beratung bedurfte. Deshalb verzichteten sie auf weitere Schüsse und trollten sich. Außerdem hatten die Freunde nun auch noch ein wenig Reserve für weitere Heldentaten.

Was verboten ist, tut man am liebsten!

Schlossgeister

Schaurig schön und wiesenfeucht präsentierten sich die aus großen Granitquadern zusammengesetzten Gewölbe der Kasematten. Zunächst war der Weg von hohen, mannsdick gemauerten Ziegelsäulen gesäumt. Diese hohen Arkaden-bogen wirkten irgendwie romantisch. Bestimmt trugen sie die ganze Schlossterrasse darüber. Unwillkürlich stellte sich Fred einen antiken Weinkeller vor. Dieser hier war gut zehn Meter breit und ziemlich dunkel. Nur wenig Licht zwängte sich durch winzige Schießscharten, in der dicken Außen-mauer. Die dunkle, kühle Feuchte, die trotz der Sonnenhitze draußen fast beklemmend wirkte, ließ die Phantasie der Beiden erblühen. Wenn jetzt das Jahr 1622 wäre, würde der große General Tilly vielleicht gerade das Schloss angreifen. Viele Soldaten würden hier herumwuseln, Kanonen laden und abfeuern. Das wäre bestimmt ein furchtbarer Lärm und vor lauter Pulverdampf könnten sie nicht mehr richtig atmen! Die beiden zogen die feuchte, nach der wärmenden Sonne dürstende Luft tief in ihre Lungen und waren letztendlich froh, dass sich ihre Phantasie in der unheimlichen Stille so schnell verlor.

Anlässlich eines früheren Räuber-und Gendarmspiels unterhalb der langen Schloßterrasse, hatten Fred und sein neuer Freund Norbert ein total überwuchertes und relativ unscheinbares Loch am Schlosshang entdeckt. Da floss ein winziges Rinnsal ins Freie. Durch ein total verrostetes Eisengitter das, vom Alter schon schief gebeugt, vor einer unscheinbaren Kanalöffnung hing. Beim Rütteln daran war es fast komplett abgebrochen. Mit ein wenig nachhelfen war ein, zwar unbequemer, doch unheimlicher Zugang gefunden. Die zwei hatten noch keine Ahnung, wohin der Kanal führen würde, aber ihre Neugier war schon einmal geweckt. Also los! Die beiden schlichen sich durch verschiedene Gänge und stolperten fast über eine steile Treppe, die vermutlich zu den Museumsräumen, oder zur mittelalterlichen Küche führte. Aus einem etwa handbreiten, halb zerbrochenen Tonrohr floss Wasser aus der Wand. Von daher kam also das Rinnsal draußen am Hang!

Zurück in der Wirklichkeit hasteten sie schnell weiter, sonst würde es noch zu spät werden. Der Gang führte jetzt offensichtlich von der Kasematte weg, direkt unter das Hauptgebäude der Schlossruine. Leider waren fast alle Zugänge, die aufwärts führten, durch wuchtige, von Rost strotzenden eisenbeschlagenen Türen blockiert. Im sterbenden Lichtkegel von Norberts alter Taschenlampe fanden sie den Abzweig zu einem weiteren engen Gang, der vielversprechend wirkte. Um sich nicht zu verirren, kratzten sie mit dem wichtigsten Utensil eines echten

Buben, dem Taschenmesser, bei jedem Abzweig einen Pfeil in den Boden. Endlich, einen halb zerbrochenen Zugang, durch den sie sich zwängen konnten. Außerdem mussten sie höllisch aufpassen, weil es immer sein konnte, dass auf der anderen Seite der Tür gar kein Boden mehr war! Wie hier - einfach das leere Nichts. Ein kalter Hauch wehte ihnen aus der Schwärze entgegen. Dieses Loch musste riesig sein. Sogar der Lichtstrahl der Taschenlampe verlor sich im Dunkel! Hier wehte der „Hauch des Todes" heraus. Vielleicht war das, was sie gefunden hatten, das früher so gefürchtete Verlies! Furchterregend allein schon die Vorstellung, was sich hier wohl vor vielen hundert Jahren schon alles abgespielt haben könnte. Vielleicht war „abgespielt" in diesem Zusammenhang doch nicht das richtige Wort?

Vorsichtig weiter an der feuchten Wand entlang tastend, entdeckten sie endlich eine Stelle wo sich Tageslicht durch ein kleines Loch zwängte. Dieses Portal entpuppte sich als Zugang zum ehemaligen Pulverturm. Der riesige Pulverturm hatte früher mindestens zwei Meter dicke Mauern im Rund. Da wo Fred jetzt stand, war der Turm innen zur Hälfte mit Schutt und zerbrochenen Mauerquadern aufgefüllt. Der Grund dafür war bestimmt der berühmte französische General Melac. Da Fred immer ziemlich neugierig war, hatte er schon mehrmals über das Schloss gelesen. Es konnte ja nicht schaden, über seinen Spielplatz ein wenig Bescheid zu wissen. 1690 hatte der General dann den Turm gesprengt und auch noch den Rest des ganzen Schlosses zerstört. Für den weiteren Zerfall genügte in den folgenden vierhundert Jahren das Wetter. Wenn man das Schloss heute besichtigt, kann man das Innere des ‚Dicken Turms' leider nicht mehr aus der Nähe bewundern. Heute ist im Vordergrund die Show. Zum Beispiel das interessante Heimatmuseum, das Freilichttheater oder das weltberühmte Weinfass, seit 400 Jahren bewacht vom Zwerg ‚Perkeo'!

Vor lauter Abenteuereifer wurde es doch noch ziemlich spät für die beiden Freunde. Um das Vesperläuten nicht zu verpassen, war nun eiligster Rückzug angesagt. Natürlich hatte, wie immer in solchen Situationen, das wichtigste Utensil, um sich in der Unterwelt zurechtzufinden, die Taschenlampe ihren ‚Geist' aufgegeben. Die Jungs tasteten sich eilig an den feuchten Wänden die dunklen Gänge entlang. Natürlich fanden die beiden bei ihrem hastigen Rückzug auch ihre Wegmarkierungen nicht mehr. Irgendwann und -wo musste die finstere Umgebung ja ein Ende haben. Glücklicherweise fanden sie aber doch noch eine Pforte, durch die ein wenig Licht blinzelte. Mit vereinten Kräften Mühe ließ sie sich einen Spalt öffnen. Schnell durchzwängen. Was Schlangen konnten, das schafften sie auch! Ziemlich überrascht standen die beiden in einem ziemlich rußigen hohen Raum. Überall standen oder hingen Küchenutensilien. Ganz klar: eine Museumsküche. Wo so viel altes Zeug herumlag, findet sich meist auch etwas für einen Liebhaber. Fred ließ, so quasi im Vorübergehen, ein altes, abgewetztes Messer in seinen Hosenbund gleiten. So hatte er am Ende seines Schloss- erkundungsabenteuers auch noch ein Andenken ergattert. Aber wie jetzt wieder aus der Küche rauskommen? Am offiziellen Ausgang saß ein Wärter und passte auf. Fred näherte sich und druckste ein bisschen: „Unsere Eltern sind schon voraus gegangen und wir haben uns ein bisschen verlaufen." Der Wärter war, ob dieser Dreistig- keit, so verblüfft, dass während er noch nach Worten suchte, Fred und Norbert das Weite suchten. Flugs nahmen sie „ihre Beine in die Hand" und wetzten mit Karacho auf dem offiziellen, einfachen Weg nach draußen. Fast hätte Fred noch das Messer verloren. Gut dass es beim Fallen durch lautes Klappern auf sich selbst hinwies. Das war gerade nochmal gut gegangen.

So lernten sie, nach noch vielen weiteren Besuchen, ihr Abenteuerschloss immer besser kennen. Und das auch noch auf ihre spezielle Art, die die Touristen sonst niemals erleben!

Dem Verlorenen folgt die Sehnsucht!

Die Mönchhofschule

„Solange Du Deine Füße unter unseren Tisch stellst......"
Wer kennt nicht diesen tollen, aber nichts bewirkenden
Spruch! Fred wuchs, doch seine Welt wurde immer enger.
Alle bekannten Negativklischees im spontanen Verhalten
eines Dreizehnjährigen wurden von ihm übertroffen. Den
kindlichen Abenteuern war Fred offensichtlich entwach-
sen. Halt- und führungslos bemühte er sich laufend, seine
Grenzen auszuloten. Wo, wenn nicht in der Schule gibt es
die besten Möglichkeiten seinen eigenen Wert zu finden?
Durch den Umzug vom Gymnasium in Kaufbeuren in eine
Heidelberger Realschule war er gezwungen worden, noch
einmal die fünfte Klasse zu wiederholen. Was für ein
Unterliegen seines Egos! Fred beschloss diese Demüti-
gung, auf Kosten der Schule, schleunigst wieder zu
eliminieren.

Knapp neunzig Meter vom Wohnhaus entfernt lag der
Eingang der Mönchhofrealschule. Da reichte es sogar
noch, erst dann loszurennen wenn er die Schulklingel
hörte. Seine bisherigen Erfahrungen hatten ihn gelehrt:
Wer negativ auffällt, bekommt mehr Aufmerksamkeit und
Zuwendung. Zuspätkommen eignete sich brillant. Dann
wurde er zwar gerügt, aber er wurde wenigstens beachtet.
Durch gute Leistungen aufzufallen kam ihm seltsamer-

weise gar nicht in den Sinn. Alles Negative war viel einfacher zu erreichen. In „Reli" ‚zum Beispiel, fragte Pfarrer Kreuzer regelmäßig die Predigt des vorhergehenden Sonntags ab. Deren langweilige Inhalte bestanden oft aus den Evangelien. Die waren im Gebetbuch kursiv abgedruckt und leicht nachzulesen. Pfarrer Kreuzer verlangte, dass die Schüler diese Evangelien jeweils auswendig lernten. Wer das nicht konnte oder wollte, durfte dann schon mal mit seinem berüchtigten dünnen Bambusstöckchen Bekanntschaft machen. Das wiederholte sich auch, wenn ‚seine' Schüler noch nach dem Gebetläuten auf der Gasse gesehen wurden. Fred war es sogar schon passiert, dass der Pfarrer ausgerechnet ihn erwischte, obwohl er vorsichtshalber einen Umweg gewählt hatte! Es schien, als könnte der Pfarrer hellsehen. Es war manchmal wie verhext. (Aber das Wort durfte in der Kirche keiner benutzen!) Dann predigte er am nächsten Morgen im Unterricht die Geschichte vom abtrünnigen Sohn und der Nächstenliebe: Das Züchtigen geschehe nur aus Liebe zu seinen Schützlingen, denn dadurch bekämen sie die Chance auf ein Leben in ‚Zucht und Ordnung'! Es entging ihm auch nie, wer sonntags in der Kirche fehlte. Nicht nur die „Nacht" hat viele Augen! Er hatte seine ebenfalls überall. Und Gnade dem, der fehlte und keine gute Ausrede hatte. Den stellte er sofort, natürlich „um ihn zu schützen" ‚an den Pranger'. Fred war fast immer in der

Kirche. Aber nicht weil er brav gelten wollte, sondern weil er zu Hause eh übrig war! Hier im schönen Hall des Kirchenschiffes lohnte es sich, die verschiedensten Geräusche zu erzeugen. Das Einzige was Fred von Papa gut gelernt hatte. Furzen. Sein Papa sagte dann immer: „Hoppla! Ich bin magenkrank!" Das sollte auch Fred als Entschuldigung genügen!

Eines Tages wurde ‚Pfarrer Kreuzer' überraschend ins Direktorat gerufen. Keiner wusste warum. „Bis gleich, ihr Kinderchen!" Fred nahm sogleich die Gelegenheit, die durch den allgemeinen Tumult entstand, wahr, Kindchen zu spielen. Als der Pfarrer wieder zurückkam, war sein geliebtes Stöckchen, das er unter der Obhut seiner Bibel zurückgelassen hatte, plötzlich an die Länge seiner Bibel angepasst. Auf Nachfrage erklärten ihm Norbert und Fred, die ‚heilige Vorsehung' habe ein Einsehen gehabt! „Die wird euch schon noch einholen!", war des Pfarrers ganzer Kommentar. Aber die Hoffnung trügte. Am nächsten Tag hatte der Bambus wieder seine ursprüngliche Länge.

Selbstverständlich waren damals die meisten braven Buben auch Messdiener. In der katholischen St. Raphael Kirchen-gemeinde gab es viele Gelegenheiten diese Kinder zu knechten: z.B. in Maiandachten, Rosenkränzen und später im Jahr noch in nicht enden wollenden Andachten zu Allerseelen, Allerheiligen und im Advent. Am schlimmsten empfand er die unendlichen Litaneien. Bei denen lohnte es sich nachzudenken, wie man sie ein wenig aufmischen könnte. Natürlich nur im Sinne der Steigerung der Fröhlichkeit in der Gemeinde! Zum Beispiel: über das lange Gewand stolpern, Käse unter einer Kniebank verstecken oder bei anhaltender Stille eine Knallerbse fallen lassen! Da wäre auch noch der Messdienerausflug zu erwähnen. Nicht nur, um ausgefallenen Kathechismus-unterricht nachzuholen, hatte Pfarrer Kreuzer einen gemeinsamen Strassenbahnausflug, zum nahegelegenen Kloster Gauangelloch, organisiert. Der Pfarrer meinte, in der Abgeschlossenheit des Klosters die Jungs leichter im „Griff" zu haben. Nötigenfalls war ja sein namenloser ,Adjudant', der Bambusstock, auch immer zur Stelle. Kam er doch oft, auch als- angeblicher - Zeigestock sehr schnell zum Einsatz. Kaum angekommen ergab sich für Fred eine gute Gelegenheit, sich einigermassen angemessen zu revan-chieren. Während der heißgeliebte Pfarrer noch vor dem gemeinsamen Essen das Stille Örtchen aufsuchte, verlor Fred den „Kreuzerstock" hinter dem ,Kamasutra'-Buch, das er zufällig entdeckt hatte. Hier, so seine Hoffnung, würde der humorlose Pfarrer bestimmt nicht suchen., Die, scheinbar so gehorsamen Buben, erwarteten, mit feixenden Blicken, eine aufregende Suche. Aber der Pfarrer begann in aller Ruhe sich zu setzen und zu speisen. Das Donnerwetter blieb aus. Offensichtlich reagierte er, entsprechen seiner ständig gepredigten Nächstenliebe. Fred und seine Kumpels überstanden die nachfolgende Predigt- ohne Stock natürlich(!) -gelassen und fast ein wenig enttäuscht.

Da der offene Widerstand in Reli so gut funktionierte, ließ sich Fred nun gar nichts mehr gefallen. Je mehr die Schikanen sich häuften und je größer der zu Hause gesammelte Frust wurde, umso aggressiver reagierte er im Unterricht. Am leichtesten fiel ihm das Werfen mit diversen Gegenständen. Am liebsten mit Kreide. Da konnte er gut sehen, wohin er getroffen hatte und der spontane Beifall seiner Mitschüler brachte ihn dazu, sich wie ein Held zu fühlen! Fred hungerte nach jeder Art von Anerkennung. Zuhause wollte er damit seiner Mutter zeigen, dass er auch etwas konnte. Aber sie zeigte meistens keine Reaktion. Bei der Wahl von größeren Gegenständen wie z.B. Schreibmäppchen als Geschoss steigerte sich der Beifall! Fred gab sich auch ganz gezielt und bewusst zu erkennen, sonst hätte die nachfolgende Strafe ja alle seiner Mitschüler getroffen! Trotzdem kamen Fred manchmal Bedenken, weil sich dieses Verhalten ja nicht bis ins Unendliche steigern ließ. Er müsste noch etwas Wirksameres finden. Ein Messer vielleicht? Nun war es eher Freds Glück, dass sich die Lehrer dieses Verhalten nicht länger bieten ließen, zumal sich inzwischen schon Nachahmer fanden. Der kurzzeitige Ausschluss Freds vom

Unterricht brachte keine Abhilfe. Dadurch ließ er sich nur noch mehr schöne „Streiche" einfallen. Zum Beispiel die Wände mit Kreide bemalen (der frühe Künstler!) oder Kleiderhaken an der Garderobe abzuschrauben (der früh übende Monteur!). Bald darauf wurden seine Eltern in die Schule zitiert. Die Eltern - das heißt genauer, seine Mutter, weil sich sein Papa sich um Wichtigeres zu kümmern hatte, versprach dem Kollegium, dem ‚bösen Kind' eine Therapie und mehr Zuwendung angedeihen zu lassen. Es blieb bei den hohlen Phrasen!

Der Vater hielt sich, wie üblich, aus heiklen Angelegenheiten fern. Seine einzige Konsequenz: der Bengel wurde ob seines total verdorbenen Charakters weiterhin bestraft. Das Beste, das Fred noch herausholen konnte mündete in fortgesetzter Nichtbeachtung. Das Ende vom Lamento: Nach einem weiteren nutzlos verbrachten Vierteljahr wurde Fred zwangsweise und endlich von dieser Schule entfernt. Der Zutritt zur Schule wurde ihm sogar, mit der amtlichen Auflage, eine andere Schule zu besuchen, untersagt. Fred war glücklich und fühlte sich erlöst vom Joch dieser „Lehranstalt". Aber leider hatte er sich zu früh gefreut. Neben der, auf den Schulausschluss folgenden Strafe der Eltern, sechs Wochen in seinem Wintergarten eingesperrt zu sein, folgte eine noch härtere Sanktion. Er sollte nun auch noch ein privates Gymnasium besuchen. Das versprach ein Elitegym zu sein und kostete. Es war zwar die einzige Schule, die versprach des missratenen Burschen Herr zu werden, aber das ließ sich deren Verwaltung auch äußerst gut bezahlen. Außerdem mussten seine Eltern jetzt auch durch neue Bücher und den wesentlich weiteren Schulweg belastet. Dafür wurde Fred das *nicht* erhaltene Taschengeld von einer D-Mark, jetzt offiziell gestrichen. Außerdem sollte er von seinem zusätzlich verdienten Freizeitgeld seinen persönlichen Beitrag zum Schulgeld leisten. Das wäre das Aus für seine geliebten Freizeithobbys Rudern und Schwimmen gewesen. Als das seiner neuen Klassenlehrerin zu Ohren kam, knöpfte sie, sozusagen von Amts wegen, sehr ernst seine Eltern vor. Daraufhin waren Freds Eltern eine kurze Weile fast „handzahm". Außerdem spürte Fred nun doch, dass sich diese ganze Aktion für ihn nicht gelohnt hatte! Die Erwachsenen hatten scheinbar doch die längeren Messer und dazu auch noch den längeren Atem.

Aber auch seine Eltern hatten sich mit ihrem wenig klugen Verhalten geschnitten! Die von ihnen verhängten Strafen zeigten nicht die von ihnen erhoffte Wirkung. Nicht der leiseste Anflug von Läuterung, sondern eher der Grundstein für neuen Hass. Freds neue Klassenlehrerin Frau Dr. Waag dagegen, war nicht nur resolut, sondern auch sehr sensibel. Bald durchschaute sie äußerst feinfühlig Freds Motivation und deren Hintergründe. Aus Freds Sicht schien sie eher Mutter als Lehrerin zu sein. Allmählich legten sich seine aggressiven Attacken. Allmählich beruhigten sich seine Emotionen und Fred begann sogar Spaß am Lernen zu entdecken. Sein Verstand begann zu begreifen, dass es sich eher lohnen würde zu lernen, als nur d'raufzuzahlen. Viel zu wissen bedeutet ab und zu auch mächtig zu sein. Und langsam begriff er auch die Bedeutung von sozialer Gemeinschaft.

Unschuld ist die stärkste Festung!

Frau Dr. W.

Das „Englische Institut"- ein Elite-Privatgymnasium für Kinder und Heranwachsende der, so hieß es damals, 'etwas betuchteren' Heidelberger Geschäftsleute. Das Schulgeld des 'EI' war kein Pappenstiel! Doch Fred hatte, weil er von der staatlichen Realschule ‚geflogen' war, keine Wahl. Dafür waren hier die Klassen kleiner und ein enagierter Lehrkörper bemühte sich unermüdlich, den frechen, kleinen „Hosenscheissern" etwas beizubringen. Sogar echte Professoren kümmerten sich. Freds neue Klassenlehrerin, Frau Dr. Waag, eine ältere, kluge und sehr freundliche Dame, sorgte sich um Freds soziale „Gesundheit". Etwas stämmig war sie; keine ausgesprochene Schönheit, aber ihre versteckten weiblichen Reize gaben Fred doch hin und wieder Anlass darüber nachzudenken, ob er nicht doch etwas verpasst hatte. Gelassen unterrichtete sie die Sprachen Englisch und Deutsch und kümmerte sich auch sonst um alle Auffälligkeiten, die die Klasse betrafen. Dazu zählte auch Fred. Der dagegen träumte: „So ähnlich wie die Frau Doktor, hätte ich mir gern eine Mama gewünscht."

Fred wurde neben Richard, den Sohn eines Augenoptikerimperiums, gesetzt. Zwölf Schülern und sechs Schülerinnen bildeten diese gemischten Klasse! Fred reagierte entsetzt - Mädchen in seiner Klasse? Wie sollte er sich da bloß verhalten? Fred war bis dahin - aufgrund seiner bisherigen schlechten Erfahrungen - ziemlich voreingenommen gegen Frauen. Nun musste er sich spontan entscheiden- *mit* oder *gegen*. Dabei irritierte Fred noch mehr, dass dieser Umstand, wie er bald herausfand, den Mädchen völlig egal war. Trotzdem beeindruckten ihn zwei von ihnen so nachhaltig, dass er sie bis heute nicht vergessen hat. Ingrid van Bosch, ein schlankes, großes, vielleicht sogar adeliges (?) Mädchen wirkte sehr erwachsen. Sie erweckte, schon weil sie sich immer alleine in ihrer knarrenden Holzbank herumdrückte einen ziemlich „hochnäsigen" Anschein. Das zweitschönste Mädchen, Hannelore, hatte bei den Jungs nur den Spitznamen „Hannibällchen". Das kam so: Weil sie oft sehr schöne weit ausgeschnittene Kleider trug, fielen an deren oberem Ende immer zwei auffallende runde „Bällchen" auf. Das reizte nicht nur Fred! Hannibällchen war sich ihrer Wirkung durchaus bewusst. Fred glaubte gleich an die große Liebe. Dabei wollte er nur, wenigstens zeitweise, diese auffällig rosigen ‚Spielzeuge' „besitzen". Denn Liebe kannte er ja überhaupt nicht. Woher auch? Niemals hatte er etwas Vergleichbares zu spüren bekommen.

Ein weiterer Mitschüler, an den sich Fred noch ein Leben lang erinnerte, hieß Akin Etan. Der Junge indischer Eltern. war so wohlerzogen, dass er durch seine Aufmerksamkeit und Hilfsbereitschaft regelrecht auffiel. Für Fred ein Mysterium. Völlig fremdartiges und fast unheimlich. Akin war mit seiner ausgeglichenen Art, sowie seiner dunklen und exotisch duftenden Haut für Fred ein Fremdkörper im wahrsten Sinn des Wortes. Überhaupt wirkten alle Kinder dieser Klasse sehr sauber und wohlerzogenen. Der Einzige, der nicht so richtig dazu passte, war Fred. Aber nun wurde er gezwungen zu dieser Klassengemeinschaft passend zu werden. Die gesetzliche Schulpflicht zwang ihn dazu. Sich einzufügen, das war für Fred ein Fremdwort! Das war kein leichtes Spiel für Fred. Und auch nicht für die Klasse oder die Lehrer!

Noch gleich am ersten Schultag sorgte Fred für den zu ihm „passenden Ruf". Ein älterer, ebenfalls etwas aufsässiger Junge, hatte sich Fred als ‚Opfer' ausgeguckt. Jedenfalls versuchte er kurz nach dem Unterricht, Fred zu provozieren. Glücklicherweise stellte sich der lange Frieder, sein neuer Banknachbar dazwischen. Dadurch verlief diese Konfrontation noch einmal ziemlich glimpflich im Sande. Einige Tage später lauerte der gleiche Kerl schon wieder auf Fred, wohl um seine „verlorene Rechnung" zu begleichen. Aber Fred hatte wieder einmal unerwartetes Glück. Im Kunstunterricht, einen Tag zuvor, hatte er einen grobschlächtigen, starken, aber nicht ganz so hellen Mitschüler aus der Parallelklasse kennen gelernt. Fred wiederum hatte Egon, so hieß der Einfaltspinsel, bei einem Unsinn den dieser angestellt hatte, gedeckt. Nun ist ja bekannt, dass eine Hand die andere wäscht. Jetzt trat „Drolli" Egon, ein Riese von Gestalt, weil er gerade in der Nähe war, in die „Arena". Als der fremde Lümmel Fred angriff stürzte sich Egon impulsiv auf den Angreifer und verteidigte ‚seinen' Fred. Der Provokateur ging KO und versuchte nie wieder, Fred anzugreifen. Der unbezahlbare „Nebeneffekt": Viele seiner anderen Mitschüler machten nun in Zukunft vorsichtshalber einen großen Bogen um Fred, da der ja nun einen „Beschützer" hatte.

Langsam gewöhnte sich Fred an die neuen Spielregeln. Das Physiklabor entwickelte sich zu Freds Lieblingswelt. Beim experimentieren war er Feuer und Flamme und baute deshalb, in weiser Voraussicht, zum Physiklehrer einen guten Draht auf. Sein überaus großes Interesse an den Naturwissenschaften verhalf Fred so ganz nebenbei, wenigstens ab und zu einmal zu glänzen. Trotzdem vergaß Fred nie, dass er selbst ein ganz besonderes Exemplar war und dass sein Eifer auch Früchte tragen konnte. Bald ergab sich so eine „unauffällige" Gelegenheit.

Ein von Fred ungeliebter Mitschüler hatte zufällig seinen Laborplatz neben ihm. Für den nächsten Versuch hantierten sie mit den alten und wackeligen Bunsen-brennern. Fred griff sich ein Stückchen Magnesium, das wohl vom vorhergehenden Versuch noch übrig geblieben war. Als der Missliebige kurz nicht aufpasste, weil er mit seinem rechten Nachbarn zu heftig diskutierte fiel dessen brennender Bunsenbrenner um. Frei nach „Murphys Gesetz", nach dem immer alles schief geht, was schief gehen kann, traf der natürlich genau auf den Rand der Petrischale mit dem Stückchen Magnesium. Durch den Anstoß kippte diese. Das Magnesium entzündete sich sofort und setzte die dicht daneben stehende Schultasche in Brand. Nun war richtig was los. Das allgemeine Tohuwabohu gab Fred die Gelegenheit, geistesgegenwärtig (weil schon vorbereitet) den Gashahn am Ende des Labortisches abzustellen. Für das geistesgegenwärtige Abstellen der Gaszufuhr bekam Fred eine Belobigung. und Sonderpunkte in Physik. Der Physikprofessor nutzte den Vorfall auch gleich, um die Schüler noch einmal zu belehren: Erstens, Magnesium kann ziemlich gefährlich sein und zweitens, Bunsenbrenner erfordern erhöhte Aufmerksamkeit! Freds eigentliche Belohnung, die später folgte, bestand in einer Assistenzposition beim Physik-professor. In Zukunft durfte Fred nun immer helfen, die Versuche im Fach Physik vorzubereiten. Selbst Frau Dr. Waag versuchte diesen Erfolg Freds bei seinen Eltern in Anerkennung umzumünzen. Leider vergeblich - es interessierte sie einfach nicht!

Die Blüte wird bewundert, nicht der schwierige Weg dahin!

USAREUR Heidelberg

Auf seinem täglichen Schulweg passierte Fred, wenn er mit seinem Fahrrad fuhr, kurz vor Ankunft in der Schule das riesige Tor des europäische *US-Army-Europe-Haupt-quartiers*. Unbedarft, wie er sich meistens gab und neugierig zugleich, sprach Fred ein Mal die uniformierte Wache am Hauptportal an. Das war gar nicht so leicht, da diese Soldaten ein völlig anderes Englisch sprachen, als das, das Fred in der Schule gelernt hatte. Außerdem hätte er gerne mal „hinter die Kulissen" dieser beeindruckend verwirrenden Kasernenstadt geschnuppert. Aber so einfach, wie er sich das vorgestellt hatte, ging das nicht. Er wurde natürlich brüsk abgewiesen. Es bedurfte eines „Türöffners"! Da fiel ihm Michael ein. Dessen Vater war doch ein General oder so etwas ähnliches und sie waren Nachbarn Der war doch bestimmt ein hervorragend geeigneter Schlüssel, um den Zugang zum Hauptquartier zu öffnen.

Am nächsten Nachmittag lud Mister West, so hieß der General, seinen Sohn Michael und Fred wieder zum Eisessen ein. Fred nutzte listig die Gelegenheit und fragte Michaels Papa, ob er ihn einmal bei seiner Arbeit besuchen könnte. Etwas ausweichend schlug Herr West Fred vor, am nächsten Tag, nach der Schule an der Wache nach ihm zu fragen. Außerdem würden in der großen Kegelbahn immer schnelle Pinboys gesucht. Das wäre doch auch eine Gelegenheit seine Wünsche zu erfüllen! Möglicherweise noch ein Dollar die Stunde. Das wäre doch eine tolle Sache. Dann wäre er direkt drin, könnte Englisch üben   und vielleicht noch etwas dazu verdienen. Am Abend fragte Fred zuhause ganz vorsichtig. Er wusste ja, dass seine Mama alle Amerikaner hasst. Deshalb legt er die Betonung besonders auf die Gelegenheit zum Englisch üben.... könnte es ja sein, dass sie das vernünftig fand und doch einwilligte. Die Verbesserung seiner Englischkenntnisse war schließlich auch ein sehr gutes Argument! Das kleine Taschengeld, das er dazu erhalten sollte, verschwieg er lieber. Seine Eltern wollte es sich überlegen. Na, das war ja schon wie halb gewonnen!

Am nächsten Tag, fragte Fred mutig am Eingangstor nach Colonel West. Bei dem Namen waren die Wachsoldaten alle plötzlich sehr freundlich. Der Colonel war bestimmt ziemlich wichtig. Jedenfalls klappte der Einlass nahtlos. Fred wurde mit einem Jeep abgeholt und fand sich kurz darauf in einer riesigen Halle wieder. Da reihten sich zwanzig Kegelbahnen nebeneinander. Direkt dahinter fand sich ein großes, offenes Restaurant und überall viele Soldaten, sowohl in Zivil als auch uniformiert. Herr West wartete schon auf Fred. Er zeigte ihm erst einmal, wie man kegelt. Möglichst mit der Hartgummikugel so zwischen die ersten beiden Kegel zu treffen, dass alle zehn Kegel umfielen. Der erzielte Wurf wurde dann auf einer großen Tafel darüber mit Leuchtziffern dargestellt. Zum guten Schluss rollte die Kugel, wie von Geisterhand angetrieben, auch wieder zum Spieler zurück. Dieses Geheimnis wurde schnell gelüftet. Kaum war Fred das erste Mal in einer Kegelbox, etwa 1m², kam schon die erste Hartgummi-Kugel angestürmt. Peng!!! - mit ohrenbetäubendem Krachen spritzten acht Kegel von ihrem Platz auf der Rollbahn kreuz und quer durch die Box. Zwei wackelten noch etwas, blieben aber stehen. Die circa 40 cm hohen Holzkegel knallten im wahrsten Sinn des Wortes völlig unkontrolliert zwischen Freds Beinen durcheinander. Fred hüpfte ziemlich flott auf den hölzernen Rand der Box, hielt seine Beine krampfhaft hoch und versuchte den Kegeln auszuweichen. Aber nach jedem Wurf musste er in die Box springen und die schwere Kugel auf die Rücklaufrinne hieven. Sie rollte dann, allein durch die Schwerkraft angetrieben, auf einer „schiefen Ebene" wieder nach vorne zum Platz des Keglers zurück. Das war das ganze Geheimnis. Der jeweilige Aufstellautomat über der Box stellte dann die Kegel selbsttätig dadurch wieder auf, dass er eine Schnur von jedem Kegel durch eine darüberliegende Führung zog. Leider sich General West schon zur Arbeit verabschieden. Nachdem er Fred zum Ausgang begleitet hatte, erhielt der seinen amerikanischen Berechtigungsausweis. Von da an besuchte Fred, so oft es ging die Bowlingalley. Noch fiel ihm das Springen leicht und mit der Aussicht auf die Dollars erzeugte das Ganze sogar Spaß. Manchmal passierte er auf seinem Weg durch die Kaserne das Armynachschublager. Da wurden ständig Massen von Gütern und Gerätschaften, Möbeln und Maschinen bewegt oder gestapelt. Da stapelten sich oft hunderte von Schreibtischen übereinander. Daneben tausende von neuen und alten Schreib-und Rechen-maschinen. Wo kam das ganze Büromaterial bloß alles her und wo sollte das ganze Zeug nur wieder hin? Für Fred unfassbar, begriff er bildlich den Ausdruck: „Amerika, Land des Überflusses." Obwohl dieser Platz ja nur ein winzig kleiner Ausschnitt eines unfassbar großen Landes war.

In der immer belebten Mehrzweckhalle wurde sonntags, nach dem Kirchenbesuch, neben dem kegeln auch getanzt. Komischerweise tanzten immer nur Männer miteinander. Fred wunderte sich sehr, weil es doch auch einige Soldatinnen gegeben hätte. Aber bald merkte er, dass es gar keine Rolle spielte. Einer, der meistens auf einer Geige dazu fiedelte, gab die schnell wechselnden Tanzkom-mandos. Die sechzehn Tänzer - immer als Paare zusam-men in einem gedachten Quadrat - wechselten ständig ihre Positionen und Plätze. Jeder tanzte für sich bestim-mte Figuren, die dann aber auch zu größeren Einheiten zusammengesetzt wurden. Auf diese Weise wirbelte alle ständig wirr durcheinander, aber zum Schluss jedoch standen die, die zusammen angefangen hatten, auch wieder beieinander.

Fred durfte nach seinen anstrengenden „Kegel-Runden" öfter mal mitmachen. Jetzt musste er schon wieder lernen, aber auch das machte ihm einen Riesenspaß. Damals bestand die Squaredance „Grundausbildung" noch aus vierundfünfzig Figuren. Und alle verstanden nur die amerikanischer Sprache! Seit dieser ersten Begegnung mit dem „Square-Dance" begleitete ihn das Tanzen sein Leben lang! Fred blieb dem Tanz sechzig weitere Jahre treu, bis ihn schließlich seine Gesundheit in den Rollstuhl zwang und mit dem Tanzen aufzuhören.

Für seinen Englischunterricht waren die gewonnenen Sprachkenntnisse leider überhaupt nicht zu brauchen! Frau Dr. Waag, seine Klassenlehrerin, kritisierte immer wieder: „Wir wollen hier Englisch sprechen lernen und nicht amerikanisch! Bitte, bemühe dich ein bisschen mehr." Trotz aller Deutlichkeit benahm sie sich immer sehr höflich. Außerdem war sie einer der wenigen Menschen in Freds Umgebung, der sich, wie nur wenige sonst, viele Gedanken um Freds Zukunft machte.

Tanzt man hier auch im Quadrat, ohne ‚Square'
wärs Leben fad!

Herr Trä(ai)ner

„Komm'! Los! Nur noch eine Bahn!" Am Beckenrand lief Herr Träner mit und feuerte Fred an. Sein 15-jähriger Schüler kam heute sogar beim Schwimmen ins Schwitzen. Seine Kraft ließ immer mehr nach und der Krampf in der linken Wade schmerzte wie verrückt. Vor lauter Ehrgeiz gepaart mit Anstrengung, konnte Fred überhaupt nichts mehr denken. Die blauschimmernde Wand des Beckens kam immer näher. Gott sei Dank keine Wende mehr. Nur noch anschlagen. Mit letzter Kraft krallte Fred seine noch kurzen Finger in die Spuckrinne, um nicht zuletzt doch noch zu versinken. Wie aus weiter Ferne vernahm Fred die Stimme seines Schwimmmeisters: „Große Klasse!" „Das reicht bestimmt für die kommende Schulschwimm-meisterschaft!" Herr Träner klang aufmunternd und anerkennend, aber Fred war so ausgepowert, dass er alles nur noch wie im Nebel vernahm. Wattig und weich. Er wollte sich freuen, aber er bemerkte kaum, dass ihm nur noch blassblaues Wasser in die Nase schwappte. Langsam keimte ein bisschen Stolz in ihm. Fred begann zu träumen. Seine überkritische Mama zu beeindrucken - wenn ihm das nur gelänge. Nichts machte er ihr gut genug. Immer war er der Verlierer. Aber ein Sieg beim Schwimmen, das würde sie bestimmt anerkennen. Einmal ein Lob.

„Morgen Nachmittag kommst Du zu mir, dann machen wir zusammen noch ein paar Übungen zur Kräftigung deiner Muskulatur. Und ich massiere dir deine Beine, dann wird es auch besser mit den Krämpfen im Unterschenkel. Das kommt wahrscheinlich vom Wachsen. In Deinem Alter ist das ganz normal." Herr Träner versuchte Freds Laune aufzumuntern. Fred hatte durch das Rudern im RGH außerordentlich kräftige Oberschenkel. Am liebsten ruderte er im Zweier oder Vierer mit Steuermann. Die Ruder-Gesellschaft-Heidelberg war eine Art „zweite Heimat" für ihn geworden. Und das Wasser war sein Lieblingselement. Rudern und Schwimmen entwickelten sich zu den Sportarten, die ihn am meisten trugen.

Fast jeden Nachmittag zog Fred mit seinem Freund Norbert an den Neckar. Rudern, tollen, streunen oder schwimmen. Irgendetwas fiel ihnen immer ein. Am meisten reizten die neckaraufwärts schiebenden Schlepp-züge. Dazu hängten sich an die meist sehr tief im Wasser liegende Deckskante. Dann ließen sich die Jungs bis zur Alten Brücke hinauf mitziehen um sich anschließend, in Rückenlage, gemütlich mit der Strömung zurücktreiben zu lassen. Das war gar nicht so einfach, weil die meisten Schiffe selbst neckaraufwärts ziemlich schnell waren. Diese Aktionen waren ziemlich gefährlich. Da durfte man nicht zu früh starten, damit der Kapitän einen nicht schon während des Heranschwimmens bemerkte. Wenn das

Führerhaus vorüber war, hieß es: mit Volldampf los-
kraulen, den Decksrand zu fassen kriegen und sich dann
gemütlich ziehen lassen. Da war dann genügend Zeit zum
Ausruhen und Kräfte sammeln. Kritisch war dann erst
wieder der Moment, bei dem man das Schiff wieder
losließ. Dann musste man schnell vom Schiff wegkraulen,
um nicht in die Heckströmung gesaugt zu werden. Aber
gerade die Gefahr steigerte den Reiz!

Herr Träner unterrichtete Schwimmen während des Turn-
unterrichtes. Hier im „Englischen Institut", einem
ziemlich ‚vornehmen' Privatgymnasium in Heidelberg,
verbrachte Fred gezwungenermaßen seine Schulzeit. Im
Rahmen des obligatorischen Schulsports fand das
Schwimmen, mangels eines geeigneten Schwimmbeckens,
im Heidelberger Freibad statt. Herr Träner begleitete die
Schüler und lobte Fred oft, ob seines besonderen
Schwimmeifers. Er förderte ihn besonders, weil er ihn für
einen durchaus hoffnungs-vollen Nachwuchsschwimmer
und vielleicht auch sonst „brauchbar"hielt. Und Fred
bewunderte ihn ebenfalls. Erstens weil er gelobt wurde
und weil Herr Träner sein Talent förderte und zweitens
weil er ihn auch als toller Schwimmmeister bewunderte.
Ein schöner, sympathischer Mann mit dicken Muskel-
paketen und immer sehr freundlich zu den Schülern. Fred
gegenüber zeigte er schon fast väterliche Gefühle. Und da

Fred mit seinem Vater viele Probleme hatte, fand Herr Träner offene Türen....

Ja, bis zu einem Samstagnachmittag. Herr Träner wohnte wie Fred auch in Neuenheim. Seine schnuckelige Dachmansarde thronte direkt über dem Hotel „Zum Schiff". Das wiederum bildete das Eck am Beginn der Theodor-Heuss-Brücke. Die uralte, ausgetretene Eichentreppe, die von Stockwerk zu Stockwerk immer schmaler wurde, bestand aus edler, dunkler Handarbeit. Mit schön geschnitzten und geschnörkelten Handlaufstützen. Nur die Stufen ächzten und knarrten schon Gruselfilmverdächtig. Sie führten Fred bis ins fünfte Obergeschoss. Das denkmalgeschützte Haus, aus der Zeit der Reformation, roch erwartungsgemäß ziemlich muffig. Jedenfalls wirkte alles, im Gegensatz zu seinem Trainer, uralt und verwunschen. Herr Träner, jung und dynamisch, wartete schon ungeduldig an seinem reich verzierten Portal. Er kredenzte ein Glas perlenden Sprudels. Durch das niedrige, aber breite Dachfenster bemerkte Fred die herrliche Aussicht auf das Schloss, den Neckar und die Altstadt. Noch interessanter fand er aber ein ziemlich verstaubtes Segelschiffmodell, das er auf einer alten Vitrine ankerte. Das stach Fred gleich ins Auge. Technische Modelle und Basteln gehörte zu den Dingen, die Fred wirklich interessierten. Wobei es nicht nur auf die Funktionalität ankam, sondern vor allem auf die Ästhetik und ihre Schönheit. Fred sehnte sich emotional einfach nach Harmonie.

Herr Träner beobachtete seinen Schützling aufmerksam. Natürlich bemerkte er auch Freds sehnsüchtige Blicke. „Das gehört Dir, wenn Du schön lieb bist." Und dann fügte er noch schnell dazu: „Und wenn Du bei der nächsten Schulmeisterschaft unter die drei ersten kommst!" „So, und jetzt machen wir erst mal ein paar Übungen! Das geht in der Badehose auch viel besser." Fred tat es Herrn Träner gleich und trennte sich von Hemd und Lederhose. Zum Glück hatte er schon eine Badehose drunter, weil er sonst bei Sonnenschein, ja eigentlich immer gleich zum Neckar hinunter, schwimmen ging. Fred musste sich bäuchlings auf eine schwarze, lederbezogene Massageliege legen. Nach Anleitung des Schwimmlehrers bemühte er sich penibel, alle geforderten Schwimmbewegungen korrekt auszuführen. „Jetzt das Gleiche nochmal in Rückenlage." Herrn Träner war es wohl zu warm, denn er hatte sich inzwischen sogar seiner Badehose entledigt! Langsam begann er Freds Beine zu massieren. Das tat gut. Immer weiter aufwärts. Als er bei den Oberschenkeln ange-kommen war, zog er auch Fred die Badehose herunter. „Die stört nur beim Massieren und hier guckt ja keiner", erklärte Herr Träner überzeugend. Fred wagte nicht zu widersprechen. Schließlich war Herr Träner der Schwimm-lehrer und eine ernste Autorität. Außerdem galt er als

Trainerkapazität. Da musste er es schließlich besser wissen! „Dein Glied sollte auch ein bisschen kräftiger werden. Kein Wunder, dass Du nicht genügend Kraft in den Beinen hast!", fügte er noch ganz bestimmend hinzu und begann daran zu reiben. Fred wurde ganz heiß. So etwas hatte er noch nie gehört und außerdem wurde das Ding jetzt auch noch steif. Das war ihm äußerst peinlich. Fred war hin und her gerissen. Sollte er gehorchen und still halten oder abhauen? Da war einerseits die Hoffnung auf den Sieg in der Meisterschaft und dann noch auf das schöne Segelschiff, das er ihm versprochen hatte. Und jetzt fing da unten auch noch alles an zu zucken. In diesem Moment beugte sich Herr Träner über ihn und versuchte seine Lippen auf Freds Mund zu drücken. Er roch schrecklich aus dem Mund. Das war denn auf jeden Fall doch zu viel. Fred rollte sich blitzschnell zur Seite und ließ sich von Herrn Träner weg von der Liege fallen. Er spürte keinen Schmerz, sondern griff beherzt nach seiner noch am Boden liegenden Badehose und der kurzen Lederhose. - Herr Träner war viel zu überrascht, um zu reagieren. Wie ein Wiesel war Fred blitzschnell durch den Türspalt geschlüpft. Er rannte so schnell es ging die Treppen hinunter. Er flog förmlich, am Geländer entlang rutschend, immer ein paar Stufen auf einmal. Fred kam ins Straucheln und stürzte. Er fing sich am Geländer ab und rutschte den Rest der Stiege, halb auf dem Handlauf hängend, bis er an die Haustür knallte. Bloß raus aus! Zwischen Haus und Neckar bot ihm ein Busch unter der Brücke ein bisschen Deckung. Er war immer noch nackt und streifte sich schnell wenigstens seine Badehose hoch. Das Hemd! Mist, das hatte er in der Eile vergessen. Egal - er rannte nun, halb bekleidet, den Neckar entlang über die große Liegewiese. Weiter bis hin zu den Gebäuden des Ruderclubs. Dort musste Fred erst einmal richtig Luft holen. Nun hatte er auch Gelegenheit wieder in seine kurze Lederhose zu schlüpfen. Mit nacktem Oberkörper machte er sich, noch halb betäubt von seinen Erlebnissen, auf den Heimweg.

Norbert, sein Schulkamerad, begegnet ihm breit grinsend. „Nanu, warst Du schon baden?" „Ja, mir war so heiß, da musste ich mich ein bisschen abkühlen", log Fred und zitterte immer noch ein bisschen. Das Ganze hatte ihn so schockiert, dass er gar nicht mehr richtig denken konnte. Er war überwältigt von einem Gefühl der Leere und Hoffnungslosigkeit und spürte noch immer nachwirkend dieses komische Gefühl zwischen den Beinen. Darüber konnte und wollte er auf keinen Fall sprechen. „So. Und wo hast Du Dein Hemd gelassen?" „Oje! Das... das... das hab ich verloren", stotterte Fred verwirrt. „So, wie ich deine Mama kenne, wird die sich aber saumäßig freuen!", feixte Norbert, dem die Reaktionen in Freds Zuhause nicht fremd waren. Fred trottete schnell davon. Norbert sah ihm, seinen Kopf schüttelnd, nachdenklich hinterher. Da war etwas oberfaul. Das Schlimmste für Fred aber war die Zeit, die jetzt kam. Er war desorientiert und völlig handlungsunfähig. Als er sein Zuhause erreichte zögerte er. Soll ich wirklich heimgehen? Er wagte es. Wo sollte er auch sonst hin? Natürlich war das verlorene Hemd sofort Thema Nummer eins. Auf der einen Seite war er nun zu dumm, auf sein Hemd aufzupassen. Auf der anderen ertrug er geduldig die zwangsweise folgenden Schläge. Dazu zwei Tage Hausarrest. Aber auch das spürte er jetzt nicht mehr! Er fühlte sich nur noch, wie von der ganzen Welt verraten. Wem sollte sich das Kind, denn das war er ja noch, anvertrauen. Niemand würde sein Problem verstehen (wollen!). Er konnte nun auch nie mehr zu seinem geliebten Schwimmsport zurück, denn Herrn Träner wollte er auf keinen Fall mehr begegnen. Fred hätte nicht einmal gewusst, was eine ‚Posttraumatische Belastungsstörung" sein sollte. Er fühlte sich einfach schrecklich. Und das Schlimmste daran: Wie sollte er jetzt nur weiterleben?

Blicke erst auf Dich, dann richte mich!

Die Folgen - Eine kleine 'wissenschaftliche' Betrachtung

Viele Kinder reagieren auf sexuelle Gewalt mit einem sofortigen Schockzustand. Sie wirken meistens desorientiert und handlungsunfähig. Andere wieder wirken fast überkontrolliert, reizbar, aggressiv oder verzweifelt; im besten Fall ziehen sie sich nur zurück. Neben häufiger Angst und emotionaler Betäubtheit ist auch das unfreiwillige Wiedererleben der Gewalterfahrung eine typische Folge einer Traumatisierung. Alle diese Reaktionen sind völlig normal, irritieren und überfordern aber häufig die Bezugspersonen. Oft tritt nach einer gewissen Zeit eine scheinbare Normalisierung ein, während der die Betroffenen versuchen, das Trauma zu verdrängen. Sämtliche dieser Folgen gehen oftmals einher mit dem Gefühl verrückt zu sein bzw. es zu werden. Viele denken auch, dass die Übergriffe vielleicht nicht „schlimm genug" waren. Entscheidend ist jedoch nicht, was passiert ist, sondern <u>welche</u> <u>Gefühle</u> es bei den Betroffenen ausgelöst hat.

Das Schlimmste an der Vergewaltigung aber ist, dass sie fast immer durch Menschen geschieht, denen das Opfer vertraute. Der Verrat am eigenen Sicherheitsgefühl und die folgende Hilflosigkeit sind für das Opfer besonders schmerzlich. Die posttraumatischen psychischen Folgen sind stärker als die *körperlichen Störungen. Oft noch verschlimmert durch die Reaktionen der nächsten Umgebung:*

1. Sie unterstellen dann dem Opfer, zu lügen.

2. Sie gehen dem Opfer aus dem Weg.

3. Sie nehmen das Trauma des Opfers nicht ernst.

Da bleibt dem Opfer als Reaktion nichts anderes übrig, als irgendwie ein gestörtes Selbstwert- und Identitätsgefühl zu kompensieren. Dazu kommen noch chronische Scham- und Schuldgefühle, Ängste und Depressionen, bis hin zu Suizidalität. Außerdem erleben sie dissoziative Störungen und eine dadurch erhöhte Gefahr, immer wieder zum Opfer oder gar auch selbst zum Täter zu werden. Psychosomatische Beschwerden sowie ein negatives Verhältnis zum eigenen Körper, bis hin zu selbstverletzendem Verhalten, sind oft die Folge. Beziehungsprobleme, Gewalttätigkeit, totaler sozialer Rückzug und eine misstrauische Haltung anderen Menschen gegenüber. Ein chronisches Gefühl der Hoffnungslosigkeit ist meist eine weitere schwer zu verkraftende Folge eines solch gravierenden Übergriffes!

Der Frühschoppen

An einem schönen Sonntagmorgen, kurz nach dem Kirchgang, entzog sich Freds Vater wieder einmal dem drohenden häuslichen Gewitter. Es zog ihn hin zu seinem obligatorischen „Frühschoppen". Sein völlig überflüssiger Streit mit Freds Mutter Käthe war nicht zu überhören. Manchmal keimte in Fred sogar der leise Verdacht: Der Streit könnte manipuliert sein um flüchten zu können. Aber soviel Raffinesse traute er seinem Vater gar nicht zu. Trotzdem - Kurz danach hörte man, den noch ziemlich neuen Nissan mit dem Papa aus der Kellergarage rauschte.

Nun war der Vater für Fred einerseits eine bedingungslose Autorität, andererseits aber ein Buch mit sieben Siegeln. Fred war neugierig und versuchte immer wieder, eines dieser Siegel zu knacken. Das half ihm oft Neues zu entdecken, oder auch seinen Wissensschatz zu erweitern. Da Fred gern alles genau erkundete, wollte er auch schon lange mal herausfinden, was es mit diesem ominösen Frühschoppen so auf sich hatte. Und dieses Mal war *die* Gelegenheit! Es war heiliger Sonntag und er hatte gerade nichts anderes zu tun. Kaum hörte er Papa abrauschen, schnappte sich Fred sein selbst gebasteltes Fahrrad. Fred genoss einen unschätzbaren Vorteil, da Neuenheim quasi komplett aus Einbahnstraßen bestand. Sein Papa musste sich mit dem Auto an Verkehrsregeln halten. Sein Sohn mit dem Fahrrad drückte bei Einbahnstraßen beide Augen zu. So konnte er mächtig abkürzen. Er versicherte sich kurz, dass kein ‚Grüner' zu sehen war. (Damals waren die Polizisten noch grün gekleidet). Dann, schnell gegen die Einbahnstraßen hastend, erreichte er, fit wie er war, ruck-zuck die Brückenstraße. Da musste der Vater, auf dem Weg in die Stadt, vorbeikommen! Fred nutzte seinen Vorteil. Mit dem Rad war er zumindest am Anfang viel schneller. Das war wie im Märchen vom Hasen und dem Igel. Auf keinen Fall durfte Fred seinen Vater aus den Augen verlieren, denn er hatte ja keine Ahnung wohin die „Reise" führen sollte. Da näherte sich schon Papas Nissan. Vorbei - also ging es Richtung Bismarckplatz. Fred flugs wieder hinterher. Wie gut, dass es schon Ampeln gab und diese seinen Papa immer wieder bremsten. So konnte ihn Fred immer wieder einholen, bis die Ampeln wieder auf Grün umschalteten. Fred wunderte sich ein wenig über die eingeschlagene Richtung. Sie folgten seinen täglichen Schulweg. Aber dann ging es doch an der Schule vorbei und etwas weiter Richtung Rohrbach. Sie hatten schon fast den Stadtrand erreicht. Nach dem überqueren von zwei weiteren kleineren Querstraßen, bog der kleine Nissan ab. Der Vater parkte sein Auto besonders unauffällig hinter zwei großen Wohnblocks direkt am Straßenrand. Hier war

Fred noch nie gewesen. Er hielt sic vorsichtig in Deckung und schwang sich wie ein Sieger vom Rad.

Sehr seltsam. Weit und breit keine Kneipe zu sehen! Sein Vater überquerte die Straße. Fred merkte sich genau, auf welchen Klingelknopf er drückte. Es war der oberste im zweiten Eingang. Ein leises Surren drang an Freds Ohr. Nachdem sein Papa im Hauseingang verschwunden war, suchte er neugierig nach dem Namen des Lokals. Er wollte doch den „Frühschoppen" wiederfinden! Fred las verdutzt: „Lochbauer". Das Lokal war aber richtig gut getarnt!?

Fünf vor zwölf Uhr! Jetzt war es für Fred aber höchste Zeit wieder nach Hause zu radeln. Um halb eins wurde das Mittagessen serviert und wer nicht pünktlich da war, bekam nichts! Fred war pünktlich. Nur Papa fehlte. Als „Chef" durfte er sich das auch leisten, *sooo* lange beim „Frühschoppen" zu weilen! Fred dachte nach sagte aber, da er nicht gefragt war, nichts. Am späten Nachmittag trudelte sein Papa gutgelaunt wieder zu Hause ein. Von Mamas Seite war die Stimmung eher so unterkühlt, dass die Eiszapfen förmlich zu greifen waren! Auf der Suche nach einer guten Gelegenheit der frostigen Stimmung zu entgehen, beschloss Fred insgeheim dem „Frühschoppen"-Lokal doch noch mal „auf den Zahn zu fühlen". So eine Wirtschaft musste doch zu finden sein! Er schwang sich schnell noch einmal auf seinen wackeligen Drahtesel und sauste, eifrig seine neue F&S-Dreigangschaltung benutzend, den gleichen Weg noch einmal nach Rohrbach. Den Klingelknopf hatte er natürlich auch schnell wieder gefunden und...brrrrr... Unterwegs hatte Fred in einem Vorgarten noch ein kleines Röschen „gefunden". Er hatte schon gelernt, dass man im Leben immer auf eventuelle „Überraschungen" vorbereitet sein musste! Und seine bisherige Erfahrung riet ihm: Wenn man schon kein Geld im Sack hatte, kam ein Blümchen oft gut an! Damit konnte man sogar, eine eventuell resolute Wirtin, leichter überzeugen!

Er klingelte noch einmal. Der Türöffner summte. Fred drückte fest und die Tür öffnete sich. Im Flur erklang eine dunkle Stimme: „Hier oben!" Fred nahm immer zwei Stufen auf einmal. Eine schöne schwarzhaarige Frau begrüßte ihn. Sie säuselte: „Hallo mein Lieber. Komm rein. Zu wem möchtest Du denn?" In diesem Moment stürmte ein knackiges Mädchen im Naturkostüm auf den Flur, erschrak und verschwand auch sofort wieder. Fred hatte die veränderte Situation blitzschnell erfasst.: „Ich bin Fred, der Sohn vom Erwin und ich wollte nur Ihrer Tochter mal „Guten Tag" sagen!" Eines war klar: Bei der Begrüßung konnte hier keine Kneipe sein! Höflich drückte er der offenherzigen Dame die Rose in die Hand. Diese zeigte sich sehr belustigt und bemerkte halblaut: „Sehr Galant, wie der Herr Papa!" Dann drehte sie sich flott um und rief, in die Richtung in der das Töchterchen verschwunden war: „Rosi, Liebes. Besuch für Dich. Ich schick ihn zu Dir rein!" Sprach's und schubste Fred durch eine halb geöffnete Tür. Halb blind tastete er sich suchend durch eine alles verhüllende Dampfwolke. Er fand eine Badewanne in der sich, kaum vom Schaum bedeckt, ein ziemlich großes Mädchen räkelte. Ihre goldenen Strähnen verdeckten wenigstens teilweise ihre, schon deutlichen Knospen. Fred schwankte noch zwischen geschockt und erfreut. Die kleinen dunklen Löckchen am unteren Dreieck passten eindeutig nicht zu den hellblonden Kopfhaaren. Er hatte keine Ahnung, wie man sich in einen solchen Augenblick am besten verhalten sollte. Vielleicht wäre einfach abwarten eine gute Lösung. ‚Rosimaus' klemmte sich eifrig eine große Tube zwischen die süßen Knie und bat ihn, sie einzucremen. Wie und wo vergaß sie zu erwähnen. Als er sich zu ihr herunterbeugte um zur Tat zu schreiten, umschlang sie seinen Hals und küsste Fred auf den Mund. Ihre Zunge schien, wie ein Propeller, überall gleichzeitig zu sein. Er hatte alle Mühe, sich so festzuhalten, dass er nicht ganz ins Wasser rutschte. Ihm wurde ganz heiß und weich in den Knien. Und Luft holen erforderte auch einiges an Akrobatik. Wie konnte sie nur so lange küssen, ohne zu atmen. Fred erschienen diese Sekunden fast lebensgefährlich!

Auf eine solche Begegnung mit einem Mädchen war er aber auch überhaupt nicht vorbereitet. Hoffentlich war das nicht immer so? Freds Gedanken turnten Purzelbäume. Rosi wickelte sich aufregend langsam in einen flauschig weissen Bademantel. Wieder auf dem Flur holte Fred erst einmal tief Luft. Puh! Die Mama lauerte schon auf den jungen Mann und schaute ganz lustig drein. Sie schien immer noch sehr belustigt zu sein. So ein braver Junge, das wäre schon 'was für ihre Tochter. Sie gab Fred noch einen dicken Kuss. Gott sei Dank ohne Zunge. Dafür mit Lippenrouge und ganz schön viel üppigen Busen. In diesem Moment fiel Fred der Spruch ein: Der Apfel fällt nicht weit vom Stamm. Hoffentlich platzt der nicht!

Auf seinem Fahrrad - wieder an der frischen Luft - und heimwärts in die Pedale tretend, ließ er sich den kühlen Wind um die Nase wehen. Eine Wohltat! Er fühlte sich wie nach einer schweren Prüfung. Endlich löste sich die ganze Spannung. Fred überlegte: „Warum wird das Ganze nun eigentlich Frühschoppen genannt?" Naiv hatte er bisher seinen Papa beim Vespern mit einem kühlen Bier vermutet. Aber nun? Irgendetwas stimmte da nicht. Vielleicht war er doch im falschen Lokal gelandet?

On y soit, qui mal y pense

(Schlecht ist der, der schlecht darüber denkt!)

Das Backfischfest

Backfischfest in Worms! Freds Vater lud - in einem ‚Anflug von Großzügigkeit' - seine Kinder einmal ein, mit ihm zusammen den großen Backfischrummel zu erleben. Hurra, da winkte ein Sommerausflug mit Papa!

Schwester Heike, inzwischen zwölf, und ihr Bruder Fred freuten sich sehr auf diesen Tag. Besonders seit der Vater in Pfeddersheim, einem winzigen Winzernest bei Worms, arbeitete. Da hauste er in einem Untermietverhältnis, um die viele Fahrerei, nach Heidelberg zur Familie, zu vermeiden. Dadurch war er aber noch seltener daheim. Meistens war Papa fast erdrückt von seiner Arbeit und stand deshalb nur sehr selten zur Verfügung. Auch von seiner freien Zeit war viel mit Hobbys und Sport erfüllt. So blieb nicht viel Zuwendung für die Familie übrig. Ein Wunder, dass er seine Kinder überhaupt noch erkannte.. Um seine Kinder nicht ganz zu vergessen, bot sich diese „zufällig arrangierte" Gelegenheit förmlich an! Nur Mama hatte auf diese „Einladung" sehr reserviert reagiert und sofort abgelehnt. Wahrscheinlich hatte sie irgendeinen „Braten gerochen", denn sie durchschaute ihren Erwin immer recht erfolgreich. Also blieb dem Papa samt Kindern nur die Flucht nach vorne übrig.

Ähnlich wie beim Oktoberfest oder dem Cannstatter Wasen, war das Backfischfest eigentlich nur ein riesengroßer Rummel. Da gab es wie auf allen Rummeln den Tintenfisch, Kinder-Karussells, Autoscooter und viele weitere aufregend wirbelnde Fahrgeschäfte. Laute Musik, Schießbuden, Karamellhäuschen, Magenbrot und sonst noch viel Trara. Rundherum war alles auf verschiedenste Art und Weise in Bewegung. Rauf und runter, hin und her und rundherum. Zusätzlich luden - wie auf jedem Jahrmarkt - viele Trink- und Würstchenbuden zum Verweilen und abkassieren ein. Überall kitzelten diese verführerischen Düfte in der Nase und kitzelte ihnen dann auch noch die letzte Mark aus der Tasche. Da war es wirklich schwierig allen ausgeklügelten Verführungen der paradiesischen Schlangen zu widerstehen.

Die Kinder waren hell begeistert und wussten oft gar nicht, wo sie zuerst hinschauen oder hinlaufen sollten. Auch bemerkten sie kaum, dass sie schon, seit geraumer Zeit von einer jungen, hübschen Frau in einem geblümten, luftigen Sommerkleid, begleitet wurden. Die Stumme Schönheit hatte sich still und heimlich zu ihnen gesellt. Sie schlenderte nun ganz unauffällig mit. Erst als sie die Kinder zum Eisessen einlud, wurde sie wirklich bewusst wahr-genommen schon weil es zu Hause in Heidelberg nie Eiscreme gab. So eine diskrete Aufforderung barg schon einen ganz besonderen Reiz. Schnell ausnützen, bevor dieses besondere Angebot wieder zurückgenommen wird! Während des genüsslichen Schleckens erzählte die schöne Frau, dass sie Angela hieße und Papa „Obdach in der Fremde" gewähre. Das sollte wohl praktisch heißen: Papa wohnt bei ihr zur Untermiete. So war der Grund für ihre Anwesenheit bald geklärt.

Fred interessierte sich mit seinen knapp fünfzehn Jahren eigentlich nicht für Papas Wohl und noch weniger für Papas „Obdach". Diese Dinge waren für ihn nicht wichtig. Trotzdem fand er diese fremde blonde und durchaus attraktive Eisspenderin sehr sympathisch. Warmherzig und liebenswert schien sie doch das krasse Gegenteil seiner Heidelberger Mama. Es machte Fred stutzig, wie lieb sie sich um Papa und seine Kinder bemühte. Fast so intensiv wie Fred es sich von einer ‚richtigen' Mama gewünscht hätte! Angela bemerkte Freds wachsendes Misstrauen und versuchte gleich „den Wind aus dem Segel zu nehmen". Ihre Sympathie zu ihm käme wohl daher, dass sie seiner *„richtigen"* Mama aus Friedrichshafen sehr ähnlich sei. Fred war verwirrt. Seine vermeintliche Mama wohnte doch nicht in Friedrichshafen, sondern zu Hause in Heidelberg und sieht auch völlig anders aus. Was verbarg sich hier? Da gab es für ihn keinerlei Ähnlichkeit zu entdecken. Gab es da etwa eine Verwechslung mit einer anderen Frau? Hatte er eventuell noch eine Mutter, von der er nichts wusste? Das würde auch manches erklären, das er gelegentlich einfach nicht einordnen konnte. Aber das wäre andererseits so gewaltig, dass er, fast lieber, nichts davon wissen wollte. Irgend etwas war oberfaul und in dem Maß, in dem sein Misstrauen stieg, nahm sein Vertrauen ab.

Fred ließ sich nur noch einfach treiben. Der allgemeine Trubel und die steigenden Temperaturen ließen seine Überlegungen allmählich verblassen. Die Sonne war bemüht einem neuen Hitzerekord zu erreichen und die Erlebnisse der Kinder gestalteten sich immer aufregender. Doch auch noch so schöne Tage vergehen leider wie im Fluge. Fred wurde von den vielen Erlebnissen regelrecht überrollt. Selbst das gemeinsame späte und reichhaltige Abendessen war für ihn, obwohl er sonst immer Hunger hatte, fast zu viel. Im Hintergrund pochten noch die durchdringend lärmenden Musikfetzen vom Festplatz an seine Schläfen. Flirrende Lichter tanzten wilde Reigen und zerrissen die allmählich heranwehenden dunkelgrauen Fahnen der anbrechenden Nacht. Wohlgesättigt brach die kleine Gesellschaft auf, die Heimfahrt anzutreten. Die Kinder waren inzwischen ziemlich erschöpft und wollten einfach nur noch schlafen. Nicht allein die „Luftver-änderung" hatte sie müde gepumpt und die zahllosen neuen Sinnes-eindrücke überforderten gnadenlos die heranwachsenden ‚Gernegroßen'... Um den Kindern die relativ weite Nachtfahrt nach Heidelberg zu ersparen, lud

Tante (?) Angela alle ein, bei ihr zu übernachten. Papa hätte ja sowieso sein Zimmer da und Heike sollte bei ihr im großen Bett schlafen. Für Fred wurde auf dem breiten, kuscheligen Sofa im Wohnzimmer ein bequemes Bett eingerichtet. Inzwischen jedoch, war ihm ziemlich egal wo er schlafen konnte. Hauptsache bald! Noch kurz das unvermeidliche Zähneputzen über sich ergehen lassen und dann war der schöne Tag endgültig zu Ende. Im Einschlafen wurden Freds Ohren noch von ein paar Gesprächsfetzen gestreift. Angela und Papa flüsterten heftig. Kurz darauf versank er in seiner Traumwelt. Fred träumte oft und auch dieses Mal schwebte er wieder. Aber nicht allein. Eine ihm fremde Mama begleitete ihn. Die Fremde war weich und warm. Er umarmte sie und kuschelte sich an ihre Rundungen. Er fühlte sich sehr wohl. Damit er den warmen Körper nicht verlor krallte er sich an ihrem Busen fest. Ein starkes Verlangen ließ ihn diesen verlockend fremden Duft sofort tief in sich hinein saugen. Fred verschmolz förmlich immer mehr mit dieser fremden Frau. Immer deutlicher spürte er dieses eigenartiges Beben. Gemeinsam wirbelten sie immer tiefer in ein bodenloses rauschendes Becken unterhalb eines Wasserfalles. Warmes Wasser prasselte auf seine Haut und ließ alle Poren platzen. Er brannte. Plötzlich ganz still, ließ er, wie gebannt das Brennen geschehen. Plötzlich loderten erneut Flammen aus der platzenden Haut. Er versuchte sein

Gesicht, zwischen ihren Brüsten, vor den Flammen zu schützen. Alles wirbelte und begann miteinander zu verschmelzen. Sternenstaub, Feuer und Explosionen bildeten ein buntes Tohuwabohu. Obwohl er sich inmitten dieser peitschenden Gefühle seltsam geborgen fühlte empfand er keine Freiheit. Das tosende Inferno ebbte ab. Ein tranceähnlicher Schlaf entzog ihn schnell und gnädig seinen Traumkapriolen.

Am nächsten Morgen saß Fred noch immer halb benommen am Frühstückstisch. In ihm hatte eine ihm unbekannte Transformation stattgefunden. Seine Augen brannten immer noch, genau wie sein ganzer Körper. Sein Papa vermutete, dass beim letzten Essen etwas nicht in Ordnung gewesen sein könnte. Doch für Erklärungen fehlten Fred einfach die Worte. In seinem Kopf überschlugen sich die Gedanken. Langsam erst begriff er die Bedeutung von Angelas gestriger kurzer Bemerkung, sie sei ihm bestimmt so überaus sympathisch, weil sie seiner „richtigen Mutter" so ähnlich sei und nun hatte sie sich vorgestellt!

Freds bohrende Gedanken mahlten langsam, aber stetig. Sie suchten Halt, einen Ausweg oder wenigstens ein vages Verständnis, eine Erklärung. Also, so schloss er, eines war klar: Seine Mutter in Heidelberg konnte nicht seine *r i c h t i g e* Mama sein. Da musste es irgendwo noch eine andere

Mama geben. Wo war sie? Viele seiner bisherigen Ahnungen, die ihn in bestimmten Situationen immer wieder einholten, nahmen nun für ihn deutlichere Gestalt an. Wurden verständlicher! Was hatten ihm seine Eltern (?) in den vergangenen Jahren nur vorenthalten? Er verstand die Zusammenhänge noch nicht genau, aber irgendwie glaubte er jetzt gar nichts mehr. Fred fühlte sich erneut betrogen und verlor den Halt. Der Boden, seine einzige Basis, die ihn noch stützen konnte, schwebte in einer fast erlösenden Dunkelheit davon. Fred wurde einfach bewusstlos.

Was Freude bringt, birgt oft Verdruss -

Gefahr erzeugt durch Teufels Kuss!

Original Heidelberg

Bald sechzehn und noch keine Ahnung vom Leben. Das
Motto: „Was langsam reift wird süß" funktioniert in der
Pubertät leider nicht. Von einem besseren Leben zu träu-
men dagegen sei gestattet. Fred wäre gern ein gerechter
Richter oder vielleicht sogar Künstler geworden. Seine
Stiefmama empfahl Fred, in Anlehnung an ihre eigenen
Wünsche, sich weihen zu lassen. Fortan ein Leben als
Priester zu führen, wäre dem auf Glatteis tanzenden Esel
gleichzusetzen gewesen! Die rettende Erkenntnis war, nur
mit der „Mittleren Reife" braucht man nicht nach den
Sternen zu greifen. Schnell fiel Fred zurück aus seinen
Träumen. Nichteinmal eine handfeste Ausbildung hatte er
bisher vorzuweisen. Ziemlich dürftig, fand Fred. Nach
neun mühseligen Jahren Schulbesuch musste er, nicht nur
wegen unzähliger Auffälligkeiten wurde ihm empfohlen
nun auch das Gymnasium vorzeitig zu verlassen. Vor allem
seine Eltern hatten ihm nahegelegt, endlich das Geld für
seine Spaghetti's selbst zu verdienen. Die EI-Schulleitung
hatte ihm, unabhängig davon, „nahegelegt" vielleicht doch
lieber ein Mal selbst laufen zu lernen! Frau Dr. Waag, seine
Klassenlehrerin, widersprach heftig und hatte den Weg-
gang ihres Problemschützlings unendlich bedauert. Es sei
wirklich schade um Fred, weil er „das Zeug zum Abitur"

gehabt hätte. Der Wunsch seiner Eltern, dass er nun sein eigenes Geld verdienen sollte, sei eine eigennützige Schande! Aber es half alles nichts, die Weichen waren gestellt! In diesem Zusammenhang stellte sich natürlich auch die provokante Frage: Was ist eigentlich die Aufgabe einer allgemeinen Schule? Nur Wissensvermittlung gegen Kasse oder die Lebensertüchtigung heranwachsender Menschen? Die Antwort darauf beantwortete erst sein Philosophiestudium!

Welche Alternativen hatte nun ein verkorkster junger Mann? Außenherum auf dem Weg erwachsen zu werden, innerlich auf der Suche nach seiner Identität! Ohne jeden familiären Rückhalt blieb ihm im nichts anderes übrig, als überhaupt eine vernünftige Ausbildung zu finden. Aber was wollte lernen, was konnte er akzeptieren ohne sich allzusehr zu plagen? Nun war er auch noch genötigt nachzudenken! Jetzt wurde es erst Mal richtig ernst und kompliziert. Da er inzwischen als Amateurfunker (DC3OT) in die Heidelberger Amateurfunkergemeinschaft aufgenommen worden war, interessierte er sich mächtig für alles, was nach Strom roch. Es stimmte tatsächlich - wenn in der „Luft", z.B nach einem Lichtbogen, Ozon entstand (!) roch sie nach „Strom"! Sein allergrößter Berufswunsch Polizist oder Richter durfte er sich gleich abschminken, denn dafür wäre, auf jeden Fall, ein gutes Abitur Voraussetzung gewesen. Eisenbahner wie sein Onkel zu werden hätte Fred auch gefallen, aber - dazu hätte er Heidelberg verlassen müssen...

Fred liebte schnelle Entschlüsse. Er mochte keine Menschen, die zu lange überlegten. Also entschloss er sich erst einmal für das Einzige, das überhaupt angeboten wurde: Elektriker bei den Heidelberger Stadtwerken oder vielleicht in einem Privaten Betrieb? In der Personalabteilung der Stadtwerke wurde als erstes die subtile Frage gestellt: „Wie sind denn die Zeugnisse ausgefallen?" „Na ja - dann machen wir erst einmal einige hauseigene Tests", hörte er den Altmeister der Lehrwerkstatt vor sich hinmurmeln. Das war Fred dann doch zu „aufwendig". Schließlich sollte so ein Beruf doch Spaß machen und nicht in Arbeit ausarten. Die nächste Alternative: Radiomechaniker. Beim Anblick von Freds, für ihn selbst einigermaßen akzeptablen, Abschlusszeugnisses schüttelte der Meister bedauernd seinen Kopf. Fred war ganz froh darüber, denn der Meister war ihm gleich nicht sehr sympathisch vorgekommen. Nun wurde es, zumindest in Heidelberg und mit Strom ziemlich eng.

Freds Mama kam noch auf die glorreiche Idee: Ein Handwerk mit dem man sich ernähren kann, das sei das einzig Vernünftige! Sie machte sich mit Fred im Schlepptau auf den Weg in den Odenwald, zur ferneren Familie. In Waldmichelbach besaß ein Schwager, von Beruf Bäcker, eine gut gehende Konditorei. Der sollte Fred (oder auch die ‚Allgäuer Brut') richtig in die Mangel nehmen. Fred schien wenig begeistert, sein gerade beginnendes Leben, der Odenwälder Einsamkeit zu opfern. Der Schwager wurde von Freds Stiefmutter kurzerhand überzeugt, Freds Not in eine Tugend zu verwandeln. Ruckzuck wurde ein Lehrvertrag aufgesetzt und unterschrieben. Dann verabschiedete sie sich schleunigst und ließ Fred einfach zurück.

Brav stand Fred, von nun an jeden Morgen, um halb vier in der gut geheizten Backstube und füllte Teig aus der Knetmaschine in die Brötchenrollmaschine. Die fertigen Brötchen und süßen Stückchen mussten spätestens um halb sechs bei den Schulen und im Krankenhaus sein. Das war immer Stress pur. Später wurden dann fast nur noch Torten und anderes Sahnezeugs kreiert. Der Schwager gab sich wirklich viel Mühe, Fred für diesen Beruf zu begeistern. Aber trotz der vielen süßen Verlockungen warf Fred nach vier Monaten das Handtuch und stand wieder vor der Heidelberger Haustür.

Als letzter Ausbildungsbetrieb blieb nun nur noch die Schnellpressenfabrik „Original Heidelberg" übrig. Diese Fabrik für weltweit bekannte Druckmaschinen war die wirklich allerletzte Möglichkeit mit einer technischen Lehrwerkstatt. Hier konnte Fred immerhin zwischen zwei

Berufen frei wählen: Maschinenschlosser oder Werkzeug-macher. Das war zwar fast das Gleiche, ungefähr wie Pest und Cholera aber leider beides ohne „Strom"! Fred entschied sich für den Feinmechaniker. Das hörte sich feiner an.

Am ersten Tag ging es schon um sieben Uhr los, also auch mitten in der Nacht. Stempeln, einkleiden und dann den Arbeitsplatz kennen lernen. Fred wurde zusammen mit den anderen Leidensgenossen herumgeführt und nahm anschließend sein neues Werkzeug in Empfang. Das glänzte noch schön neu - anders als der alte Krempel in Vaters Kellerwerkstatt! Dann musste alle ihren Platz einräumen. Zum Schluss, alle gemeinsam, noch ihr künftiges zuhause -die Werkstatt- sauber machen. Fred stutzte. Er hatte doch noch gar nichts gearbeitet, also kon-nte er auch noch gar nichts schmutzig gemacht haben! Er versuchte, diesen Umstand dem Meister zu erklären. „Ich dachte die Werkstatt sei noch von den letzten Lehrlingen saubergemacht worden." Doch der arme Meister Protzki schien schwerhörig zu sein. Oje, das fing ja gut an. „Einen sauberen Arbeitsplatz reinigen und dann auch noch ein schwerhöriger Meister!", brummelte er vor sich hin. Obwohl er „seine Meinung" sehr leise gedacht hatte, schien das Meister Protzki doch noch gehört zu haben. Lag Fred mit seiner Vermutung falsch? Da drang auch schon eine dröhnende Stimme an sein Ohr: „Erstens sind wir nicht zum Denken hier und zweitens ist der Einzige, der hier denkt, der Chef!" Fred war von der Wirkung der Lautstärke erst einmal kolossal beeindruckt, aber das legte sich schnell wieder. Im Augenblick dachte er nur, Gott sei Dank ist der hier nicht der Chef. Aber diese Erkenntnis behielt er vorsichtshalber erst einmal für sich.

Am zweiten Tag lernte Fred, mit Hilfe einer Feile, den Ernst des Mechanikerlebens kennen. Ein u-förmiges Stück Eisen von circa sechs cm Länge sollte an einem abgesägten Ende geglättet und auf 55 mm Länge gekürzt werden. Dazu sollte er noch ein Ende auf 45° abschrägen! Er überlegte: Mit Hilfe einer Fräsmaschine wäre das schnell erledigt und dazu noch viel genauer! Er nahm sein Eisenstück und wollte, um eine besonders schön gelungene Arbeit abzuliefern, damit in die große Maschinenwerkstatt wandern. Dort hatte er bei der ersten Besichtigung eine Menge solcher praktischen Maschinen gesehen. Die arbeiteten schließlich wesentlich schneller und genauer. Meister Protzki fing ihn ab: „Wohin des Weges, kleiner Mann?" „Zum genauen Bearbeiten meines Werkstückes natürlich!" antwortete Fred geduldig. „Wenn ich mit diesem Teil einen Preis gewinnen soll, muss ich mir ja etwas einfallen lassen! Und rationell arbeiten kann ja auch nichts schaden!" Herrn Protzki schnappte nach Luft. Und das kam bestimmt nicht so oft vor. „Etwas einfallen kann höchstens einem Architekten und davon sehe ich hier keinen!" „Du bewegst deinen Arsch jetzt ziemlich flott zur Werkzeugausgabe und holst mir eine Dose „Haumichblau", aber dalli!" Fred wunderte sich. Von so etwas hatte er noch nie gehört. Das U-Eisen konnte ja noch ein bisschen warten und auf *diese* Überraschung war er doch sehr gespannt. Er klingelte ungeduldig an der Theke der Werkzeugausgabe: „Der Meister braucht noch eine Dose „Haumichblau". Hab zwar keine Ahnung was das sein soll, aber dafür seid ihr ja da! Also Beeilung, der Meister wartet!" Der lange Josef, Vorarbeiter in der Werkzeugausgabe, beugte sich vor, packte Fred am Latz seines Blaumanns und verpasste ihm eine gewaltige Ohrfeige. „Erledigt! Der Nächste!", hörte Fred noch im schallenden Gelächter aller Kollegen. Das hatte gesessen. Nach diesem Genuss einer Portion ‚Haumichblau' zog es Fred vor, krank zu werden. Diese psychische Verletzung war ihm heftig auf den Magen geschlagen. Nun hatte er schon wieder etwas, leider schmerzhaft, dazu gelernt. Das ging ja Schlag auf Schlag!

Nach vielen weiteren leidvollen und schmerzhaften Tagen in dieser Werkstatt quittierte er seine Lehre vorzeitig. Immerhin bracht ihm der schier endlos erscheinende Erwerb von Grundkenntnissen der Metallbearbeitung wie Schneiden, Biegen, Bohren, Fräsen, Hobeln und Schweißen enen riesigen Vorteil für sein späteres Leben. Von diesem Vorsprung konnte er später auch noch oft profitiert. Aber die körperliche und sozialpsychische Belastung verlangte ihren Tribut. Da Fred noch in keiner Weise belastbar war, bescherte ihm seine Empfindsamkeit einige Magengeschwüre. Meister Protzki war es sicher nicht unrecht und Freds Eltern schluckten dieses Fiasko ihres Sohnes ohne äußere Regung. Vermutlich fehle ihnen einfach eine Portion Empathie! Zu Freds Ertüchtigung sahen sie keinen Anlass. Ihr einziger Kommentar: „Nun kannst du ja Hilfsarbeiter werden!". Fred fühlte sich wieder einmal von allen grenzenlos enttäuscht. Und zu guter Letzt fragte er sich doch, worin der Sinn liegen mochte, dass Eltern sich *angeblich* sechzehn Jahre lang bemühen aus ihrem Sprössling einen akzeptablen Menschen werden zu lassen. Nur, um sich dann mit einem „Nichtsnutz" abzufinden?

Selbst ist der Mann, wenn er auch noch gar nichts kann!

Gar lustig ist...

...das Soldatenleben - singt mancher ganz unbedarft. Eine Verlockung, um zu erfahren, dass das so gar nicht stimmt. Wie bei Odysseus nur ernster, weil echt. Fred, nun volljährig, musste sich nun endlich entscheiden: Lernen oder Leben! Er überlegte in alle Richtungen, aber fand keinen akzeptablen Ausweg. Über kurz oder lang stand die Wehrpflicht an. Das geringste Übel schien ihm eine Flucht nach vorn zu sein. Militärdienst ableisten, dabei etwas lernen und sich dazu noch von aller irdischen Schwere zu befreien. Nichts kam diesem Wunsch näher als zu fliegen. Um schnell Pilot werden zu können, bei Fred musste alles schnell gehen (!) blieb ihm nichts anderes übrig, als sich auf ein zwölfjähriges Soldatenleben einzulassen. Außerdem wäre das, wie zwei Fliegen mit einer Klatsche zu erledigen: Von zu Hause weg, wo er sich sowieso nur ständig betrogen fühlte und endlich eine solide Ausbildung erhalten. 1959 verpflichtete er sich also für zwölf Jahre. Dafür war ihm eine vorzügliche Flugzeugführerausbildung versprochen worden. Das sollte für Fred das geeignete Sprungbrett zu einem Leben in Freiheit zu werden. Aber wie so oft schon im Leben - hatte er das ‚Kleingedruckte' nicht gelesen! Man sollte halt, wenn man sich so lange bindet, nicht alles glauben, was versprochen wird, sondern lieber den gewieften Vertrag genauer lesen!

Sein Einzug in die Grundausbildungskaserne in Fürsten-feldbruck versprach vordergründig alles andere, als ein Leben in Freiheit. Tatsächlich folgten drei Monate müh-seligen Schleifens eines rohen Steines. Das Endergebnis sollte wohl edel werden. Aber es reichte lediglich in paar Kanten zu brechen. Das einzig Edle war die Moral, mit der eine vorgetäuschte Kampftätigkeit ohne jeden Bezug zur Realität und ohne Kriegsnotwendigkeit inszeniert wurde. Ein normale, freiheitliches Leben schien nun ganz verloren. Einzig die Aussicht auf das Fliegen, ließ Fred Drill, Dreck und Druck überleben. Denn für das unvergess-liche Erlebnis des Fliegens, davon war Fred überzeugt, lohnte sich sogar der Verlust der persönlichen Freiheit. Auch wenn der Flugausbilder hinter einem - und sozusagen „im Nacken" saß. Oft war Fred sogar dankbar für die hautnahe, praktische Hilfe. Sie ließ ihn die ersten Fastabstürze überleben und wichtigen Erfahrungen sammeln, die man weder im Simulator noch durch ‚Probieren' lernen kann. Zumal bei der Bundeswehr 1960 die Möglichkeiten zu fliegen noch sehr begrenzt waren. Außer dem Leichtflugzeug Piper, dem Trainer Do27 und dem Opa unter den Transportflugzeugen, der Noratlas, standen nur ein paar alte, von den alliierten Engländern und Amerikanern ausrangierte Tiefdecker, Hubschrauber und einmotorige Düsenaufklärer zur Verfügung. Während der ersten fünfzig wichtigen Flugstunden in Kaufbeuren,

Fürstenfeldbruck und Manching, wurde der Gefreite Fred an die Universalität einer ‚Piper' gewöhnt. Das schönste Gefühl für das Abenteuer ‚Fliegen' vermittelte ihm aber der gelbe Tiefdecker *Harvard Mk IV*, der seiner Farbe wegen oft „*Zitronenbomber*" genannt wurde. Das war ein kanadischer, einmotoriger und ursprünglicher Einsitzer. Nun, für Ausbildungszwecke, umgebaut als Zweisitzer, mit *Pratt & Whitney 9 Zylinder Sternmotor*. Starke 550 PS verliehen diesem Tiefdecker volle Kunstflugtauglichkeit. Jetzt ein ideal taugliches Schulflugzeug, nur relativ langsam aber sehr übersichtlich. Eine Maschine mit gutmütigem Flug-verhalten. Fred genoss die Flüge mit der T6, entlang der idyllischen Allgäuer Alpentäler. Tiefflug war zwar nicht erlaubt, machte aber wie alles, was verboten war, riesigen Spaß! Vor allem um das Schloss Neuschwanstein herum!

Während der Ausbildung lernte Fred noch viele andere Standorte und deren Kasernen kennen. Begegnete vielen interessanten MenschInnen in der Kasernenumgebung. Ebenso wechselten die Flugzeuge vom *Düsenjet T33* bis zum ‚antiken' amerikanischen Fotoaufklärer RF84F. Die Tage waren neben der praktischen Ausbildung gefüllt mit Hirnschmalz verzehrender Theorie, Englischunterricht und Wetterkundelehrgängen. Freds ‚neue Freiheit' bestand fast nur noch aus Büffeln. Aber auch abendliche Abwechslungen waren, nicht nur bei den Kameraden, sehr willkommen. Zum Beispiel zum Schwof in Kaufbeuren. Unterhalb des Flugplatzes stand leider nur eine einfache Kneipe zu Verfügung. Natürlich überwiegend von Soldaten überschwemmt. Ein bisschen tanzen, ein bisschen flirten und anschließend, wie sich das für echte Kavaliere so gehört, die süßen Mädchen nach Hause schleifen. Da hatte so mancher dunkle Hausflur seine helle Freude. -

Bei der Marinefliegerstaffel, in Jagel bei Schleswig, fehlte Personal. Zunächst kam ihm die Kombination Flieger und Marine komisch vor, aber dieses Spezialgebiet des Militärs entwickelte sich damals schon zu einer Notwendigkeit. Es sollte seine interessanteste Zeit bei der Bundeswehr werden. Täglich Einsätze zum Aufklären, Retten und als Ölkontrollen über der Nordsee. Die Rettungsflüge erfolgten hauptsächlich mit Helikoptern. Ganz nebenbei lernte Fred noch ein wenig von Schleswig-Holstein kennen. Relativ viel dienstfreie Zeit ermöglichte ihm auch hier, sich hin und wieder unter die weibliche Bevölkerung zu mischen. Es war einfach unglaublich, wie viele einsame Hausfrauen damals rund um die Militärkasernen vom kurzen ‚Zusatzglück' träumten. Leider beendete die nächste Versetzung seine ungewöhnlichen Hilfsdienste.

Durch Fehler wird man klug, d'rum ist einer nicht genug!

Der Pressluftschuppen

Dank der wohlwollenden Unterstützung seines Dienstes hatte der Obergefreite Fred nun schon einiges vom Friesland genießen können. Zunächst ganz im Norden und jetzt, weiter im Süden und mittendrin. Pinneberg, im Dunstkreis des Hamburger Norden. Da denkt man doch spontan an die *Reeperbahn*! Das klang vielversprechend. Ob denn der Dienst für solche Besuche genügend Zeit ließ? Er ließ! Aber erst einmal war Dienstantritt in Pinneberg. Der mit einigen Kasernen gespickte kleine Flughafen war fast vollständig von Hochmoor umgeben. Die täglichen Schulstunden auf einer *PIPER* mit Durch-starten und Außenlandungen am Rande des Moores waren häufig und abwechslungsreich. Tatsächlich passierte es einige Male, dass eine Piper mitten im Moor hängen blieb. Für dieses Flugzeug reichte normalerweise fast jeder Parkplatz. Doch ohne festen Boden kamen auch die besten Piloten nicht mehr aus dem sumpfigen Gelände heraus! Wenn dann die Bergepanzer der dort stationierten Heeresabteilung aus-rückten, und das passierte oft, wurde es richtig spannend. Mit Schienen Behelfslandebahnen bauen, Flugzeuge aus unwegsamem Gelände bergen und noch weitere solcher Spezialaufgaben warteten täglich auf die Kollegen. Bergepanzer waren durch ihr enormes Gewicht nicht gerade für unwegsamen Sumpf konstruiert.

Daher wurden manchmal lange dicke Abschleppketten gebraucht. Die verbanden dann starke Pioniere mit starken Stahlseilen. Bei solchen Einsätzen war es oft lebensgefährlich daneben zu stehen. Einmal riss so ein Stahlseil, wirbelte wie eine Peitsche durch die Luft und halbierte einen Soldaten wie mit einem Samuraischwert. So ein Unfall ist immer schlimm mitzu-erleben. Aber beim Militär ist Menschlichkeit nicht gefragt., denn der Zweck „heiligt die Mittel". „Da fallen auch mal ‚Köpfe'", wie ein Minister sich mal so treffend ausdrückte. - Warum eigentlich meistens nur bei den Mannschaften? - Hauptsache das schrottreife Material wurde gerettet!

Der Dienst in Pinneberg war in Schichten eingeteilt. So ergab sich immer wieder ein kameradschaftliches Zusammensein auf der Stube oder unterwegs in der Umgebung. Fred begegnete immer wieder den urigsten Typen. Zum Beispiel der langhaarige Kalle aus Köln, im Zivilleben Textilvertreter, war ein besonders ‚extremes' Exemplar. Trinkfest und kontaktfreudig. So war mit Kalle jeder Freizeitausflug die Reise wert. Zum Beispiel war einer seiner zivilen ‚Kumpels' ein Fahrschulinhaber, der die Fahrstunden mit den Soldaten oft mit einem Bier begann und mit mehreren beendete. Anläßlich dieser trinkfesten Fahrgelage absolvierte Fred (der Antialkoholiker) seine äußerst kurze Fahrausbildung. Vierzehn Tage später, noch während der Prüfungsfahrt, erhielt Fred seinen neuen grauen „Lappen" für insgesamt dreißig Mark. Ausgerechnet Kalle, der seinem Führerschein schon öfter hatte nachtrauern müssen, bekam ebenfalls wieder einen Neuen. Er hätte in seinem zivilen Leben, als viver Textilvertreter, auch nicht ohne Führerschein arbeiten können. Trotzdem riskierte er ihn jeden Tag. Ihm gelang es sogar zu trinken, ohne zu schlucken. Dadurch gab es beim Bier oft Nachschubschwierigkeiten. Gemeinsam lernten sie auf diese Weise neue, meist hübsche Mädchen kennen. Kalle hatte - und um diesen Umstand beneidete ihn Fred sehr - die Gabe, mit seiner ‚Charisma' reife Mädchen zu becircen. Egal wo und wie, Kalle brachte immer für jeden seiner Kameraden eine Damen an den Tisch. Das war schon fast unheimlich. Kalle konnte alle Menschen regelrecht umgarnen. Das gelang ihm sogar in der nächsten „kritischen" Situation. Eines Nachts, als ihm, wegen Mangels an „Flüssigem" auf der Heimfahrt mit seinem ‚*Buckeltaunus*' der Sprit ausging, klingelte er morgens um zwei Uhr an einer Tankstelle. Den Inhaber war schon im Bett und entsprechend ungehalten. Kalle schaffte es, sparsam wie er war, nur fünf Liter zu tanken und diese dann auch noch geschenkt zu bekommen. (Vermutlich war der Tankstelleninhaber, ob Kalles Dreistigkeit viel zu wütend, um noch zur Kasse zu laufen!) An einem anderen Abend marschierte die, noch unerträglich nüchterne, Clique zum „Pressluftschuppen" nach Pinneberg. Eine kleine Kneipe, meistens mehr oder weniger ausschließ-lich von Bundeswehrsoldaten, besetzte Tanzbar. Die getankten Promille verhinderten oft das Tanzen. Das Wichtigste in dieser Spelunke war sowieso nicht das Tanzen, sondern das Tanken am riesigen Biertresen. Eines Abends, es ging schon auf zwei Promille zu, da wollte der Wirt kein Bier mehr an die, schon lange nicht mehr durstigen, Soldaten ausschenken. Kurzentschlossen pack-ten einige von ihnen, wie auf ein geheimes Kommando, den Biertresen, hoben ihn ein Stückchen an und drehten in um 45 Grad. Daraufhin hatte der Wirt ein Einsehen. Alle bekamen noch ein Freibier und schnell stand der Tresen wieder ordentlich am alten Platz!

Den Zapfenstreich zu verpassen hatte unweigerlich eine unangenehme Ausgangssperre zur Folge! An diesem Tag bestand wieder diese Gefahr! In zehn Minuten wurde die Kaserne geschlossen. Ebenso lange würde auch der Fußweg zur Unterkunft mindestens dauern. Da war guter Rat nicht nur teuer, sondern blitzschnell erforderlich! Fred und sein Kölner Kumpel verstanden sich ohne Worte. und schwangen sich auf eines der hinter der Kneipe weidenden Ponys Am nächsten Morgen grasten zum großem Appell, zwei braune Ponys (ohne Uniform) am Rande des Exerzierplatzes!

Irgendetwas ist besser als gar nichts!

Der Schneider von Halstenbek

Freds Zeit in Pinneberg neigte sich dem Ende zu. Ein paar verlockende Ausflüge ins nahe Hamburg waren für die Zeitsoldaten obligatorisch. Wer kennt nicht - wenigstens vom Namen her - *Fischmarkt*, den Hafen mit *Speicherstadt* und dem einzigartigen Elbtunnel sowie natürlich, unerlässlich für Soldaten, *St. Pauli* mit Reeperbahn und *Herbertstrasse*. Obwohl diese Sehenswürdigkeiten ziemlich weit auseinander liegen und auch nur abends wirklich interessant waren, lohnte es doch, sie einige Male zu besuchen.

Nachdem Fred supergünstig den Führerschein abgestaubt hatte, wusste er, auf die Schnelle, gar nicht wohin mit den eingesparten 550 Mark. Das könnte gerade so für einen weißen, wenig gebrauchten Opel Olympia, Baujahr 1951, reichen. Einen, der trotz seiner überlackierten Schrammen sicher schon bessere Tage gesehen hatte. Aber mit Auto konnte Fred seinen Aktionsradius wesentlich erweitern. Jetzt war auch das begehrte Café Keese endlich in seine Reichweite gerückt. Hier war es am Wichtigsten, von den liebenswerten Damen an den Telefonen auch gesehen zu werden. Fred warf sich dann üblicherweise mittels seines gelbes Pepitasakkos in ansprechende Schale. Damit fiel er sicher auf. Nun zahlte es sich auch aus, dass Fred früher, im Haus der Jugend, so fleißig tanzen geübt hatte! Wenn dann sein Telefon am Tisch klingelte, war die Chance auf das große Glück schon unterwegs. Rrrrrring... Diese Dame tanzte exzellent und war dazu noch sehr anschmiegsam. Das war schon die „halbe Miete". Da sich die Anzahl der Schönheiten allerdings in Grenzen hielt, durfte Fred mit gerade mal einundzwanzig, im „Vierziger-Pool" nicht so wählerisch sein! Aber egal, es gab schließlich noch Wichtigeres als die äußere Schönheit.

Anlässlich eines solchen Kaffeehausbesuches lernte Fred zufällig am Tisch einen herangewehten jungen Schneider aus Halstenbek kennen. Fred bewunderte, aus eigener leidvoller Erfahrung, dessen perfekte Bügelfalten. Es dauerte nur ein kurzes Gespräch und Detlev lud ihn zu sich nach Hause ein. Er stellte Fred seiner Mutter vor (die übrigens ausgezeichnet kochte!) und zeigte ihm dann später seine diversen Bügeltricks. z.B. Die Hosenbeine anfeuchten, normal bügeln und danach die Falte mit einem Bügelholz feste pressen. Als sehr spannend erwies sich auch die Begegnung mit Detlevs älterer Cousine. Die war zwar schon vergeben - so wie, leider, fast alle begehrenswerten Frauen - aber sofort in Fred verliebt. So fühlte es sich jedenfalls für ihn, der nie *Nein* sagen wollte, an. Sie wohne in einer praktisch und schön eingerichteten Souterrainwohnung. Fred war froh, dass sie gleich um eine Verabredung zum nächsten Wochenende bat. Fred platzte

schier vor lauter Vorfreude auf Detlevs ‚Familienanschluss'
und war natürlich, wie immer, sehr pünktlich. Sogar mit
(dieses Mal gekauften) Blumen. Wie sich dann heraus-
stellte, hätte es dieses Mal dieser gar nicht bedurft, aber
gute Gewohnheiten sollte man pflegen! Sie legte einen
Schmuseblues auf und lud Fred zum Tanzen ein. Nach
ausgiebigem Anschmiegen endete die Schmuserei in einer
kleinen, schummrigen Bar. Nach dem variablen Vorspiel
begleitete Fred seine neue Flamme wieder nach Hause. Da
sie Fred erfolgreich entzündet hatte brannte er inzwischen
lichterloh. Noch ein Schlummertrunk gefällig? In den halb
vollen Gläser, auf dem Tisch zurückgelassen, vertrocknete
der Rest des Sherry. Da schon bald der Dienst rief und die
Nachbarn nichts merken sollten, kletterte Fred, um fünf
Uhr morgens, durchs Fenster in den Garten. Bloß gut, dass
die Wohnung im Souterrain lag. Sein Facit: es war wieder
einmal eine unvergessliche Nacht gewesen. Fast noch
schöner als fliegen. Detlev intensivierte zunehmend sein
Interesse an Fred. Da kam ihm seine erneute Abordnung
zum Richthofengeschwader in Jever gerade recht. Ziemlich
genau zweihundert Kilometer Abstand.

Es war gutes Bier, aber der Zapfen war ab!

Upjever

Bei der Marineflieger Kameradschaft in Jagel bei Schleswig wäre Fred schon gerne länger geblieben. Aber im Rahmen seiner Ausbildung sollte er noch das gerade im Aufbau befindliche *Richthofen-Geschwader* besser kennen lernen. Vermutlich wurde da noch Personal gebraucht! Freds Hoffnung war: Jetzt, nach ungefähr einem gemütlichen Jahr, endlich richtig scharfe Flugeinsätze. In Upjever wartete auf Fred eine deutlich schwierigere und ernstere Starfighterschulung. Bislang war ja noch keiner dieser Vögel vom Himmel gefallen. Tatsache war nur, so wie seine zukünftigen „Kollegen" unkten, dass die amerikanischen Maschinen, im weitgehend ausgelasteten deutschen Luftraum, wegen der kurzen Manöver, wohl ziemlich heikel zu fliegen waren.

Doch auch hier stand erst einmal wieder Flugausbildung im Schichtdienst auf dem Dienstplan. Durch diese „Rundum-die-Uhr"-Einsätze forderte die viele Zusatzfreizeit auch eine kluge Planung. Außerdem fand es Fred sehr praktisch, in seiner, durch die neue Dienstart zusätzlich entstandenen ‚Zwangspausen', draußen, außerhalb der Kaserne, noch den kargen Sold aufzubessern. Hier begegnete er das erste Mal nicht nur einem echt schönen

Flugzeug, dem Starfighter, sondern auch einer bild-
schönen und neugierigen Friesenblondine...

So richtig fett zum kargen Militärsold dazuverdienen,
verlockte. Mit den einhundertundzehn Mark vom Bund
gelangen selbst - bei damals noch kleinen Wünschen -
keine großen Sprünge. Also, an den freien Tagen bei Radio
Gerdes in Jever anheuern. Das lag in der Nähe und Fred
genoß es außer seinem Element Elektrotechnik auch in
die immer wichtiger werdende Elektronik hinein zu
schnuppern. Das Schwarz-Weiß-Fernsehen verbreitete
sich gerade rapide und dafür wurden auch jede Menge
Antennen gebraucht. Also arbeitete Fred erst einmal als
Fernsehantennenbauer. Die „Chefin" namens Hannelore
hatte sich in den feschen Soldaten verguckt. Gerne zeigte
sie Fred, nach der Arbeit, noch die exklusiven Schönheiten
Jever's und seiner Umgebung, ohne die Eigenen zu
vergessen. Anläßlich solcher Ausflüge machte Fred auch
die Bekanntschaft störender Käfer im Moos des Friesen-
waldes. Einige Tage später überraschte ihn sogar ein
weißer ‚Käfer' mit einem Ehemann, der in erheblicher
Rage, seine Frau suchte. Die Verfolgungsjagd ging, für den
‚Gehörnten' leider viel zu spät, über romantische Wander-
wege durch den Wald. Fred in seinem altersschwachen
Weltkugel-Ford hatte liebe Mühe, den VW-Käfer des
Ehemannes auf den steinigen Wegen rund um den
Fliegerhorst, zu entkommen. Da er aber, durch die

militärischen Ausmärsche, die Umgebung besser kannte, gelang es ihm leicht, den Ehemann seiner *Palomina* abzuhängen. Im Sperrgebiet war die wilde Jagd schnell zu Ende. Der ‚Romeo' war froh, als er seine Geliebte am Tor zur Außenwelt absetzen konnte. Für Hannelore kein Gang nach Canossa, sondern direkt in die Arme ihres wütenden Ehemannes. Natürlich entließ der Fred mit sofortiger Wirkung. Aber dieser Verlust traf Fred, der schon auf seine neue Abordnung wartete nicht wirklich.

Regelmäßig fanden Notfallübungen statt. Dazu übte Fred mit vielen anderen zusammen in einer *NORATLAS*: „Notfallmäßiges Aussteigen mit dem Fallschirm". Beim letzten Sprung landete er ziemlich unsanft. Fußknöchel und Knie geprellt und verstaucht. Dieses Mal stellte der Flugarzt bei Fred zu schwache Fußgelenke fest. Das war ein lästiges Überbleibsel der Rachitis, die er während seiner ersten drei Lebensjahre erleiden musste. Die unweigerliche Konsequenz daraus: kein Fallschirm-übungssprung mehr. Da diese für das fliegende Personal aber obligatorisch waren, hieß das ebenso: Schluss mit dem Fliegen! Kurz darauf musste Unteroffizier Fred, wegen Fluguntauglichkeit, das Starfightergeschwader wieder verlassen.....

Wie gewonen, so zerronnen!

Winter im Friesland

Was nun? Sein Ziel zu fliegen, war für Fred nun endgültig verfehlt! Diese Landung führte ihn direkt, in akzeptabler Anbindung zum Lebensraum Flugplatz, zur Flugsicherung. Aber das erforderte schon wieder eine neue Ausbildung. In Folge natürlich auch wieder eine erneute Versetzung.

Fred genoss die restliche Zeit bis zur Abordnung. Den alten Ford hatte er inzwischen. nach mageren dreihundert Kilometern, wegen Motorschadens ausgemustert. Es folgte die Entsorgung auf friesische Art: Einfach ohne Nummernschilder über'n Deich. Irgendwann würde das gierige Meer die Reste schon holen. Heute würde da jeder zuckend die Hände über dem Kopf zusammenschlagen! Als nächstes Risiko erstand Fred einen winzigen, gebrauchten, aber sehr schnuckeligen *Fiat-Topolino*. Der sollte ihn zu neuen Abenteuern tragen. Da er nun nicht weiter zum Dienst eingeteilt wurde, hatte er genügend Zeit, neugierig die Küstenumgebung zu erkunden. Die ganze Gegend von Wittmund über Neuharlingersiel bis Carolinensiel war superflach und eher zum Urlauben geeignet. Sommer, Sonne und Meer, da ist das Träumen nicht schwer. Leider war es Winter und bitterkalt. Um etwas zusätzliche Wärme zu tanken, hatte sich Fred verabredet. Eine dunkelhaarige, kuschelig aussehende und viel versprechende Schönheit, die, so glaubte er, ihr erstes Abenteuer erleben wollte. Und das wurde es auch! Auf dem Weg zu einer Tanzbar begann es wie wild zu schneien. Die Scheibenwischer an Freds *Topolino* kämpften tapfer mit den unaufhörlich tanzenden Flocken. Fred nahm einer „Abkürzung". Eine winzige landwirtschaftlichen Nebenstraße, die sich durch ein kleines Kieferwäldchen wand. Fred hielt kurz an um den müden Scheibenwischer zu unterstützen und den kleinen Fiat vom Schnee zu befreien. Dieses Ambiente, mit dem vom Glitzerschnee bedeckten „*Mäuschen*" wirkte so romantisch, dass sich, fast wie von Zauberhand dirigiert, sch jetzt ihre Lippen fanden. Was folgte war fast heiß genug, um den Schnee auf dem Autodach zu schmelzen, aber nicht das Eis darunter. Die Zeit flog nur so dahin. Als die beiden sich nach vielen unvergesslichen Momenten endlich wieder entschlossen, doch noch zum Tanzen zu fahren, startete Fred den *Topolino*. Der Motor lief, das Auto aber blieb stehen, sobald Fred losfahren wollte. Es ließ sich weder vorwärts noch rückwärts bewegen. Das italienische „Mäuschen" war ganz einfach mit den Rädern festgefroren. Jetzt, kurz nach neun, war guter Rat besonders teuer. Wo sollte auf diesem einsamen Waldweg Hilfe herkommen? Handys gab es noch keine. Aber Füße. Fred stapfte los. Nicht allzu weit entfernt entdeckte er Lichter. Ein Bauernhof. Wo Lichter sind, dachte Fred, da ist auch ein Bauer und wo ein Bauer ist, gibt es bestimmt auch ein Traktor,. Einen Versuch war es wert. Seine

Liebste, so allein gelassen, fror schließlich in der Kuschelbüchse. Fred drückte zaghaft auf den Klingelknopf. rrrrrrring klang es unheimlich laut in der Stille der langsam hernieder-schwebenden Schneeflocken. Der Lärm der Glocke in der Stille erschreckte Fred so sehr, dass er sich nicht mehr traute, noch einmal zu klingeln. Dieser nächtliche Lärm musste Tote wecken. Er wollte schon aufgeben, da raschelte es im Flur. Die Tür öffnete sich und wie ein Geist erschien ein ziemlich zerzauster alter Mann. „Moin, moin!" brummte der etwas ungehalten. Fred kam das mitten in der Nacht komisch vor. Aber in dieser Gegend war das so üblich. Fred jammerte, so gut er konnte: „Bitte, bitte, helfen Sie mir. Ich bin dahinten im Wäldchen auf dem Weg festgefroren. Das heißt, mein Auto sitzt bombenfest und meine Frau erfriert! Haben Sie einen Traktor?" „„Türlich hev ick 'n Trecker! But kiek mol op de Klock!" „Ja, ich weiß, ich bitte auch um Entschuldigung. Aber meine Frau friert. Können Sie mich nicht mit dem Traktor ein Stück weit aus dem Wald ziehen?" „Nu, denn", war die wortkarge Antwort. Die Tür schloss sich und die dicken Schneeflocken purzelten kopfüber vom Himmel und verbreiteten in der nächtlichen Stille eine fast vorweihnachtliche Stimmung. Etwas bedröppelt stand Fred nun da und überlegt: „Was tun?". Sonst gab es ja kaum eine Möglichkeit der Hilfe. Dann musste er eben bis zum nächsten Ort laufen. Er wendete sich um und stieg die Stufen zum Eingangs hinab. Fred machte sich, schon leicht angefressen, auf dem Rückweg, öffnete sich das große Scheunentor und ein uralter Lanz tuckerte langsam heraus. Erleichtert sprang Fred auf und zeigte dem wortkargen Bauern den Weg. Mit wenigen Handgriffen und mit Hilfe eines Kuhstricks um die Vorderachse, bekam der Topolino eine neue Antriebsquelle. Ein kurzer Ruck und das alte „Mäuschen" wurde vom, noch wesentlich älteren, Traktor aus dem Wald gezogen. Samt Eis an den Rädern. Die fingen erst auf der Teerstraße entsprechenden Grip zu zeigen und sich wieder zu drehen. Bei der Gelegenheit legte Fred gleich den zweiten Gang ein. Der Motor blubberte ein paar Mal, aber dann startete aer doch. Fred ließ ihn ein paar Mal hochdrehen, dann hupte er kurz. Der Bauer hielt an. Fred spurtete nach vorn um das Seil zu lösen und sich zu bedanken. Doch der Bauer hatte seinen Traktor schon befreit und fuhr gerade wieder los. Fred blieb nur noch, hinterher zu winken. Aber das ging wohl im Schneetreiben unter. Den Schnupfen, als vergängliche Folge, hatte Fred bald überstanden Sonst hatte das Abenteuer keine weiteren Folgen. Das alles funktionierte trotz seiner zu schwachen Fußgelenke.

Trotz neuer und teils aufregender Jobs, fand Fred nun auch wieder genug Zeit, das letzte Semester an der Bundeswehrfachhochschule zu beenden. Das war seine Chance auf so eine Art „Ersatz-Abitur". Kurz bevor er den, nun auf vier Jahre verkürzten Wehrdienst quittierte, schaffte er auch noch eine Prüfung zur erweiterten Fachhochschulreife. Nun konnte kommen, was wollte, er war auch für eine unberechenbare Zukunft „gewappnet".

Ganz allein macht niemand glücklich!

Hoch über Wuppertal

Eindeutige Geräusche drangen durch das Herzloch in der Brettertür. Chiefy, der englische Lieutenant und Chef einer umfangreichen Radar- und Überwachungsstation, hielt seine Sitzung. Also musste es kurz nach acht Uhr sein! Denn pünktlich um acht Uhr besuchte Chiefy Turner seinen Thron um daselbst in aller Ruhe seine ‚Daily News' zu lesen. In dem winzigen Holzhäuschen auf der Kuppe eines Berges, umrahmt von allerlei Spionagetechnik. Ungetarnt, wie auf einer Alm in den Allgäuer Bergen. Der Berg war der Buchholz und der bewachte Wuppertal. Nach exakt zehn Minuten kam er dann, seine Zeitung unter den Arm geklemmt, heraus, um seinen Dienst fortzusetzen. Nach Chiefy konnte man jeden Tag die Uhr stellen. Er repräsentierte mit unglaublicher Akkuratesse sein weit entferntes englisches Königreich. Die englische Militär-Radar- und Peilstation lag gut verborgen, aber idyllisch auf einem der vielen Hügelrücken hoch über der Wupper. Und tief unten im Tal schlängelte sie sich noch, gesäumt von endlosen Strassen, entlang üppiger Wälder rundherum. Eine Zeitlang wurde sie sogar, entlang ihres silbernen Bandes, von der Schlange der Schwebebahn begleitet

Unteroffizier Fred hatte seinen aktiven Flugdienst - mehr oder weniger unfreiwillig - mit einem anstrengenden Job in der Flugsicherung getauscht. Nun schob er vorübergehend einen ausgesprochen angenehmen Dienst bei der Funk- und Flugüberwachung der englischen Airforce. Als ehemaliger Flugzeugführer war ja die Ausbildung in der englischen Sprache obligatorisch und nun konnte er gut anwenden, was ihm bei den Englisch-Lehrgängen von den Lehrern beigebracht worden war. Außerdem waren seine ausgezeichneten Kenntnisse in Funk-und Flugverkehr massgeblich für seine ungewöhnliche und zeitweilige Abordnung zur englischen Airforce. (Vielleicht wollte man den unbequemen Soldaten Fred auch ganz einfach loswerden!)

Hier oben, rundum von Wald umgeben, trieben sich naturgemäß auch die verschiedensten Vögel herum. Einige dieser vielen Vögel störten, durch ihr Geflatter um die Peilantennen, massiv die verschiedenen Peilvorgänge. Es sah aber auch lustig aus, wenn man den Raben, die sich sogar auf den sich drehenden Radarschüsseln niederließen, beim Karussellfahren zuschaute. Da sich Freds Dienst im Übrigen nicht besonders aufregend gestaltete, bastelte er ein Hinweisschild, das er an einer lange Stange anschraubte: „Military Birds only!" Diese Stange schraubte er dann an Seitenwand und Dach des Klohäuschens fest. Offensichtlich beeindruckte das Schild die neugierigen Vögel aber herzlich wenig. Womöglich verstanden das Wuppertaler Federvieh gar kein Englisch!

Die geruhsamen „RundumdieUhr"- Schichten erreichten ihre Höhepunkte besonders am Abend. Für einen Barbesuch war es nicht nötig Englisch zu können. Die schlauen Mädchen in der Balibar sprachen sogar fleßend französisch- aber auch die in der Hawaii-Bar - verstanden die Soldaten auch ohne Worte. Selbst Chiefy, der immer den exakten Gentleman spielte, vergaß hier ausnahmsweise seine Frau in der fernen Heimat. Aber selbst beim Barbesuch vergaß er nie Zeitung und Swaggerstick. Wenn später alle seine braven Soldaten mit den LandRovern abgeholt wurden, übernahm er dann auch wieder das Kommando. Dann konnte die nachfolgende Rallye durch den dunklen menschenleeren Wuppertaler Wald auch zum Horrortrip werden. Selten gab es so viel britischen Spaß! Da wurde keiner der unfallträchtigen Ab-und Umwegen ausgelassen. Natürlich bügelte Chiefy am nächsten Tag dann alles wieder aus. Darauf konnte sich seine britische Truppe verlassen! Auf das Idealbild eines *Chieflieutenant konnte man vertrauen*!

Fred wäre gerne noch länger bei dieser lustigen Truppe geblieben. Leider brauchte man im militärischen Bereich des „Hannover-Tower" wegen der Zonengrenze (ADIZ) weiteres Controllerpersonal. Fred folgte also folgsam dem Ruf zum Flughafen Hannover.

Ein rollender Stein setzt kein Moos an!

Abdankung

Seine auf vier Jahre nachbefristete Dienstzeit neigte sich langsam dem Ende zu. Fred wurde zum „A"-Controller am *Hannover-Tower* befördert. Dieser Dienst war interessant, aber kolossal zermürbend. Im Dreitageturnus jeweils vier Stunden Dienst, unterbrochen von zwei Stunden Pause. Dann zwei Tage am Stück frei. Fred hauste, als Sondersoldat, immer noch in seiner alten, nüchternen Bundeswehrkaserne in Hannover, Ortsteil Flughafen Langenhagen. Das einzig praktische daran war, dass er seinen Arbeitsplatz bequem zu Fuß erreichen konnte. Dennoch erwies sich dieser Dienstablauf, im Ganzen, als sehr stressig. Im Laufe der Zeit forderte dieser „Dienst am Volke" seinen Tribut. Fred wurde immer nervöser und gewöhnte sich ans Rauchen. Alle Kollegen rauchten. Da gab es gar keine Alternative! Außerdem war der Nikotin ein beliebtes Mittel gegen Hunger und Dauerstress! Und billig dazu. Bei den Tommys die diesen (eigentlich) Militärdienst organisierten kostete eine große Packung ,Senior Service' nur zwölf Cent. Das entsprach etwa sechs Pfennigen. Das war auf jeden Fall billiger, als regelmäßig Essen zu kaufen!

Diese Lebensweise hinterließ natürlich ihre Spuren. Fred versuchte, sich mit Sport und Spiel abzulenken und seinem Körper Gutes zu tun. Gelegenheiten dazu fand er , durch ein zufälliges Treffen, mit dem Familiensportverein Hannover. Der betrieb auf seinem großes Grundstück in Hann.-Misburg einen beliebten Sportplatz. Vermietete aber auch über das Wochenende kleine Ferienhäuschen. So eine Art kleine Campingplätze rund um den Sonnensee. Der einzige Nachteil war, dass der Familiensportbund eigentlich ein Mitgliedsgebundener FKK-Sportverein war. Das Nacktsein war obligatorisch und wurde auch gepflegt. Fred wurde, der Einfachheit halber, Mitglied und begegnete eines Tages einer schönen Julia. Dass sie gerade alleine war, kam Fred, obwohl er kein *Romeo* war, gerade recht. Fred fragte nicht lange, verließ seine Kaserne und schlief weiterhin bei ihr. Schon war seine anstrengende Flugsicherungsarbeit viel leichter zu ertragen.

Bald darauf ging Freds reguläre Dienstzeit zu Ende. Er sollte eigentlich in seinen „ Heimatort" (nach Heidelberg) entlassen werden, aber, da er in Hannover lebte und arbeitete wurde er, auf eigenen Wunsch, daselbst dem Leben ohne Vorschriften ausgehändigt. Jetzt kurz vor seinem zweiundzwanzigsten Geburtstag wollte er auf keinen Fall seinen Eltern begegnen, ohne etwas Besonderes vorweisen zu können. Eigentlich wollte er sich vor dieser Begegnung, zunächst einen Ingenieur- oder Doktorgrad zulegen. Weil so ein Titel das Einzige gewesen wäre, das zumindest seine Mutter beeindruckt hätte. Leider verhinderten widrige Umstände alle seine Pläne. Und um einen zu kaufen fehlte ihm das Kleingeld! Also fügte er sich erst einmal. Seiner derzeitige Freundin Julia hatte sich ja seiner angenommen. Leider hauste sie ihrerseits aber noch in einem winzigen Einzimmer-Appartement. So fühlte sich Fred vorübergehend etwas beengt, aber wenigstens aufgeräumt. Hautnah aufeinander zu leben war für den freiheitsliebenden Fred nur sehr schwer zu ertragen. Trotz vieler (fauler) Kompromisse, war da gelegentlicher Streit schon vorprogrammiert. Schon aufgrund seiner „persönlichen Erfahrungen" tendierte er eher zum Streitschlichter. Dann schon lieber das Verlassen in Kauf nehmen. In solchen Momenten dachte er oft an seine erste große Liebe in Heidelberg: Monika. Sie war seine Rock-n-Roll-Tanzpartnerin im Haus der Jugend und im *CAVE* in der Rohrbacherstrasse. Bald hatte sie sich, als sechzehnjährige, von einem über vierzigjährigen Galan blenden lassen. Dessen Geschenke und Mercedes zogen halt mehr, als Freds Schulbubenliebe! Wahrscheinlich war er oft sogar selbst Schuld an diesem Verlassenheitsgefühl. Er provozierte gerne, um seine „Grenzen" zu testen. Wenn seine Partnerinnen dann aufgaben, wusste er zwar, wo seine Grenzen waren, aber er verlor auch die, die ihn vielleicht sogar wirklich geliebt hatten. Was für ein schmerzendes Verhängnis! Fred sann dann oft nach einem Ausweg zu seinen Gunsten.

Das, vermeintlich leichter lösbare, Problem: studieren. Die Voraussetzungen dafür, so erkannte er messerscharf, waren im Augenblick einfach nicht zu realisieren. Aber um in Zukunft genug zum Leben zu verdienen, war wohl echte Arbeit seine einzige Alternative. Nun hatte Fred zwar seine Pilotenträume schon begraben müssen, war aber doch der Luftfahrttechnik immer noch ideell verbunden. Deshalb bewarb er sich bei der Lufthansa. Immerhin besaß er die erweiterte Fachhochschulreife und eine solide Flugzeugführerausbildung. War inzwischen auch Fernmelder geworden und glänzte mit seinen englischen Sprachkenntnissen. Dazu resümierte er die diversen Abschlüsse in Wetterkunde, Funkelektronik und Flugsicherung. Seinen (quasi gewonnenen) Führerschein und den uralten Ford 17M erwähnte er wohl besser nicht. Aber alles andere wäre, nach seiner Sicht, ein Plus für die Lufthansa gewesen. Die aber setzte völlig andere Maßstäbe: Ohne Abitur leider keine Chance! So beschloss Fred das Abitur auf ein wenig später zu verschieben und zunächst in der Elektronikbranche Geld zu verdienen. Wie sonst hätte er seine persönlich vordringlichsten Wünsche - Vorbereitung auf einen Abiturabschluss mit anschließendem Studium und eine Frau für's Leben - verwirklichen sollen?

Trenne nie den Ast auf dem du sitzt!

Der Sonnensee

Anlässlich eines Familienbesuches in der Nähe von Garbsen stellte Julia Fred offiziell ihrer einzigen Schwester vor. Er erinnerte sich, sie zuvor schon einmal gesehen zu haben. Schon damals hatte Jutta, rassig, schwarzhaarig mit begehrenswerter Figur, bei Fred einen bleibenden Eindruck hinterlassen. Auch sie war damals schon von dem schnuckeligen Fred begeistert. Es funkte und schon brannte das noch jugendliche Feuer. Ein Geschenk des Himmels, das Fred, ohne einen Finger krumm zu machen, einfach in seinen Schoß fiel. Sie verdiente als Fleischverkäuferin in der Schlachterei ihrer Eltern nicht schlecht. Leider war sie, trotz zierlicher Figur, ziemlich kräftig und liebte das Catchen. In Gedanken kalkulierte Fred vorsichtshalber, dass er den Respekt von seiner Seite wohl ein wenig erweitern musste. Dafür kochte sie sehr gut und deftig. Und da die ‚Liebe durch den Magen geht', wäre mit viel köstlichem Sauerbraten, den Fred abgöttisch liebte, alles wieder in Butter gewesen. Hinter vorgehaltener Hand bot sie ihm an, wenn er je einen Unterschlupf suche, gewähre sie ihm gerne Hilfe - Aber alleine, ohne Schwester! Hallo, was war das denn? Fred war irritiert. Er konnte oder wollte nicht nein sagen. Und ja sagen schickte sich nicht, solange er mit Julia schlief. Solche Angebote bekommt man im Leben nicht oft! Eher im Film. Aber da Fred eher kein Kinogänger war, war ihm dieses Spiel noch unbekannt? Fred war in solchen Dingen noch immer ziemlich brav und wusste daher nicht recht, wie er sich verhalten sollte. Er wartete, bis die Frucht reif war... Er hatte zwar als Soldat inzwischen schon einige Erlebnisse überstanden, aber solchen Ränkespielen war er noch nicht gewachsen. Solange kuschelte Fred noch mit Julia. Klammheimlich suchte er aber schon einmal, mit Schmetterlingen im Bauch, heimlich eine andere Wohnung. D i e Gelegenheit würde schon noch kommen!

Eines abends kuschelte sich Fred ziemlich müde an Julia. Bald schlief er und träumte, in einer mit Blut gefüllten Badewanne zu plantschen. Jemand rief ihn. Er wachte halb auf und begann in die Dunkelheit zu lauschen. Das Bett fühlte sich warm und feucht an. Schlagartig wurde er ganz wach, schaltete die Nachttischlampe ein und erschrak fast zu Tode. Überall Blut. Julia lag mit blassem Gesicht, eingerahmt von ihren blonden Locken, und rührte sich nicht mehr. Spontan dachte Fred an einen Todesengel. Noch bevor ihn der Schreck lähmte, sprang er aus dem Bett, warf sich einen Bademantel über und wickelte Julia in eine große Decke. Hier konnte sie schließlich nicht liegen bleiben. Er schleifte sie, schmächtig wie er war, mühselig zum Auto. Wie auf dem Weg zur Hölle raste Fred zur Notaufnahme des nächsten Krankenhauses. Es war noch die Zeit bevor die Hähne krähen. Die Notaufnahme glich plötzlich einem zu kleinen Hühnerhaus. Die Schwestern gackerten, wie große weiße Vögel auf einer Wiese, wild durcheinander. Jetzt erst realisierte Fred, dass auch er selbst über und über mir Blut besudelt war. Ein Arzt erklärte hastig die Ursache für das viele Blut - vermutlich eine Fehlgeburt. Eine resolute Schwester packte Fred und schleifte den Blutverschmierten ins Stationsbad. Mit neuer weißer Hose und einem viel zu weiten weißen Kittel darüber, wartete er dann auf dem Flur auf seine geplagte Freundin. Ein Arzt nahm ihn dann als vermeintlichen Kollegen mit ins Arztzimmer auf eine Tasse Kaffee. Fred kam allmählich wieder ganz zu sich. Die Diagnose ‚Fehlgeburt' traf ihn, der noch an die wahre Liebe glaubte, mitten in die leere Magengrube. Ein gemeinsames Kind wäre doch, natürlich ohne an die Folgen zu denken, schön gewesen. Aber ausgerechnet er, vor lauter Angst vor den Folgen einer Geburt, ein Meister des Coitus interruptus, sollte die Ursache dafür gewesen sein? Äußerst unwahrscheinlich! War er betrogen worden? Egal, das spielte jetzt keine Rolle mehr. So schrecklich das Ganze war, irgendwie schien Fred darauf gewartet zu haben. Da war wohl sein Wunsch Vater der neuen Situation geworden! Ein Leben, in dem man zwar frei entscheiden durfte, das aber auch musste, überforderte ihn noch ein wenig. Die von ihm so sehr gewünschte

Entscheidung, war jetzt sehr viel leichter geworden. Ab diesem Augenblick dachte er nur noch an Julias Schwester. Jutta. Ihr ‚Angebot' war jetzt förmlich greifbar geworden. Er überlegte angestrengt. Wäre er schon mit Jutta zusammen, dann könnte er, so quasi als ‚Familie', auch die neue Wohnung, die er sich ausgesucht hatte, leichter mieten. Damit wäre auch ein neues Zuhause garantiert. Sogleich rief er Jutta an. Sie war mit einer gemeinsamen Zukunft einverstanden. Flugs zog sie aus der Schlachterei aus. Gemeinsam mieteten sie die schöne Dreizimmerwohnung in Garbsen, die er vorher schon ausgesucht hatte. Von dem einstöckigen, nagelneuen, hölzernen Fertighaus war es nicht weit bis zum Blauen See. Alles fügte sich ideal zusammen und Julia war ohne richtigen Abschied, beleidigt, von der Bildfläche verschwunden.

Sie zogen sogleich ein. Jetzt musste sich Fred nur noch schleunigst nach Arbeit umsehen. Eigentlich wollte er ja studieren. Aber das nächste Semester an der Ingenieurakademie, das in Frage gekommen wäre, startete erst im September. Noch drei lange Monate mussten überbrückt werden. Diese Zeit wollte Fred aber gerne ohne den Makel der Arbeitslosigkeit überbrücken. Er entdeckte er in der Zeitung ein kleines Inserat: „Freier Kraftfahrer mit Führerschein Klasse III für sofort gesucht." Das wäre zur Überbrückung ganz nach seinem Geschmack. Gegen Bezahlung in einem schönen Auto spazieren zu fahren.

Also los! Nach bewährtem Muster Blumen besorgen, der Sekretärin - einer Frau, die manipulierbar war - die Blumen in die Hand drücken und spontan erklären: „Der neue Kraftfahrer ist da!" Es klappte auf Anhieb. Fortan düste Fred durch Hannovers Innenstadt - leider nicht so wie er es sich ausgemalt hatte: Mit einem blitzenden Mercedes am Straßenrand nach schönen Mädchen Ausschau halten? Nein - er musste einen Siebeneinhalbtonner steuern, dessen unsynrchronisiertes Getriebe, des öfteren geräuschvolle Liebesgrüße schickte. Mit diesem ‚Traumwagen' richtig fahren zu lernen und daneben auch noch Elektrogeräte flott auszuliefern war Schwerstarbeit! Wieder einmal hatte Freds hastiger Schnellschuss nicht das erträumte Ergebnis erbracht. Aber wieder einmal hieß es: sich durchbeißen. Der Sommer zog sich fast endlos.

Jutta verwöhnte ihn liebevoll. Als Fleischverkaufsfachkraft war sie gleich um die Ecke einen guten Job bekommen. Da fiel schon immer wieder einiges ab! Jeden Tag gab es Freds Lieblingsessen: Braten. Und sonntags zur Abwechslung Essen beim Italiener. Es fühlte sich paradiesisch an, aber wie immer, wenn sich vermeintlich die Tür zum Paradies geöffnet hat, schlug das Schicksal eine weitere Kerbe in Freds Seelenholz. Hochsommer. Jutta und Fred gingen gern schwimmen zum nahen *Blauen See.* Fred, ein bisschen erkältet vom Fahren mit offenem Fenster, fröstelte. Auf der Luftmatratze im Wasser treibend, ließ er sich von der Sonne braten. Sein Rücken, vom lauen Wasser sanft gestreichelt, kühlte immer weiter aus. Fred merkte noch nichts. Im Gegenteil: Die pralle Sonne wärmte ihn wie mit einem Heizkissen. Erst später, als er zu husten begann, bemerkte er das heiße Fieber. Es stieg rasch. Die Ärzte in der Notaufnahme diagnostizierten eine (völlig unnötige) doppelseitige Lungenentzündung. Da erschien Fred im Fiebertraum sein Bruder, der vier Wochen vor seiner Geburt an der gleichen Krankheit gestorben war, dann wurde er ganz bewusstlos. Das war das zweite Mal, dass er zwischen den Welten schwebte und doch wieder zurück musste. Nach einer kritischen Woche Intensivversorgung im Krankenhaus begann er wieder zurück ins Leben zu paddeln. Diesmal ohne Luftmatratze.

Kaum genesen, bewarb er sich - endlich erfolgreich - bei Telefunken in Hann.-Laatzen. Die vage Hoffnung auf einen Beruf im Bereich Elektrotechnik ließ ihn immer noch nicht los. Er fand sogleich einen freien Arbeitsplatz in der Reparaturabteilung für Elektroakustik und begann voller Hoffnung zunächst mit Minifonreparaturen. Das waren Diktiergeräte, bei denen ein, auf einer Spule aufgewickelter Draht magnetisiert wurde. Solche finde man heute nur noch im Museum. Weitere Arbeitsplätze folgten in bunter Reihenfolge: Radios, Tonbandgeräte und die ersten Farbfernsehgeräte. Also die ganze Palette der Unterhaltungselektronik. Die meisten Fernseher waren noch in Schwarz/Weiß-Technik, aber bei Telefunken erschienen bald schon die ersten Röhrengeräte für Fernsehen in Farbe. Diese Tätigkeit fühlte sich für Fred wie bezahlte Weiterbildung an. Jutta staunte nicht schlecht und freute sich mit Fred über jedes seiner Erfolgserlebnisse. Allmählich ging es wieder aufwärts. Juttas Schwester Julia wechselte kurzerhand den Freund aus und ließ sich nie mehr blicken.

Ihre Wochenenden verbrachten sie nun immer häufiger beim Familiensportbund am Sonnensee. Ein Freidenker-Sportverein zum Wohlfühlen. Nach der Zuteilung einer kleinen Stellfläche mit Bretterpodest, ganz nah am Wasser, errichteten sie ein ‚Drei-Mann-Zelt'. Dafür ließen die schattenspendenden Kiefern darüber, ab und zu ein paar Nadeln rieseln. Besonders praktisch war, dass die Stoffvilla übers Wochenende stehen bleiben durfte. Das abgeschlossene Gelände war nur für Mitglieder mit Ausweis zugänglich. Fred genoss die neue Freiheit exzessiv und mit allen Facetten. Bezüglich der Vorgänge innerhalb des FKK Vereins war Fred noch ziemlich naiv! Das Thema Sex wurde damals öffentlich total unter den Tisch gekehrt. Natürlich war die Lebensweise dort, mit Sonne, See und vielen Nackten sehr anregend. Das wirkte auch bei Fred. Jeder gab sich der „schönsten Sache der Welt" hin, wie das in Familien oder Paarbeziehungen üblich ist. Aber *offiziell* gab es keinen Sex. Das alles firmierte unter: familiärer *Privatsache*. Bei einem Familiensportbund, bei dem auch ständig viele Kinder anwesend waren, gab es nicht den leisesten Anschein für außerehelich sexuellen Handlungen. Speziell die Öffentlichkeit betrachtete, schon wegen der gewährten „Gemeinnützigkeit," alle „Vorgänge" besonders genau.

Fred, in seinem bisherigen und bunten Leben hatte ja diesbezüglich schon viele belastende Erfahrungen gemacht. Schon deshalb war diese freiheitliche Art zu leben für ihn besonders 'heikel'. Jutta erfüllte Freds Welt voll und ganz. Da empfand er keinerlei weitere Bedürfnisse. Bis die beiden das ungewöhnliche Pärchen Hanne und Manne kennenlernten. Gemeinsam spielten sie öfters Ball und schwammen miteinander. Kartenspielen, Grillen und Feiern, gesellten sich dazu. Gemeinsam war unterhaltsam und ihre Beziehungen intensiverten sich allmählich.

Die wärmenden Sonnenstrahlen, eingerahmt von unschuldig eilenden weißen Wölkchen dieses schönen Sonntagnachmittags motivierten die Weinseligen noch eine dritte Flasche zu köpfen. Da brauchte Jutta einen kleinen Spaziergang zur Abkühlung. Manne ging mit. Hanne bemühte sich derweil, Fred, der immer leicht fröstelte, zu wärmen. Das gegenseitige Wärmen machte ungeahnten Spaß. Inzwischen schienen Manne und Jutta genügend abgekühlt zu sein und erschienen reichlich schwitzend auch bald wieder. Fred vermutete das, was ihm auch gerade Spass zu machen begann. Fortan trafen sie sich immer öfter und Fred wurde von der Mehrheit einfach überzeugt. Es ergaben sich - auch durch die Animation seiner Partnerin Jutta - wie zufällig - noch mehr neue Paarbeziehungen. Fred, diesbezüglich immer noch ein „Gebranntes Kind" fand das alles eher unheimlich. Aber solange seine Partnerschaft mit Jutta keinen Schaden nahm? (Wie er befürchtete!) Solange er die Freiheit hatte wegzulassen, was ihm nicht behagte, probierte er es auch. Eine Mischung aus Orgien und Kamasutra! Trotz, oder vielleicht gerade wegen der Prüderie, die im Verein herrschte, wurde im „Zwischenmenschlichen" nichts ausgelassen. Bei den gemeinsamen Treffen aber, wie Wettbewerben oder Ballspielen, herrschte ‚Zucht und Ordnung'. Fred und Jutta schwammen mit auf dieser Woge und lernten dabei eine ganze Menge neuer Möglichkeiten miteinander umzugehen.

Im Folgejahr schrieb sich Fred dann in das Herbstsemester an der Ingenieurakademie Hannover ein. Seine Lebensart veränderte sich, auch durch seine erste Heirat, wieder einmal komplett. Manchmal kam ihm das vor, wie die reale Vertreibung aus dem - nackten - Paradies am Sonnensee.

Meide zu fragen, was morgen sein wird!

Ende der Jugendjahre

Es ist nicht nötig

die eigene Herkunft

zu kennen,

um die Zukunft

gestalten zu können.

Aber es hilft!

Manfred Aumiller, geboren am 07.12.1940 in Friedrichshafen am Bodensee, entdeckte schon früh seine Liebe zum Lesen und zur Kunst des Schreibens. Nach einer Phase des Experimentierens mit einfachen Gedichten, begann er auch seine Gefühle in Lyrik zu formulieren. Im Laufe der Zeit entstanden viele Zeitungsbeiträge, Essays und Gedichte, z.B.: BoD ... ins dunkelblau - ISBN:

9 78 37 4946 5002

Während der letzten zehn Jahre forderte der Wandel in unserer Gesellschaft mehr zeitkritischen „Biss". Im korsischen Exil entstand ein Buch über die Kunst des Miteinanderlebens. BoD-Verlag, ISBN:

9783748192084

Seit 2016 Mitglied im Zirkel SIGNATUR, Abendtexte-Texte am Abend, lebt er nun mit seiner Frau in Tettnang.

€ 9,99

Herstellung und Verlag:
BoD – Books on Demand, Norderstedt

ISBN 9783749466887